五代十国

群雄逐鹿

赵奎 著

江西教育出版社
JIANGXI EDUCATION PUBLISHING HOUSE

图书在版编目（ＣＩＰ）数据

五代十国：群雄逐鹿 / 赵奎著. -- 南昌：江西教育出版社, 2017.7（2020.1 重印）

ISBN 978-7-5392-9659-3

Ⅰ. ①五… Ⅱ. ①赵… Ⅲ. ①长篇历史小说－中国－当代 Ⅳ. ①I247.5

中国版本图书馆 CIP 数据核字(2017)第 114535 号

五代十国：群雄逐鹿
WUDAI SHIGUO：QUNXIONG ZHULU

赵奎　著

江西教育出版社出版

(南昌市抚河北路 291 号　　邮编：330008)

各地新华书店经销

三河市三佳印刷装订有限公司印刷

690 毫米×960 毫米　　16 开本　　12.5 印张　　字数 185 千

2017 年 7 月第 1 版　　2020 年 1 月第 3 次印刷

ISBN 978-7-5392-9659-3

定价：**30.00 元**

赣教版图书如有印装质量问题，请向我社调换　电话：0791-86706047

投稿邮箱：JXJYCBS@163.com　　　电话：0791-86705643

网址：http://www.jxeph.com

赣版权登字-02-2017-339

目录

一、回光返照

1. 天下大任

僖宗皇帝解脱了，去了极乐世界。他的弟弟又被迫走上了大唐帝国的领导岗位。虽然是被逼做皇帝，但其过程的凶险不亚于主动夺权。

昭宗原名李杰，即位前改名李敏，即位后更名李晔。奇了怪了，唐朝的皇帝怎么喜欢改名字？懿宗本名李温，成为太子监国后改名李漼；僖宗本名李俨，做皇帝后改名李儇；位子变了，名字也要跟着变，万象更新啊！真是时髦！

李晔是懿宗皇帝的第七个儿子，与僖宗李俨为同一母亲所生，比李俨小五岁。李晔与李俨的关系一直很和睦，很亲密，兄弟手足情深。李俨对李晔很爱护，李晔对李俨也很忠诚。李晔年纪轻轻就做了大官，授开府仪同三司、幽州大都督、幽州卢龙等军节度、押奚契丹、管内观察处置等使、寿王。其实李晔一直也没有去过藩镇赴任，他手握禁中兵权，始终位居宫禁，紧紧跟随僖宗李俨左右，即使颠沛流离也未曾片刻离开。这是僖宗皇帝在人心惶惶、度日如年的执政时期唯一可以倚重信赖的人，也是唯一可以在危难困苦之时做感情寄托的人。

李晔读书十分用功，擅长属文，思维敏捷，尤其喜好儒术，常常仰慕儒家大圣大贤，并按照儒家所主张的修身立业的标准严于律己，养浩然正气于内，修挺拔俊朗之形于外，很有一副百毒不侵的派头儿。

僖宗李俨病情垂危之际，还没有认真考虑过皇朝帝国的接班人选，这令本就心神不定的朝廷大臣们更加茫然不知所措，六神无主。当时，吉王李保有贤德之名，多数大臣对他印象不错，呼声很高。很多人认为李保会是最佳接班人选。至于李保如何贤德，名气如何大，群众基础如何牢，被否决的阻力如何小，其实深可怀疑，而且大大怀疑一把也未尝不可。因

为包装投机的成分在风波诡谲的宫廷斗争中总是不可或缺的手段，况且晚唐基本没有了稳定的太子制度，火烧眉毛才临时拉一个王子来推上皇帝新岗位，至于拉到谁完全是没准儿的事，全看操弄权柄的文武大臣如何站队了。史书中只有"吉王保，咸通十三年封，文德元年八月九日授开府仪同三司、检校太傅，仍加食邑三百户"几句话，算是李保的全部身世，其他难以得知。不过这位李保还有一个有利条件，年龄在寿王李晔之上，排位靠前。诸位千万不要忽视了这个似乎不太起眼儿的因素，年龄这玩意儿在中国社会特别灵验，而且是百试不爽。一旦分房子、晋职称、提干部、甚至出国上学进修之类的棘手问题最后无法处置，往往会将"年龄、工龄、教龄"高调推出，如此则喧嚣嚷嚷的众人立即噤声。因为，只有年龄是无法逾越、无法赶超、无法埋头苦干来改变的，怪只能怪自己从娘肚子里晚出来。论资排辈是中国社会历史悠久传承不辍稳如泰山人人痛恨而又人人喜欢的东西。既然李保没什么缺陷，又有不少人对他寄予厚望，这时候，里里外外的大臣们就议论着酝酿着操作着跃跃欲试着要拥立李保出任新皇帝。可是，这位似乎具备多方面优越资质的种子选手的接班之路，被一个人堵死了，而且是彻底堵死。这一个人的阻力远远大于朝中文武群臣的推力。此人就是六军十二卫观军容使杨复恭。这个六军十二卫观军容使到底是个什么官？如果粗略套用一下的话，相当于现在的三军总政委。而且是实职，不是荣誉虚衔。

杨复光大家还有印象吧，就是那位忠心耿耿救援长安的忠武监军使。杨复恭是杨复光的哥哥，其实两人不是亲兄弟，是一种比拟血缘关系的辈份亲属关系。唐朝讲究出身门第，豪门望族拥有高官显位、把持朝野大权的比比皆是，形成了一个个紧密勾连、背景深厚、枝繁叶茂的家族势力集团。中唐以后，与豪门望族为主的朝廷省部宰臣集团相对照的是迅速发展起来的宦官集团。说到此处，我们需要交代一下唐朝的宦官制度。

按唐朝制度，皇宫禁内的宦官管理机构称为内侍省，其中的官员设置为：内侍四人；内常侍六人；内谒者监六人；内给事八人；谒者十二人；典引十八人；寺伯二人；寺人六人。此外，另设有五个专业化分工的办事机构，称为"五局"，分别是掖廷局掌宫人簿籍，管理宦官宫女

的花名册、户口、来源、去向、安置等事务；宫闱局掌宫内门禁，管理皇宫大内的宫廷殿院的门卫值班、给皇帝皇后执掌遮扇依仗、随时使唤听命吩咐等；奚官局掌宫人疾病死丧，负责宦官宫女等差役的生病治理与死葬事务；内仆局掌宫中供帐灯烛，就是灯火油盐日常用度管理；内府局主中藏给纳，负责管理皇宫内的收支调度。这五个管理局的负责人都由宦官充任。

贞观时期，唐太宗李世民定下规矩，内侍省中不准设置三品及以上官员，内侍省长官最高为四品官。此后七十多年间，宦官一直没有机会干政。

武则天及唐中宗时期宦官数量开始增加，满满增到了三千余人，大大小小有品级职务的宦官超过千人，不过四五品的高级官员仍然寥寥无几。

到了唐玄宗李隆基在位年间，前前后后长达五十年余年，老头子对宦官大为宠信。有些宦官很会办事，如果能够将事情办理的符合皇帝心意，李隆基龙颜大悦，马上就会给这位会办差的宦官弄个三品干部当当。开元、天宝年间，皇帝拥有长安大内皇宫、大明宫、兴庆宫等几处宫院，诸位皇子宅院十多所，皇孙更是达百人百院之多，再加上洛阳东都的大内、上阳两宫，这些地方都需要宫女宦官伺候服役，其队伍规模已经汪洋可观。宫女人数达到了四万人，宦官品级在七品以上的已三千多人，官至四五品的超过了千人。不过这个时期还没有出现大宦官，所谓大宦官就是名动朝野、权倾四方、以一当万的宦官。

再后来，出现了李辅国、程元振这样会邀取皇帝宠幸的"高智商加高情商"的大宦官。这俩人将官爵做到了极致，出任三公，封授王爵，参与国政机谋，地位几乎是一人之下万人之上。李、程二人地位虽然高宠，可尚未掌握兵权，军界对于宦官来说仍是禁区。

到了代宗时期，郭子仪北伐、荡平安史之乱的过程中，才开启了宦官典兵的先例。由于军人造反的缘故，皇帝对领兵武将心生疑惧，因此，代宗皇帝设置了观军容宣慰使，命大宦官鱼朝恩担任这个新职务，目的是监视统军的武官。

到了唐德宗时期，由于频繁军乱，皇帝对诸镇武官更加不信任，特别

是对身边的武官不放心，总担心变生肘腋，没准儿哪天早上起来自己脑袋不见了。怀着这样的心情，再加上奸臣混蛋的撺掇，德宗皇帝首先对负责禁卫工作的神策、天威等军进行了改造。新设了护军中尉两员、中护军两员，分别执掌禁兵，以大宦官窦文场、霍仙鸣为两军中尉，从此之后，神策禁军的统帅大权落入宦官之手。

宦官的发达盛世来临了。五十多年间，朝野内外无处不渗透着宦官的势力，上下交通，行贿受贿，宦官任意决定重大朝政和重要人事任免，对内围绕皇帝把持各道政事决策环节，对外出任监军直接监督大小藩镇。身无尺寸之功，但居于高官显位的宦官达到了四千六百一十八人之多。虽然偶尔有人奋起与宦官做斗争，力图破除宦官流弊，恢复朝纲，但往往是以卵击石，不仅没有成功，反倒破家亡身，株连甚广。宦官集团已经成为晚唐身上的癌症晚期恶性细胞，遍布全身，不可遏制，只有眼看着它一天一天地侵蚀已经并不强健的机体。

有史官议论说，宦官制度由来已久，不存在好与不好的问题，关键在于皇帝是否是贤明之主。贤明的皇帝会使用宦官得当，不会用宦官干政典兵，宦官自然也不会恶性膨胀，天下也自然不会有这么多麻烦。其实此言大谬非常，这是将本就畸形的宦官制度与变迁无常的皇帝心思生拉硬凑。我们可以看到，在整个封建社会的发展史中，每个朝代的晚期都会发生宦官势力恶性膨胀毒害国政的事情，即使对宦官管理最严的清朝，其末期大宦官也是权倾四方。宦官制度不出祸害是非正常现象，出祸害而且趁乱添乱火上浇油才是其正常结果。

豪门集团由血缘关系构筑了相对稳定的政治势力，后起蹿升的宦官集团从豪门集团身上学到了这一个法宝，并加以发扬光大。除了依仗皇帝宠信而切入政治体制这条路之外，宦官集团也通过非血缘的裙带关系，滚雪球一般迅速壮大起来。晚唐宦官盛行收养小宦官做养子，长大成人（成不了完整的人，缺个东西）后，大宦官再将养子安置在中央和地方的各个要害职位上，这是宦官发展势力的一种变相但很有效的方式。真子女，需要生养才可繁殖，其数量受制于豪门的繁殖能力与子嗣存活率。而宦官收养假子则无此顾虑，既不能也不需要生育，更不需要抚养。只需要在现成的

小宦官中挑选头脑伶俐、四肢勤快、身材健康者即可，其可筛选的对象实在是十分庞大而又充满活力。所以，宦官的"假子"比豪门的"真子"还有一定的优越性，特别是在繁殖势力拓展业务方面，蓬勃发展势不可挡。如此一来，原本可以绝后的宦官，通过一代一代同姓不同种地繁殖与继承，势力越来越大，以至于盘根错节，难以撼动。

以出身豪门世家的重臣为主的文官集团、宦官集团、以藩镇为主的军事集团、皇族形成了晚唐政局中的四大政治势力，明争暗斗，此消彼长，直搅得天昏地暗，将老迈的唐帝国折腾得摇摇欲坠。

四大政治势力自我耗费及互相斗争产生的财经成本和人力成本最终都要转嫁到老百姓身上，主要转嫁到农民身上。以安史之乱为标志的中晚唐之际，为了解决这些成本支持的不足，朝廷单方面改革赋税制度。其实新制度是一种涸泽而渔的掠夺制度。错误的财经制度直接促使全国经济不堪重负，产业崩溃、家庭崩溃乃至乡村和城市等社会单元随之崩溃，最终导致了庞大的唐帝国崩溃。唐帝国崩溃后继之以五代，轮番换了几个政府，都没有将天下治理好。并非换了政府，天下就能够自动恢复正常。因为四大集团的矛盾没有得到根本解决，尽管四大集团的形态已经大大变异。四大集团的矛盾无法根本解决，处于弱势低端的平民所面临的矛盾就无法提上议事日程，平民面临的矛盾得不到解决，天下就无法恢复到正常轨道上来，更谈不上历史性的发展。（注：这是我关于唐亡直接原因的研究成果，区别于以财经赋税制度为切入点的主流观点）。

杨复光与杨复恭就是这种同姓不同种的宦官家族后人。往上追踪，两人拥有同一个宦官曾祖父。这位杨氏宦官大族长是贞元末神策军中尉杨志廉。杨志廉的养子杨钦义，在大中年间的朝廷也为神策军中尉。杨钦义有三个养子，分别为杨玄翼、杨玄价、杨玄寔。杨复光的宦官爹就是杨玄价，杨复恭的宦官爹是杨玄翼。杨玄翼在咸通朝掌管枢密，位居要职。所以，杨复光与杨复恭是宦官堂兄弟。杨复恭此人自幼好读书，通晓古今兴亡之事，颇有见识和谋略，杨玄翼经常派他去藩镇监军，后来以军功逐步升迁到宣徽使。杨玄翼死后，杨复恭接了他宦官爹的班，出任枢密使。

宦官虽然是个大集团，可是这个大集团内又分若干不同的派系，各

有各的渊源与家底。僖宗任内，田令孜风头正健、大权独揽。遇到国家大事，杨复恭时常与田令孜发生争执，终于得罪了处于巅峰状态的田令孜。恼羞成怒的田令孜唆使僖宗李儇在四川降了杨复恭的职，将其调离中枢，去担任飞龙使。此时，拥兵河中的杨复光已死。杨复恭还算知趣，没再和田令孜斗下去，称病退居二线。

僖宗皇帝第一次出逃回到长安后，田令孜与王重荣闹翻，兵戎相见。田令孜闯下大祸，拉着皇帝一路磕磕绊绊地再次逃往四川。僖宗开始对田令孜产生不满，重新启用了杨复恭为枢密使。由于动摇国本，导致皇帝流亡，内外群情激愤，借着各种名目讨伐田令孜的人比比皆是。田令孜处境被动，担心被皇帝抛出来做了替死狗，于是打算谋求退身之策。田令孜主动请求去做西川监军使，其实是去投靠了西川节度使、太师陈敬瑄，并推荐杨复恭为神策军中尉。田令孜之所以推荐杨复恭以自代，缘于玩的一套权术，他借此向杨复恭卖个人情，以便身后留一条路。人为什么在走投无路的时候才想到留后路呢？可以说，僖宗之所以能够顺利二次返回长安，杨复恭居中纵横捭阖，起到了重要的调解作用。所以，回到长安后，僖宗李儇封授了杨复恭六军十二卫观军容使之职、魏国公。

杨复恭代替田令孜成了新一代宦官集团的大佬。

所以，杨复恭的一只手挡住了吉王李保的通天路。

因为，杨复恭有资格。

还因为，杨复恭有实力。

更因为，杨复恭有私心。

拥立新君是一本万利的买卖，而且已经被杨复恭的许多宦官前辈所证实。只要建立拥立之功，杨复恭的地位还会百尺竿头再进一步。到那时，杨复恭将俯看天下，再也无人敢逆其锋。这是个巨大的诱惑，无论是否是宦官都难以拒绝、忍耐、退缩和放弃。

在杨复恭的一手策划之下，历史再次演出了宦官立君的一幕。僖宗文德元年（公元888年）三月初六，僖宗喘着微弱的气息躺在病榻上，目光呆滞，已经无法思考、无法表达，只能等待，等待任何人都避不过的死亡。杨复恭已经不必请示僖宗皇帝，他直接操刀替皇帝草拟了遗诏，宣布

立寿王李杰为皇太弟，更名李敏。初八，日食，少了半块的太阳昏昏沉沉地照耀着大地。这一天僖宗驾崩，寿王在僖宗灵柩前即位。做了皇帝后的李杰再次更名为李晔。原本为冷门的寿王李杰闪亮登场，登基坐殿，成了唐帝国的新皇帝，是为昭宗，时年二十二岁。

昭宗即位后，果然没有亏待杨复恭，对其加官进爵开府仪同三司、金吾上将军，专典禁兵。至此京师之内兵权尽在杨复恭掌握。

二十二岁即位的昭宗似乎与十二岁即位的僖宗的确不一样。

昭宗李晔觉得哥哥僖宗李儇太窝囊、太颓废、太不负责任。

昭宗李晔要甩开膀子大干一番。

2. 新政

新官上任三把火。皇帝不是官，皇帝是管官的，因此皇帝燃起的火也比一般的官要大。昭宗雄心勃勃地要在末唐寒冷的冬夜里，燃起几把大火。只是，谁也没想到，这仅仅是回光返照的残烬而已。

昭宗面临的是更加烂的烂摊子。

但是，昭宗有干劲儿。

而且，昭宗有盘算。

例如，昭宗采取了不同的策略。

目标：重儒臣，废宦官，削藩镇，兴纲纪。

效果，拭目以待。

昭宗十分痛恨宦官集团，深知其为帝国的一大祸患，暗下决心要铲除之。这个决心的种子早已播在了李晔的心里，在他还为王子之时，这粒种子就已经发芽生长。那是僖宗皇帝被黄巢赶出长安逃往四川的路上，当时还是寿王的李杰在山谷中长途跋涉了一天一夜后，筋疲力尽，脚底起泡，小腿浮肿，以至于寸步难行。李杰停下来休息，趴在一块大石头上喘粗气。这时候，田令孜从后面赶上来，见李杰瘫软无力止步不前，赶紧催促道："寿王，赶紧起来赶路，贼兵很快就会追到。"

李杰揉着酸痛的脚脖子哀求道："我的脚很痛，请求田公公给我弄匹马"。

田令孜眉毛一扬说道："这荒山野岭的，上哪儿弄马去！别磨磨蹭蹭的拖累队伍！"说着田令孜用马鞭子抵着李杰的后背，催他快走。

李杰无奈只得强忍疼痛与窝囊气继续走路，豆粒大的汗珠子从额头吧嗒吧嗒往下掉。尽管嘴上没再多说什么，可是李杰心里已经对田令孜乃至诸多宦官产生了仇恨。

以前的李杰变成了现在李晔，昔日的寿王也已变成了今天的皇帝。昭宗坐在龙床上后，想到的第一件事就是收拾田令孜。昭宗免掉田令孜职务，另外派人任西川监军使。没想到田令孜依仗其哥哥陈敬瑄的势力，不奉诏命，将皇帝派去的人拒之门外。

正在昭宗要决意收拾田令孜的时候，有人给昭宗送上了一个台阶，请求朝廷派兵剿灭陈敬瑄。此人是王建。

不知道各位是否还记得这个王建。他曾经在僖宗逃亡的路上披荆斩棘保护僖宗，深受僖宗喜爱。后来被田令孜收为假子（宦官的假子也不全是宦官，也有带把儿的）。既有皇帝的喜爱，又有田令孜做后台，王建声名鹊起，成为一颗冉冉升起的新星。天有不测风云，田令孜失势后，杨复恭掌权。杨复恭是田令孜的死敌，一朝大权在握，开始对田令孜的部下进行清洗，将王建等人调离禁军，外放王建做利州刺史。

杨复恭的假子杨守亮此时为山南西道节度使，利州属于山南西道统管范围。杨守亮一向嫉妒王建的骁勇善战，几次征调王建到其帅府，意图加害之。王建看出了杨守亮心怀叵测，不敢奉命前去。可是赖着不去也不是个办法，更容易给杨守亮留下抗命不遵的口实。正在王建愁眉不展的时候，部下周庠向王建建议："现在明眼人一看都明白，唐朝国运日衰，快走到头儿了。藩镇之间互相吞噬，征伐战乱不绝，然而这些节度使都是割据军阀，没有雄才远略，不能救济国难。您勇武和谋略闻名远近，又受到士卒拥护，若不建立丰功伟业，那还有谁够资格啊！可是我们利州地处葭萌关，自古是四战之地，难以长久安顿落脚，不是建功立业的地方。东面的阆州虽然地处偏远，可是人口富足，是个积蓄力量的好地方。阆州的地

方官杨茂实，虽然是陈敬瑄和田令孜的心腹，然而不务正业，如果我们以兴师问罪的名义讨伐他，可一战而擒也。"

这是第一次有人如此直白公开地对唐王朝的命运做出真实的评判，对这种时局形势下个体的奋斗机会提出主张。以前其他人未必不清楚这一点，但没人便于或敢于表达出来。有实力有野心的藩镇诸侯即使认识到这一点，也只限于动手不动口，可以做不可以说。这说明唐王朝这个老帝国不仅在事实统治上千疮百孔，而且在舆论形势上也开始破败。

王建对周庠点头表示赞同。说干就干，拿定主意后，王建纠集了地盘上所有山头洞府村寨的部落共计八千人，沿着嘉陵江顺势东下，一夜之间就袭取了阆州。赶跑杨茂实之后，王建自称防御使，开始安抚百姓，召集流离失所的人口，募兵充实队伍，实力很快壮大起来。

见王建势力发展很快也较强，杨守亮知难而退，打消了铲除王建的念头，王建的劲敌威胁暂时解除。占据阆州后，王建的部下张虔裕、綦毋谏先后给王建出主意，让他低调做人，不要与朝廷和周围藩镇为敌，先要休养生息，积蓄力量，发展队伍，务农练兵，静观天下之变，伺机而动。王建对他们的建议言听计从，一一采纳，在没人注意的暗地里把阆州治理成了坚实的根据地。

西川节度使陈敬瑄原是个无能之辈，能够镇守西川纯粹是缘自一出闹剧。黄巢在关东声势浩大地向西发展，田令孜认为朝廷势不能敌，早就打算带领皇帝退守成都。这时候，田令孜想让个放心的人提前去镇守西川。他想到了他的哥哥陈敬瑄。此时的西川节度使是世家名将崔安潜。崔安潜知道陈敬瑄无德无能，不愿意让陈敬瑄出镇西川。在僵持不下之际，僖宗李儇想出了一个绝妙的馊主意。他让陈敬瑄、杨师立、牛勖、罗元杲为西川节度使候选人，通过比赛球技决定胜出者。于是这四个人在皇帝面前开始了点球大战，经过一番紧张刺激而又惊心动魄的比赛，最终陈敬瑄拔得头筹，出任西川节度使，占据了最肥美的西川之地。

陈敬瑄日夜担心东川节度使顾彦朗与日益茁壮的王建串通起来攻打西川，吃不好饭，睡不好觉，口干舌燥上老火了。陈敬瑄的担惊受怕是有来由的。王建虽然是后起之秀，羽翼尚未丰满，可是谁都能感觉到此人不

是池中之物，其散发出来的咄咄逼人之势令左邻右舍时时感到不安。与王建离得最近的是东川节度使顾彦朗，因此顾彦朗的压力最大最直接。顾彦朗知道自己无法对抗王建，更无能力铲除王建，然而顾彦朗颇有城府，硬的不行就采取软的办法。顾彦朗时不时地给王建以劳军为名送礼，一来二去，两家走的热络，给人一种睦邻友好的外像。

陈敬宣把自己的担心对弟弟田令孜诉说了一番。田令孜听后哈哈大笑，说道："你不必担心，王建是我儿子，我对他很了解。他做流贼是因为杨守亮容不下他，这也是出于无奈。我马上给他写封信，他会立即来咱们这里报到。"陈敬宣见田令孜这么有把握，这才怀着对田令孜无比敬服的感觉将心放在肚子里。陈敬瑄立即派人给王建送信，邀请王建来西川。

王建接到陈敬宣的邀请函，心中大喜，暗自慨叹道："这不就是我日思夜想大展宏图的机会吗？"王建想到此处，头脑一转又想起了一个人，他要联合顾彦朗一起就势夺取西川，毕竟自己实力还是小了些。王建火速赶到东川镇府所在地梓州拜见顾彦朗。王建见到顾彦朗后说道："我干爹田令孜要召见我，我必须去看望他。借此机会，向太师陈敬宣请求换个大一些的州镇坐一坐，如果成功，此行目的就达到了。"顾彦朗听出王建话里有话，知道这小子绝不是省油的灯，此去西川必定有所图谋。不管他怎么图，只要不图我的东川就好。顾彦朗与王建心照不宣，达成了默契。王建将家眷留在梓州作为人质，亲自率领精兵两千和从老家许州带出来的班底部将，星夜兼程赶赴西川。

当王建走到半路的时候，陈敬宣的部下提醒陈敬宣说："王建那是什么人啊？您请他来无异于引狼入室，到时候难以辖制可怎么办？"陈敬宣顿时醒悟，悔不该邀请王建来成都，赶紧又派人前去拦截王建，通知他不要来西川了，让王建就地转头回阆州。王建此时憋足了劲正在兴头儿上，犹如箭在弦上不得不发。被陈敬宣迎头泼了一盆凉水，王建感到十分窝火。一不做二不休，王建索性与陈敬宣撕破了脸皮，由原计划的巧取变成豪夺。

王建一路破关斩将，连续攻下鹿头关、绵竹、汉州、德阳，一口气打

到成都城下。这时候，陈敬瑄真紧张了，慌了手脚，赶忙将田令孜推向了前台。田令孜伏在成都城头的垛口上，倚老卖老地责难道："王建你这是为何？怎么打起自己人来啦？"王建看到田令孜出面了，感到事情有些棘手。不过这个局面难不倒王建，他决定先君子后小人，先礼后兵。王建带领众将披头散发跪在清远桥上，仰头对田令孜答道："当初干爹你召我前来，可是现在陈太师对我心存芥蒂，将我拒之门外。如果我就此回去，顾彦朗也会对我的清白产生怀疑。与其进退不得，还不如继续做贼！"田令孜听王建这么说，一下子卡壳了，哑口无言。田令孜真是搬起石头砸自己的脚，有气还没地方抱怨。

就在王建与田令孜僵持之际，顾彦朗派弟弟顾彦晖领兵来助王建攻成都。其实顾彦朗助阵为虚，火上浇油是实，故意推波助澜将事情搞大。成都毕竟是西南重镇，又经过高骈的完善修治，城高堑深，不是王建这些人马可以轻易攻取的。几次冲锋失败之后，王建暂时放弃了对成都的攻击，转而剽掠周围州府。

王建对西川的斩关破城，已经彻底表明了王建对西川的野心。陈敬瑄无奈之下，转头向朝廷求援。当时，朝廷正在皇帝更替之际，无暇他顾，派出了使者前去调停敷衍，结果双方谁也不买账，调停以失败告终。

王建在成都周围到处流窜，时日一长开始有些吃不消了。毕竟兵马都需要持续的粮草供应，需要有序的居住保障，总这么打游击，部队减员很厉害。经过深思熟虑，王建得出一个结论：用兵打仗如果不借助天子朝廷的力量，则无法收拢人心。王建的这个认识是很深刻的，他总结出了一个成功的规律性途径。王建的这个认识也很及时，在他的这小撮人马还没有被自己的野心拖垮之前，王建意识到了朝廷的重要性。于是王建上疏朝廷，列举了陈敬瑄的数条罪状，核心目的是离间陈敬瑄与新天子的关系。昭宗左手掂量着王建的奏折，右手掂量着陈敬瑄的书信，很快做出了决定——支持王建。王建与昭宗一拍即合，双方意图很快找到了共同点。

文德元年（公元888年）十二月，昭宗派出开府仪同三司、守司空、门下侍郎、同平章事、太清宫使、弘文馆大学士、延资库使、上柱国、扶阳郡开国公、食邑二千户韦昭度检校司徒、门下侍郎、平章事、兼成都

尹、充剑南西川节度副大使、知节度事、兼两川招抚制置使、行营招讨使，统兵十万出征西川，讨伐陈敬瑄与田令孜。好家伙，诸位，有谁能够一口气将这位韦昭度韦大人的头衔全说下来？此人头衔之多可能是前无古人后无来者了，一看就知道韦昭度是权倾朝野的重量级人物。可见昭宗对韦昭度的倚重程度。在派出韦昭度为统帅的同时，朝廷还没忘了给他尽可能多地提供统一战线的支持。以山南西道节度使杨守亮为行营招讨副使，东川节度使顾彦朗为行军司马。割出邛、蜀、黎、雅等州单设了永平军，以王建为节度使，治府在邛州，让王建担任行营诸军都指挥使。削去陈敬瑄一切官爵。在朝廷的发动下，各路大军浩浩荡荡杀奔成都。

得知朝廷采纳了他的建议，派出重兵前来会剿陈敬瑄，还给他正式破格提拔加官进爵，王建立即焕发出了数倍的干劲儿。王建对自己未来的镇府邛州发动了猛烈攻击，守城大将杨儒斩杀刺史毛湘出降。继而蜀州、嘉州、戎州陆续投降王建。韦昭度在杨守亮的先锋开路下，也连陷数城。最后，王建与韦昭度在成都外合兵一处，韦昭度扎营于唐桥，王建扎营于东阊门外。

王建知道韦昭度代表朝廷，是自己目前唯一的后盾，因而对待韦昭度十分恭谨有礼，事事请示汇报，三餐必定陪同，冷暖周到询问。然而韦昭度一介文官，摇头晃脑讲经据典还行，排兵布阵实在是外行。另外，陈敬瑄知道危在旦夕，负隅顽抗，采取了一切可能的措施与唐官军对抗对峙对垒对赌甚至对决。一晃两年多过去，成都还是没有攻下来。会剿歼灭战变成了持久战。朝廷失去了耐心，也失去了继续供给大军粮草的能力。无力支持巨额战争消耗的朝廷要韦昭度班师回朝，并赦免陈敬瑄罪责，希望前敌各自罢兵，以求得暂时的喘息休息。显然以昭宗为首的决策集团对这次征蜀战争的艰巨性认识不足，既用人失当，也没有做好充分的思想和物质准备。

朝廷不想继续玩，这可把王建急坏了。朝廷如果不玩，朝廷还是朝廷。王建如果不玩下去，王建就不一定是王建了。王建取得的成果很可能全部丧失，且有覆灭之虞。因此，王建一再坚持继续对陈敬瑄用兵。韦昭度在王建的劝说下，犹豫拿不定主意。王建嫌韦昭度战意不坚决，在前敌

只会碍手碍脚，还不如自己直接干来的痛快有效率。王建产生了逼迫韦昭度还朝的念头。

王建暗地里派人将韦昭度的一名亲随逮住，诬告其盗窃军粮，并治罪。然后派人将韦昭度的这名亲随在大帅府门口煮熟了剐分吃掉。韦昭度虽然有儒生的倔强与坚持，可面对王建赤裸裸的特务恐怖活动，韦昭度却被吓坏了。怀着恐惧的心，搓着颤抖的手，韦昭度向朝廷谎称自己得了重病，要求还朝。未等朝廷批准，韦昭度即将前敌指挥权全部交与王建，当日起程离开四川。

韦昭度临行时，王建还上演了一幕动人的伤别离。王建跪拜在韦昭度的马前，泣不成声，双手捧酒为韦昭度送行。至此，韦昭度还很感动于王建的真诚，认为王建一心为国着想为我韦昭度着想。韦昭度前脚离开剑门关，王建后脚就派人去占据和把守了入川的这个天险，拒绝唐兵再次入川。从此之后，唐朝失掉了对蜀川的统治。

韦昭度走后，王建更加紧了对成都的攻势，无所不用其极，日夜轮番攻城。在王建强大而密集的围攻下，陈敬瑄惶惶不可终日，黔驴技穷，束手无策。绝望之际陈敬瑄只好请田令孜怀揣印信出城议和，实际是投降。

田令孜凭借自己的老脸来到王建大营，向王建转达陈敬瑄投降的意图。王建顾及田令孜当年扶助之恩，不好直接与田令孜翻脸，还需尽量保全颜面。王建跪倒在田令孜面前，痛哭流涕，要求田令孜不要误解和责怪他。并说他这也是无奈，奉朝廷旨意讨伐不听命的逆臣，只有遵照执行，无法因私废公，半途而废。王建在向田令孜一番表白之后，表示将仍然像以前那样以干爹的名分对待田令孜。田令孜和陈敬瑄这才放心，虽然失败了，毕竟性命可以保全，也不错了。陈敬瑄开城投降。王建终于占据了成都，成了名副其实的西川节度使。

在攻打成都之前，为了激励士气，王建曾向部下宣传说："成都城内繁花似锦，金银遍地，美女如云。如果城破，可任凭尔等随便掠取。立功升官不在话下，弄个节度使干干也指日可待。"等到陈敬瑄要投降，眼看入城在即。王建派出部将张劲为先遣队，率领一千人，每人一

把大砍刀，在大队人马之前入城维持秩序。然后，王建再对部下将官与士卒训话："我和你们奋战三年，历尽千辛万苦才得以成功，你们别担心升官发财的事，以后机会多得是。今天进城之后，禁止任何人剽掠抢劫。我已经派张劲入城维持秩序，有违令闹事者，被张劲抓住，如果他送到我这里，算被抓的人幸运，因为我会赦免他；如果张劲抓住违令者就地正法，先斩后奏，我就无能为力了。希望你们谨记！"果然，还有不少士兵违反军令，沿街抢夺，张劲见一个抓一个，抓住之后用榔头砸犯事兵卒的胸脯，直到砸成肉饼。一连砸死一百多人，才算靠恐怖手段建立了稳定的秩序。

还有一个插曲，有个名字叫做韩武的小校三番五次在节度使院子里骑马，帅府侍卫上前制止他，韩武恼怒地骂侍卫："王大帅早已许愿给我等，不出几天就能官封节度使，骑骑马算得了什么？"侍卫一时拿他没办法了，因为韩武说的是事实，王建的确说过这样的话。几天后，韩武再也没有来帅府骑马。没有人知道韩武去了哪里，那几个侍卫也纳闷儿，韩武为什么不来捣乱了呢。原来是王建秘密派人将其暗杀，以绝了明患与隐患。

王建对投降的西川兵将照单全收，量才录用，没有门户之见。王建深得宦官干爹的真传，采取宦官常用的扩充势力方法，将干练有才的年轻武官收为假子。这一路上，王建收了十来个假子，迅速呈现了军容繁盛的气势。

从这几个插曲中，王建的心计与手段可见一斑，绝非等闲藩镇的庸碌之辈可比。

王建占领西川后，勤于政事，广开言路，对有才能之人不吝惜职爵俸禄，能够礼贤下士，聚集各路人才，在生活上崇尚节俭朴素，谦和清淡。没多久，西川在其治理下一派繁荣景象。

陈敬瑄和田令孜投降王建后，初期，地位还算尊崇，王建对他们礼貌有加。好景不长，不到一年，王建就向朝廷秘密上书要求杀掉陈敬瑄。朝廷此时已经见识到了王建的野心与能量，有心抑制其发展，因而没有同意王建的奏请。王建见朝廷不予支持，干脆又采取了拿手的特务手段。他暗

地里唆使人密告陈敬瑄图谋作乱，然后将陈敬瑄毒死。弄死陈敬瑄后，王建将刀锋伸向了田令孜的后脖子。还是老手法，捏了个私通凤翔节度使李茂贞的罪名，将田令孜逮捕下狱。在监狱里，田令孜终于尝到了比太监还难受的滋味，简直是生不如死。没几天，田令孜一把本不健壮的老骨头就被魔鬼一般的狱吏折腾散架，死于非命。

昭宗在打击宦官的时候，对藩镇采取了暂时的容忍与安抚策略，对天下两个最强的藩镇实施了加封，封授朱全忠和李克用兼侍中，与宰相同列。这既是稳住藩镇的策略，也是有现实目的。因为东部的秦宗权还没有完全剿灭，其他后起的小股农民起义仍然不可忽视，所以需要朱全忠继续为朝廷卖力。南有朱全忠、北有李克用，要封就一起封，一边加一个秤砣，不偏不倚，起到制衡作用。

朱全忠果然不辱使命，在解除了河阳的背后威胁后，集中力量对秦宗权发动了围追堵截战役，最后将其压缩包围在了蔡州城内。朱全忠派大将李唐宾、庞师古等人与赵犨环绕蔡州扎下二十八座大营，将蔡军困死在城内。秦宗权走投无路，只能眼睁睁坐以待毙。在强大的外部压力下，蔡军发生了分化瓦解，内部矛盾加剧。蔡将申丛发动兵变，逮捕了秦宗权，准备与朱全忠议和。哪晓得螳螂捕蝉黄雀在后，蔡将郭璠又发动兵变杀掉申丛，将秦宗权押解到开封汴梁，向朱全忠投降。朱全忠至此以己之力，由弱到强，历经百战，终于全歼秦宗权，蔡贼彻底覆灭。朱全忠获得了震惊天下的胜利。

龙纪元年（公元889年）二月，朱全忠将秦宗权打入木笼囚车，械送京师。长安城内一片欢腾，到处流传着朱全忠用兵如神的传说。僖宗在位时消灭了黄巢，昭宗刚继位不久就消灭了秦宗权，当然是一件值得夸耀的文治武功了，说明皇帝领导有方，威加海内，有廓清寰宇的气象。因此，昭宗皇帝本人和善于拍皇帝马屁的一群人决定，对惩处秦宗权来个大操大办。朝廷命人将秦宗权游街示众，围着长安城内的大街小巷走了十多圈，通告文书张贴了几千张，如果那时候有高音喇叭，肯定会大肆广播宣传一番。最后，在独柳大街的广场上将秦宗权枭首行刑。秦宗权临死前，歪着脑袋对监斩官说："喂，你看我哪里像反贼？我只不过是尽忠没尽到位而

已。"秦宗权话音没落地，围观的人群就爆发出了一片哄笑。

三月，昭宗降旨加封朱全忠兼中书令，进爵东平郡王，取代时溥为东面行营总管。在与秦宗权的战争中，时溥的表现与朱全忠相比，差了一大截子，况且最后擒住贼首的功劳是朱全忠一人独占。新皇帝似乎有意树立新榜样，以对诸侯起到示范与威慑作用。因为皇帝要励精图治，离不开能干的文臣武将，这是一种政治需要。老牌的模范青年高骈已经成为过去。在各路诸侯中既能打仗又肯为朝廷出力的，似乎只有朱全忠，至少到目前，朱全忠还没有给朝廷惹麻烦，还没有犯上的意思。可以推测，锐意进取的昭宗皇帝，将中兴大任的相当一部分期望寄托在了朱全忠身上。从朱全忠的升官速度上，可以推断皇帝是有意识地尽快树立起朱全忠公忠体国样板形象，借以鞭策和鼓舞其他诸侯向朝廷靠拢。因此，朝廷自然而然地渲染扩大了消灭秦宗权的重要意义。水涨船高，消灭秦宗权意义盖过了黄巢，那么朱全忠的功劳自然盖过了消灭黄巢的人。所以，朱全忠后来居上，锋头盖过了老牌军阀时溥。

朝廷对消灭秦宗权如此重视，对朱全忠如此大加封赏，搞得如此场面隆重，这是朱全忠没有想到的。升官如此之快，一时间朱全忠还觉得不太习惯。但想了想李克用早就是郡王了，朱全忠这才挺挺腰杆踏实了些。此时的朝廷对朱全忠非常倚重，而且和朱全忠没有芥蒂，所以朱全忠的官一路高升。跟着升官的还有奉国节度使赵德让，享受中书令的待遇。蔡州节度使赵犨做了同平章事兼忠武节度使。

不幸的是，恶仗基本打完了，赵犨的身体也垮掉了，难以继续履行管辖藩镇的职责。不过赵犨也留了一手，请求朝廷将自己的头衔悉数转封给弟弟赵昶。没多久，赵犨病死。赵犨临终在病榻上拉着弟弟的手嘱咐道："我们身家性命都是朱全忠救的，一定要对朱全忠感恩图报。朱全忠此人志气有王霸之资，未来前途不可限量，尔等需要忠心谨慎，凡朱全忠用得着的地方，要不遗余力。"

那几年，朱全忠在与秦宗权的征战中，不仅收服了赵犨和张全义两个得力盟友，将忠武与河阳两大重镇纳入宣武统辖之下。还通过收留走投无路的山南东道节度使赵德让，将荆南变为藩附；通过直接委派牙将胡真做

群雄逐鹿

义成留后，派部将孙从益知郑州事，将义成和郑州纳入直管。至此，北至黄河、西至潼关、南至长江、东到淮河的广大地盘都进入了朱全忠统辖之下，或为直接州镇、或为盟友，都直接听命于朱全忠。

朱全忠这边发展的如火如荼，李克用那边也是节节胜利，彻底击败了孟方立，将邢洺磁几州收入囊中。李克用这人有个毛病，治军严酷，脾气暴躁。手下人见到李克用都很紧张，生怕惹李克用不高兴，引祸上身。低级将校见到李克用时，都手脚发软，语音颤抖。

李克用获得昭义藩镇后，巡视潞州。在视察过程中，地方上的接待工作没做好，吃穿用度不够丰厚，标准不够档次。这令李克用十分恼火，或许是那几天李克用心情不好，因为来潞州之前李克用刚刚打了一次败仗。那是在征伐宿敌赫连铎的时候，李克用不仅没有取胜，而且损失了邢洺磁团练使大将安金俊。或许还有别的原因，反正那天李克用非常不爽，在房间内摔盆子砸碗，拍桌子瞪眼睛，指着潞州地方官的鼻子破口大骂一顿。这还不算完，骂了潞州地方官之后，李克用又把潞州的上级昭义节度使李克修叫来出气。

李克用出气的方式也与众不同。他责罚李克修脱光了上衣跪在地上，一边用马鞭抽打李克修的脊背，一边骂，骂李克修目无尊长，对李克用伺候不尽心。

受了惩罚和责骂的李克修回到昭义驻地后，心情一落千丈，又羞又气，心里的疙瘩始终解不开，从此得了抑郁症。不到半年，李克修抑郁而死，时年三十一岁。

李克修能征惯战，是一员良将。他还有一个难能可贵的品质，不事奢华，生活十分简朴，自律甚严。正是这样一个人，他不明白接待工作乃是官场中的头等大事，丝毫不可马虎。更是这样一个人，他不明白主子越是没好脸色你越应该堆上五彩灿烂的笑脸给他。所以李克修在接待李克用的时候没将接待标准搞好，也才在受到责罚后想不通，最终英年早夭。

李克修的死对李克用的河东势力是个不小的打击，李克用本人也追悔莫及。为了表示补偿，李克用委任李克修的弟弟李克恭为代理昭义节度使。大家在此会疑惑，李克修的弟弟不就是李克用的弟弟吗？稍有差别，

因为李克修是李克用的堂兄弟。

李唐朝廷之所以在临门一脚的时候停止征讨陈敬瑄,从四川撤回韦昭度,不仅仅是对伐陈敬瑄准备不足,选帅失当,还有一个缘故,后方又发生了意外事件。说意外是假,因为此事的发动是百分百的"意内"事件,朝廷经过密谋策划后与李克用开仗了。说意外是真,因为征伐李克用的进程还不如征伐陈敬瑄顺利。左边是李克用,右边是陈敬瑄,双线作战,疲弱的朝廷哪里吃得消。更要命的是,朝廷没想到后发动的讨伐李克用之战,形势发展反倒比早期的入川之战更快,这个快不是向着好的方向快,而是糟糕的更快。无奈之下,朝廷撤回了韦昭度,放弃了对川战争。

大家要问了,昭宗为何也和僖宗一样,刚刚即位就找李克用的麻烦?难道朝廷事前没有对陈敬瑄和李克用用兵做出统筹考虑吗?为什么打着打着陈敬瑄,又忽然打起来李克用啦?这都是儒臣忽悠的。一帮嘴尖皮厚腹中空、摇头晃脑不被重用的书呆子或者投机分子,一天到晚围在昭宗身边,陈述讨伐李克用的重要性与必要性。

扛着一大堆头衔征伐陈敬瑄的韦昭度大失体面地从敌前跑了回来,庙堂之上是不能立足了,昭宗给他弄了个东都留守的官,打发到洛阳缩着去了。

走了韦昭度,还有后来人。

工作总会有人做。

围在皇帝身边的"名牌"大儒有的是。

昭宗皇帝爱"名牌",对名声显赫的儒臣言听计从。

既然要用名牌,自然自己的身价也要提上去,特别是自我的感觉一定要良好才匹配。昭宗经常自我感觉良好,时常微言大义,动不动就"春秋"啊"三代"什么的。

本来朝廷以消灭陈敬宣和田令孜为目标,正在西川大举用兵,战事处于胶着状态,恰恰在这个节骨眼儿上,朝廷里发生了一件动议,打断了对西川的战争。

3. 文臣误国

昭宗皇帝喜欢文臣大儒，希望通过他们实现光复中兴，最好能找到"三皇五帝"的感觉。朝中的书生谈文法似乎还有一套，可是偏偏有些书生要发动战争。这一战断送掉了昭宗梦寐以求的新局面。

昭宗喜欢与名气显著、高学历的儒臣谈论国事，认为他们既忠且正，还有学问。

这一日，昭宗与宰相张浚讨论古今治乱之道。张浚对皇帝说："陛下您年壮英锐，有志于复兴图治，可是现在无论朝政还是藩镇都被强势权臣制约，以至于陛下不能施展抱负，政令难以施行，这是微臣我日日夜夜为之痛心疾首的头等大事。"

昭宗听张浚如此说，感到正中下怀。可不是嘛，我这皇帝尽职尽责，很有干劲儿，都是这些手握大权重兵的逆臣不听话，碍手碍脚，以至于祸乱天下。昭宗想到这里，问张浚："张爱卿，你忠贞谋国，你说当务之急应该做什么？"

张浚受到皇帝鼓励，觉得自己顿时高大起来，肩上似乎挑起了整个天下的责任。张浚挺了挺腰板，慨然说道："现在最重要的事情，莫过于建立强大的中央军队，只有兵强将广，才可以威慑天下，谁不服就收拾谁。"

昭宗李晔频频点头赞同："前些年，藩镇虽多，但还算彼此相安无事。现在实在不成体统，藩镇之间动不动就互相征伐，朝廷出面调解也不管用。必须要中央集权。"

昭宗具有愤青的品质，说干就干，立即降旨，在京城大规模扩军备战。皇家招兵，那还不是天大的美差？没两三个月就建立了一支十万人的部队。

皇帝要干事，还真有很多事送上门。

去年，王建与顾彦朗要求朝廷征伐陈敬瑄。现在，朱全忠、李匡威要求朝廷出兵河东征讨李克用。两份奏章摆上了皇帝的龙书案。昭宗心里充

满了激动与兴奋，越来越感到自己正在承担中兴的光荣使命，这真是天降大任于斯人也！不然，怎么我想干什么都会有人相助呢？李晔兴冲冲地将文武群臣找来开会，研究讨伐李克用的事情。

大伙听说要讨伐李克用，一下子太极殿内像开了锅，议论纷纷，多数人表示反对，认为这是不可能完成的任务。兵部尚书杜让能（就是那位半夜里光着脚丫子追僖宗的那位）和兵部侍郎刘崇望都认为不可行。杨复恭比较冷静，分析的也较深刻，不急不缓地说道："先朝流亡，京师涂炭，虽然是由于藩镇军阀飞扬跋扈、目无王权所致，可也有朝中大臣处理事情不当的原因。现在，皇帝刚刚登基，根基未稳，不具备发动战争的条件。"

张浚原本就主张削弱藩镇，再加之他与李克用和杨复恭关系不和，心中怀恨已久，为了排挤杨复恭打击李克用，张浚极力主张发兵。张浚站起身，双手握紧拳头，慷慨陈词："僖宗皇帝被逼撤出京师，都是李克用这个沙陀胡子迫使的。我一直担心李克用与河朔三镇勾结起来，对朝廷构成难以铲除的威胁。现在朱全忠与李匡威等藩镇都想讨伐李克用，李克用四面受敌，不出一个月就可以荡平之。这是千载难逢的机会啊，臣愿请缨统帅大军前去剿贼。这是天赐良机，机不可失，时不再来。树立朝廷威仪的时候到了。"

昭宗看了看张浚，又转过头看了看孔纬。御史大夫、同平章事孔纬说道："张大人所言极是。"孔纬资历很深，和韦昭度、杜让能一样追随僖宗皇帝颠沛流离，吃尽了苦头。孔纬属于主张恢复前唐治理秩序的一派，对宦官藩镇痛恨至极。

昭宗犹豫未决地说道："李克用曾在平灭黄巢复兴唐室过程中建立卓越功勋，现在趁他危难之时征伐他，天下人会不会笑话我？"

孔纬摇摇头说道："陛下所言，只不过是短时间的权宜考虑，即使有人看不惯，流言蜚语朝夕即可消散。现在张浚的主张才是功在当代利在千秋的谋国之策。去年派兵伐西川时，已经统筹计算过了，粮草银钱足可以支持两年的军费，这些不是问题，关键在于陛下要下决心。"

昭宗李晔见两位自己器重的宰相想法一致，也和自己内心冲动暗合，

当即决定征伐李克用。不过，最后李晔还是要了个滑头，说道："这件事交由张浚和孔纬两位爱卿全权办理，你们可别让我丢脸啊。"

西南兵事未息，东北战火已开。

公元890年，张浚挂帅出征。

这位皇朝大军的统帅张浚是何许人也？影响昭宗决策的又都是一群什么样的儒臣呢？

张浚，字禹川，河间人。祖上也曾位居高官。张浚倜傥不羁，涉猎文史，喜欢高谈阔论，周围的人看不惯他这种自命不凡、眼过于顶的做派，都离他远远的，不和他来往。张浚愤愤不得志，大有怀才不遇之感，干脆躲到金凤山里做起了隐士。隐居期间，张浚潜心钻研鬼谷子的纵横之术，立志要以纵横捭阖谋略取富贵。

乾符年间，枢密使杨复恭偶然遇到了张浚，看出此人有些才能，就将还为白丁的张浚推荐给朝廷，做了太常博士。

黄巢逼近长安时，张浚感到事态不妙，假装有病请假回家，带着家眷躲到了商州。没几天，京师陷落，僖宗出逃，半路上缺衣少吃。正在皇帝和随从无计可施、困顿发愁之际，汉阴县令李康赶来进献了几百筐干粮。僖宗问李康："你作为县令，怎么会有这份心思？"李康回答说："臣不过一介末吏，哪里有这份见识？即使知道陛下有困难，也不敢贸然来向陛下献饮食啊，这都是张浚员外指教我这么做的。"僖宗很诧异，原来还有这么一号高人藏匿在民间啊，于是命人把张浚找来，赐官为兵部郎中。

后来张浚在王铎军中，与刚刚入关救援长安的李克用搭过班子，还以谏议大夫的名义，出面说降过已经投降黄巢的官军。张浚发迹缘自于杨复恭，后来杨复恭遭到田令孜排挤，张浚见风使舵，离开杨复恭又投靠到田令孜门下。

田令孜失势后，杨复恭复出，对张浚衔恨在心，将其罢职免官。

昭宗即位后听说张浚有经天纬地之才，就又把张浚启用拜为宰相、判度支使，掌管财政大权。

张浚出任宰相后，常常自比为谢安和裴度，以天下为己任，立志要挽狂澜于即到、扶大厦之将倾。其实张浚此人口碑很不好，包括李克用对他

评价都不高，认为他虚有其表，除了谈天说地、夸夸其谈之外，没有踏踏实实的真本事，而且还爱钻营，没有政治立场。也正因为李克用看不上张浚，所以张浚才要报复。

孔纬，字化文，鲁地曲阜人，是正宗正根的孔子之后。其祖父孔戣，做过礼部尚书，系出名门望族，属于真正的"名牌"。孔纬很小的时候父亲就去世了，依托在叔叔伯伯家。他自幼交游广阔，来往的都是名流，因此，他很早就出了名。此人自我道德修养十分严谨，喜好高雅纯致，起居行止严格按规矩办，嫉恶如仇，不容瑕疵之人。官场生涯历任户部、兵部、吏部三侍郎。后来担任监察御史，负责朝廷法纪，里里外外的人都不敢惹他。

这位孔大人自视品格高尚，一般人不放到眼里去。因此与很多同事都发生过矛盾，是一个比较难以共同开展工作的人。这导致孔纬人缘很不好，在哪个岗位上都干不长，受排挤。孔纬的辉煌经历主要是，曾排除千难万险追随僖宗逃难，并及早识破了朱玫等人的叵测居心。因此，僖宗还朝后，对孔纬加官进爵，并赐予免死铁券。孔纬干的最多的职务是礼官和谏官，对朝廷礼仪法度建设十分执着，寸步不让，要求上至皇帝下至臣僚必须严格遵守。对擅权不法的官员，极力弹劾绝不姑息。看来，这僖宗昭宗还没有混蛋彻底，知道孔纬此人适合干礼官和谏官，将他放在了一个能够发挥其特长的工作岗位上。

道德好是一个方面，治国理政未必内行。孔纬这样一个十分执拗、有着极度道德洁癖的人，如何能够胜任末唐这种纷繁复杂风波诡谲的政治环境？如何应付得了带有高度政治策略和技术含量的行政事务？

杜让能，乃懿宗朝首席宰相杜审权之子，初唐朝著名宰相杜如晦的后人，是实实在在的名门望族之后，忠臣孝子之门。杜让能有着辉煌完整的履历，除了出身贵重，自身资质及学历很高，为进士出身；基层和朝廷工作经验都很丰富，王铎帮助朱全忠镇守汴梁时，举荐杜让能为推官进入仕途，后来又在几个藩镇府中任官职，在中央先后历任侍御史、起居郎、礼部、兵部员外郎、中书舍人、翰林学士、礼部尚书、兵部尚书。杜让能做过的知名事件不少，半夜赤脚追僖宗，让皇帝见识了他的忠贞；向皇帝进

22

言献策，派人出使王重荣，化解了僖宗逃亡的危机；李昌符作乱，临危之际，杜让能只身侍卫皇帝；他陈明利害，据理力争，保全了不少曾在朱玫伪朝廷做官的人。昭宗即位后，封杜让能开府仪同三司、尚书左仆射，晋国公，赐免死铁券，后来又晋封太尉。

刘崇望，字希徒。其先辈是北地代郡人，跟随魏孝文帝迁徙到洛阳。刘崇望上数七代祖先刘政会，曾辅佐唐太宗李世民起兵晋阳，后来李唐王朝建立，刘政会官至户部尚书，封渝国公，光荣地入选了凌烟阁开国功臣队列。刘崇望与杜让能相似，出身名门贵戚，也是进士出身，比杜让能晚一届。刘崇望入仕之后曾跟着王凝廉、裴坦、崔安潜干过。后来在逃亡的僖宗朝廷做谏议大夫，奉命出使河中劝说王重荣。昭宗即位，封刘崇望为兵部、吏部尚书。刘崇望此人遇事沉毅，有肝胆正气。

客观地说，昭宗重用的这些大臣儒臣没有大奸大恶之人，多数还是有操守、有立场的，有的也不乏理政之才。遗憾的是，数量并不决定质量。一大堆有能耐的人凑到一起，未必成为更有能耐的集体，或许还会成为更加糟糕的集体。更何况，这些人里没有旷世奇才，盛世守成勉强可以，身逢乱世，让这些人摆平杂乱如麻的军国大事可就力不从心了。一个复合型的集体要发挥有效作用，关键在于如何配置这些人，人尽其才，各司其职，协调互补。这个课题只能由最高领导人昭宗解决，可是昭宗偏偏解决不了这个问题。他虽然喜欢"名牌"，对名牌如何搭配，昭宗却不懂。所以，一堆名牌胡乱地披挂在身上，反倒乱糟糟无所适从。昭宗的偏听偏信，让外行主导了内行，让个人私怨钻了政策的空子，最终导致整个朝廷中枢决策的一系列失误。

就在张浚积极备战、筹粮备草、厉兵秣马的时候，传来消息说昭义兵变。新任昭义节度使李克恭暴戾严苛，潞州人很不喜欢他，倒是对李克修念念不忘。当年替潞州监军祁审诲给李克用送信邀请其出兵的人，名叫安居受，这个名字听起来像当今动画片里的宠物。孟方立虽然死了，可是孟方立的弟弟孟迁投降李克用后，受到李克用的重用。现在，安居受很不是滋味，因为担心哪一天被孟迁害死，所以天天提心吊胆，既不安居，更不受用。一天，李克用将昭义的骁勇善战的精兵五百人征调太原，潞州人不

愿意去，在路上发生了哗变。小校冯霸作乱，带着这些精兵杀回潞州。潞州城内的安居受趁乱杀死了没有设防的李克恭，然后安居受招抚冯霸，没想到冯霸不服安居受，自己另立了山头儿。安居受见得不到支持，这才知道世界上还有更害怕的滋味。投机使坏的人一般干不了什么大事，遇到大难就尿裤子，安居受就是典型。

孤注无援的安居受想到了朱全忠。于是他向朱全忠送信表示要举潞州城投降。朱全忠立即派出河阳大将朱崇节前往，还没等朱崇节到潞州，这位安居受实在受不了精神的压力，在潞州呆不下去了，决定出走城外。刚离开家，安居受就被山野乱民杀死。这个安居受真是可笑可怜，小倒霉蛋儿，死催的。朱崇节顺利进占潞州。这对官军来说无疑是个大大的好消息，还未出兵，就让李克用损失了昭义，开门红啊！长安城内弥漫着喜悦和似乎已经胜利的气氛。

五月，朝廷下旨削夺李克用一切官爵，踢出李氏宗籍。命张浚为河东行营都招讨制置使，京兆尹孙揆为副使，镇国节度使韩建为都虞候兼供军粮料使，朱全忠为南面招讨使，王镕为东面招讨使，李匡威为北面招讨使，赫连铎为北面招讨副使。

张浚举荐给事中牛徽为行营判官，没想到这位牛徽挺牛，不买张浚的账，拒绝道："国家饱经离乱之苦，国力衰竭，当此之时，要做英武超凡的大事，不合时宜地挑战强大的藩镇，挑拨离间诸侯的关系，我看这件事必败无疑。"这位牛徽就是晚唐著名的两大对立党派集团"牛李二党"之牛党领袖牛僧孺的孙子。没有姓牛的支持，张浚照样很牛，率领五十二营及邠、宁、鄜、夏等州的胡汉兵马约五万人，大张旗鼓地誓师出征。

临行之时，昭宗李晔亲自在安喜楼设宴为张浚饯行。张浚趁机支开左右人等，对昭宗李晔悄悄地说："等微臣先除掉藩镇外患，然后再为陛下除内患。"

张浚所谓的内患就是指以杨复恭为首的宦官集团。昭宗满意地不住点头，感到自己的计划正在有条不紊地逐项实施开来。杨复恭势力遍布朝野，安插在皇帝身边的亲信将张浚的这段话偷听了去。杨复恭在第一时间得到了密报，张浚出兵之前还为自己树立了一个死敌，可见其政治谋略之

浅薄。

唐朝出个兵搞得排场很大，皇帝送完行还要禁军长官送。左右神策军中尉在长乐坂设宴为张浚送行，此间，杨复恭向张浚敬酒。张浚故意推脱说喝醉了，不喝杨复恭的酒。杨复恭保持着高度的理智与克制，对张浚调侃道："张相奉旨出征，军权在握，是不是碍于情面，不好意思啊？"张浚说道："等我平灭李贼回来后，就好意思了！"杨复恭心里很不痛快，对张浚的恨意更深。

七月，张浚与宣武、镇国、静难、凤翔、保大、定难等诸军会师于晋州。此时正在受朝廷器重培养的政治新星朱全忠第一时间表明了立场，表示支持官家出兵。朱全忠派遣骁将葛从周率领一千骑兵，趁夜从壶关抵达潞州城下，破围入城，与朱崇节合兵一处。在占据潞州的同时，朱全忠又派遣李谠、李重胤、邓季筠去泽州攻打李罕之，派遣张全义、朱友裕驻军泽州北面，策应葛从周。朱全忠亲自督师驻扎在孟津。

虽然这次官军出兵声势浩大，可并不同心，各怀鬼胎，同床异梦，都想借别人之手消灭自己的敌人。

张浚见汴军已经进占潞州，担心昭义落入朱全忠之手，赶紧派出副手孙揆出任代理昭义节度使，带领两千人赶赴潞州。

李克用四面受敌。恶虎难敌群狼，李克用不敢大意，自己居中指挥，南面派出康君立、李存孝和李罕之救援泽潞，北面派出李嗣源和李存信抵挡李匡威和赫连铎，西面派出薛志勤和李承嗣迎击张浚。

话说，这位孙揆大人八月初从晋州出发。孙揆不习兵事，哪里会打仗？带着两千人的感觉和带了两万人似的，孙揆认为皇朝官军是正义之师，应当有雄赳赳气昂昂之势。旌旗招展，号带飘扬，锦衣华服，香车宝盖，气派豪华，一路上前呼后拥，和旅游度假一般。孙揆的行程被李存孝侦察得知。李存孝率领三百骑兵埋伏在长子西谷中，等到孙揆的队伍走入埋伏阵地，李存孝突然杀出，没费吹灰之力，生擒活捉了孙揆和携带诏书的中使韩归范，官军两千人马全部覆灭。李存孝用白布条将孙揆与韩归范五花大绑，押到潞州城下，对着城上喊话："朝廷以孙尚书来镇守潞州，葛将军你可以回汴梁了。"李存孝对潞州城内的汴军实施恐吓后，将孙揆

韩归范囚禁送往晋阳献给李克用。

李克用先将孙揆关起来，给他个心理威胁，然后又打算招降他，并许诺让他做河东节度副使。已被押入河东大牢的孙揆义正词严地回绝了李克用："我乃泱泱大国的朝廷重臣，兵败而死节，这是本分，怎么可能委屈伺候一镇之使！"

李克用一听孙揆这倔老头儿说出这种话，感到莫大侮辱，恼羞成怒之下，命人将孙揆锯死。

中国古代刑法五花八门，酷刑更是匪夷所思，达到了变态的三A级。用锯木头的铁锯锯人也是极其残忍的手段，锯人可不是在脖子上横着锯，那样还不算残酷，脖子一断人就死了。李克用锯人是让人一时半会儿死不了，用大锯切割人体的各个部位，直到最后失血疼痛而死。

不知大家是否还记得李克用起兵袭击云州时，将云州防御使段文楚凌迟后，还乱马踏碎其骸骨，何其残忍！几个行刑的军校不是熟练工，在孙揆肥胖结实的身体上拉了几下锯，铁锯无法切入肉中，孙揆成了名副其实的"滚刀肉"。孙揆破口大骂："死狗奴！锯人应当用木板将人夹住，你们这些笨蛋哪里知道！"

这些行刑的军校很听话，找来两扇门板，把孙揆绑在木板之间，做成三明治，然后连同木板和孙揆一起用大铁锯锯成几段。

孙揆临刑不惧，至死一直骂不绝口，宁死不屈。孙揆虽然不懂用兵之道，然而大臣的铮铮铁骨、凛然气节足以震撼天下。孙揆不是死于李克用，而是死于不会用人的昭宗李晔和张浚啊！残破末唐有多少德才兼备的官员被朝廷的窝囊政策和举动害死！

九月，攻取潞州后，朱全忠又派出部将李谠、李重胤、邓季筠率兵包围泽州，临行前朱全忠秘密授意李谠越太行山奇袭河东。可是到了泽州后，李谠决意要先攻下泽州然后再进军。李谠、李重胤、邓季筠都是汴军中有名的悍将，都曾受到朱全忠破格提拔重用。泽州刺史李罕之虽然强悍，可是面对更加强悍的汴军有些心虚胆怯了，闭城不敢出战。

李罕之紧急向李克用求援。李克用派大将李存孝率领五千铁骑，星夜兼程驰援泽州。李存孝是河东新一辈将领中的名将，是李克用的养子，

此人战功赫赫，打过许多大仗恶仗。汴将邓季筠也常以骁勇自居，觉得不含糊，有轻视李存孝之心。两军列阵开战，邓季筠出营迎战。无奈邓季筠技不如人，与李存孝比武艺还是差了一筹，被李存孝生擒活捉。汴军失利后，李谠与李重胤连夜拔营起寨撤兵。李存孝和李罕随后一路追杀，汴军损失万余人。李存孝乘胜进击潞州，葛从周与朱崇节孤城难守，只好丢弃潞州回汴梁。

朱全忠吃了败仗，十分气恼。胜败乃兵家常事，朱全忠气的是李谠不按朱全忠既定安排行事，贻误战机，且一战失利后又逃跑，以至于泽潞一线全盘崩溃，葬送了朱全忠以河阳为基地、以泽潞为前沿、联合朝廷征伐李克用的计划。朱全忠盛怒之下，按军法斩了李谠、李重胤的头。这是朱全忠在早期少有的诛杀大将的情况，而且是一次杀了两员高级将领，可见泽潞之战对朱全忠整个战略部署的重要性。

这一战对南部战场构成了决定性的影响。本来朱全忠正在东部与时溥和朱瑄朱瑾兄弟争斗，这次与朝廷联合其实是一次计划外项目。尽管朝廷褒奖朱全忠，打算树立起朱全忠的光辉形象，希望朱全忠以天下为己任。但朱全忠的确不是郭子仪，他压根儿就没这么想，他肚子里的逻辑是"有枪就是草头王，有地就是一方霸主，自己的才是天下的"，从来没想过为朝廷尽忠，为皇帝分忧。所以，朱全忠一门心思在忙自己的事情，自行其是，根本不打算将宣武一镇纳入朝廷的全局部署中。不过为了顾全一点颜面，朱全忠作为中央朝廷刚刚选树的模范，不得不参与朝廷的征讨行动，但朱全忠又实在分身乏术，所以朱全忠没有投入主要兵力，也没有投入太大精力与成本。

从后来发生的事情来看，朱全忠参加这次会战，很可能不是出于主动谋划，受张浚的提议和邀请参战的可能性较大。因为张浚打算以此打击李克用与杨复恭，建立不世之功。张浚具有主动性与积极性。此时，正在东部作战的朱全忠半推半就地参战，并没有倾全力，也没有能力再投入更大的兵力。现在朱全忠看到张浚军事指挥的确低能，于是产生了放弃征伐河东的念头，转而将主要精力放在了徐泗淮扬主战场。

各位不禁要问了，朱瑄朱瑾不是帮助朱全忠打败秦宗权的恩人吗？朱

全忠为何与他们起了冲突？此事待后面再表。

在北部战场，李克用也经历了转败为胜的过程。卢龙节度使李匡威攻打蔚州，擒获蔚州刺史邢善益；赫连铎联合了吐蕃、黠戛斯等外藩，率领五六万人攻陷了遮虏，遮虏军使刘胡子兵败被杀。李克用派遣大将李存信御敌，被李匡威和赫连铎击败。然后，李克用又派出了李嗣源为主将，李存信为副将，亲率大军在后接应。李匡威、赫连铎战败。河东军擒获了李匡威之子武州刺史李仁宗及赫连铎的姑爷，斩杀及俘获万余人。各位要记住李嗣源这个人，此人为李克用假子，性情恭谨简朴，作战勇猛，是河东军中的后起之秀。若干年后，李嗣源取代了李克用儿子李存勖建立的后唐天下。

李克用显示出了强大的战斗力，越战越勇，越打越会打。

李克用一面用兵，一面争取政治上的主动。把李存孝俘获的诏使韩归范放回朝廷，让他带上李克用申冤诉讼的书信，信中说："臣父子三代，受恩四朝，破庞勋，翦黄巢，黜襄王，存易定，致陛下今日冠通天之冠，佩白玉之玺，未必非臣之力也。若以攻云州为臣罪，则拓跋思恭之取鄜延，朱全忠之侵徐、郓，何独不讨？赏彼诛此，臣岂无辞！且朝廷当阽危之时，则誉臣为韩、彭、伊、吕；及既安之后，则骂臣为戎、羯、胡、夷。今天下握兵立功之人，独不惧陛下它日之骂乎！况臣果有大罪，六师征之，自有典刑，何必幸臣之弱而后取之邪！今张浚既出师，则固难束手，已集蕃、汉兵五十万，欲直抵蒲、潼，与浚格斗；若其不胜，甘从削夺。不然，方且轻骑叩阍，顿首丹陛，诉奸回于陛下之座，纳制敕于先帝之庙，然后自拘有司，恭俟斧锧。"

李克用这封信水平很高，合情合理，合法合规，有理有据，有问有答，引经据典，揭示现实，入木三分，力透纸背，绝非出自等闲之辈。李克用把朝廷所有的借口与说辞全部堵死，为以后的政治主动做下了有力铺垫。

张浚率领的唐朝官军出阴地关，先锋部队到达了汾州。李克用派遣薛志勤和李承嗣率领三千骑兵在洪洞县扎营，李存孝率领五千人马在赵城驻扎，互为应援，逆战官军。镇国节度使韩建派出三百敢死队趁夜偷袭李存

孝大营，被李存孝识破。李存孝将计就计，以逸待劳，设下埋伏等待官军到来。韩建派出的五百人，一个也没回来，被李存孝全歼。

偷袭失败，静难和凤翔两镇军兵既不救援，也不迎战，扔下韩建的镇国军自行撤走，官军大营不战而溃。

老将薛志勤、少将李存孝率领河东兵乘胜追击，一路掩杀到晋州西门。主帅张浚亲自开城迎敌，手下将佐与李存孝未战几场，纷纷败下阵来。

主帅都没能打过河东军，这对官军是个极大的打击，军心产生了动摇。静难、凤翔、保大、定难四镇兵马没和张浚打招呼，擅自撤离晋州，渡过黄河回家去了。张浚成了孤军奋战，领着几千禁军和朱全忠赞助的三千牙军闭城拒守，不敢出战。

张浚紧急向朝廷请求援助，朝廷向成德、魏博两镇发出了调派粮草及援兵的命令，可是这两个藩镇根本不买朝廷的帐，他们虽然与李克用关系不好，但也不希望成为朝廷的帮凶。所以，此两镇保持了中立，作壁上观。

杨复恭一直与李克用在朝野之间互为援应，互为表里。张浚讨伐李克用，杨复恭第一个反对是有其利益考虑的。现在眼看张浚陷入困境，杨复恭趁机在朝廷中散布言论，贬斥张浚兴师出兵的行为。张浚在朝廷中陷入了政治孤立。

李存孝采取了网开一面的策略，没有急攻晋州，而是先攻下了附近的绛州。十一月，李存孝折回头来再攻打晋州，象征性地攻打了一番之后，主动退兵五十里。

张浚和韩建认为这是战事窗口，抓住机会弃城逃走。李存孝以最小的代价打败了来势汹汹的官军主力，轻而易举地攻占晋、绛二州。张浚与韩建连滚带爬地翻过王屋山到达河阳，拆下老百姓的房梁门板制作成筏子渡过黄河，逃回京师。这一战，张浚带去的五万人损失殆尽。

就在张浚跑回长安的时候，韩归范也同时到达了京城。

征伐失败的消息传到京城，朝廷上下震恐，有害怕获罪的，有幸灾乐祸的，有冷嘲热讽的，有推诿卸责的，有骂大街的，有哭鼻子的。一时之

间，整个长安城内乱了套，议论纷纷，人心浮躁。起初反对兴兵的人立即精神起来，口口声声谴责张浚祸国殃民，要主战派承担一切责任，欲借此机会置主战派于死地。

昭宗李晔也慌了手脚，生怕再度上演藩镇兵临京师逼宫迫驾，只好挥泪斩马谡，让张浚和孔纬去做了替罪羊。

替罪羊这种生物看来是绝不了种，什么朝代都有，任何危机发生时都有，随时可以揪出来杀掉。

此时，皇帝仍然忘不了一番辩白，既是洗脱自身责任，也是做出苍白无力的抗争。昭宗援引汉朝旧事，说自己初衷是要振兴纲纪，恢复秩序，率领黎民百姓共致太平，没想到名气响当当的张浚竟然有负众望，为了邀取个人功名，拿国家命运当儿戏，以至于招惹如此大的麻烦。昭宗此时也不认为张浚有错，错只错在对手太强大。在李晔庇护下，张浚免却一死，被贬为武昌节度观察使、鄂州刺史，孔纬被贬为荆南节度使。

见朝廷袒护张浚等人，而且并没有悔过之意，李克用心中愤恨难消，不依不饶，步步紧逼，给朝廷继续施加压力，上书说道："张浚拿陛下万代之基业做赌注，邀取个人一时之功名，十分悖妄。他知道臣与朱全忠间有血海深仇，因而他故意和朱全忠私相勾结，串通好了来对付臣，这是朝廷大臣违反纲纪的恶劣行为。臣现在什么官爵都没有了，仍被朝廷列为罪人，我哪里敢继续在河东藩镇继续干下去？还是到河中去寄居吧。到底该怎么办，请陛下明示。"

昭宗感受到了李克用咄咄逼人。李克用说是到河中暂住，话里暗含的意思是要领兵来京啊！弄不好，李克用会兴兵犯阙把皇帝给抓到太原去。无奈之下，昭宗再次给孔纬和张浚降级处分。贬孔纬为均州刺史，贬张浚为连州刺史。赦免李克用的罪责，恢复名誉、职爵和工作，让他继续做河东节度使。

李克用得寸进尺，仍然表示不服。为了进一步稳住李克用，以免节外生枝，朝廷又给李克用加官进爵为守中书令，再贬张浚为绣州司户。

这时候，张浚的藩镇后台朱全忠站出来说话了。朱全忠表示要主持正义，说张浚和孔纬实在是冤枉。有了朱全忠的支持，张浚和孔纬心里

有底，拒绝朝廷命令，根本不到贬谪之地赴任，跑到华州韩建那里躲了起来。朝廷在朱全忠与李克用之间无法取舍，两边都摆不平，只好听之任之，自作自受。

这场声势浩大、地域广阔、参与势力众多的大会战以彻底失败告终，前后历时不到半年。仓促出兵，仓皇失败。其兴也勃焉，其亡也忽焉。一战下来，结果最大的赢家是李克用。

这一仗的后遗症是深远的。朝廷在李克用面前颜面扫地。李克用从此之后更加我行我素，无所顾忌地向四周扩张。李克用与朝廷的关系也由合作转而彻底破裂。

这场战争还直接影响到韦昭度伐西川的战事，朝廷根本没有能力双线作战，只好将原本有可能成功的西川之役停工，将眼前的胜利果实让与王建，为王建的割据留下了空间。

战事的接连失利，诚然有朝廷疲弱的因素，也有用人失当的缘由，专征挂帅之人都是不晓军事的书生，且怀有私心杂念，实际上大军未举而胜败已定。昭宗雄心勃勃的武力削藩计划流产是必然结果，李晔新官上任的锐气也受到一定打击，特别是，从此之后对藩镇动武的信心受到极大动摇。藩镇与朝廷的互相猜忌与对立从隐蔽开始走向公开化。以前藩镇对朝廷还遮遮掩掩、羞羞答答地作态，好歹也要客气客气之后再伸手伸脚。现在，藩镇根本不把朝廷放在眼里，不仅豪藩强镇如此，连边鄙小镇都想说什么说什么想干什么就干什么，恣意妄为，各行其是。手握重兵的藩镇开始走向以武力扩大地盘、兼并吞噬小藩镇的明目张胆扩张之路。

末唐藩镇面积本来不大，即使老牌军阀河朔三镇其各自疆域也没有现今的一个省大，绝大多数藩镇的土地与现今地区级的行政区划差不多，有的藩镇只相当于一两个县。朝廷之所以敢于几次兴兵讨伐藩镇，也正是由于这一点，并且有时候也取得了胜利。朝廷依靠手中的合法王牌，故意将藩镇分拆划小，目的是为了分而治之，也让藩镇之间形成一种互相牵制的关系。那时候，诸侯之间虽然征战不断，但是吞并事件极为少见，因为缺乏朝廷的合法手续，得不到承认，还没有人冒着政治孤立的风险去这么做。

这次朝廷讨伐李克用失败后，诸侯不再将朝廷的合法手续视为必要条件，奉行实力至上武力至上的风气愈演愈烈。藩镇兼并开始遍地出现，人人争着做大做强，最好进入天下前五强，登上胡润排行榜。天下陷入了更大规模更大范围更高频率的混乱和战乱。立志要补天的皇帝李晔，其实连补锅的技术都没有，不仅没有将天补好，反倒将窟窿捅得更大。（注：我认为唐朝中央政府对天下完全失去统治力，应以此为标志点，以前朝廷对天下还有些形式上的政令，此后政令不出长安城。）

4. 打击宦官

昭宗皇帝为自己定了几件大事要办，只有打击宦官这件算是锲而不舍地办成了。最终他将扶持他登基的大宦官杨复恭彻底消灭。

尽管军事失利，但有一件事昭宗仍然坚持要做，那就是继续打击宦官。

这是昭宗唯一的亮点，经过他的努力，末唐的宦官集团基本被彻底摧毁。尽管并非所有的宦官都祸国殃民，尽管宦官集团覆灭后并未对朝廷政局起到有利的弥补作用。至少这可以算作昭宗李晔个人的一场胜利。

声势显赫、不可一世的大宦官田令孜，被朝廷假借王建之手除掉。第一个高兴的人是皇帝李晔，第二个高兴的人就是杨复恭。这是一场皇帝谋略的胜利，当然付出的代价也不小，王建借此机会占据了西川，实际上处于了独立半独立状态。杨复恭与田令孜斗了十几年，受尽了窝囊气。现在仇敌灭亡，杨复恭感到无比的轻松畅快，感到无比的矫健挺拔，感到无比的任我而谁何。特别是在代表宰相集团的头号人物张浚兵败遭贬之后，杨复恭更加骄傲起来，认为朝廷中没有人可以和他比肩，没有人敢于挑战他的权威，没有人不愿意投奔在他的门下。

杨复恭错了。

错误可以使一个人丢掉一口袋钱，也可以使一个人受一次伤，还可以使一个人丧失掉性命。

钱可以再赚，伤可以治疗，性命却无法重来。

有些错可以犯，有些错决不能犯。

人可以高估自己，但绝不可以低估敌人。

人可以强调自己的感受，但绝不可以忽视皇帝的感受。

杨复恭既低估了敌人，更忽视了皇帝的感受。

六军十二卫观军容使、左神策军中尉杨复恭还执掌着皇宫内外日夜值守的侍卫部队，政敌消除之后，更是大权独揽，把持朝政。养了几百名带"把儿"和不带"把儿"的假子，带"把儿"的假子出任藩镇节度使或州镇刺史，不带"把儿"的宦官假子分布到各路军中做监军，网络势力遍布天下，成为田令孜之后又一个恶性膨胀的宦官集团。根深叶茂，不可一世，没有人敢直面杨复恭的锋芒。

杨复恭自恃有拥立皇帝登基之功，倚老卖老，摆谱摆得特别大。这家伙上朝下朝既不骑马也不坐轿，而是让人用肩舆抬着他招摇过市，前呼后拥气派非凡。每次上朝，杨复恭的"专车"都要直接"开到"太极殿，他才颤巍巍神情严肃地在小宦官搀扶下从肩舆上下来，目空一切地走进大堂入座。

曾经有一天，昭宗李晔正与各位宰相讨论国事，其中一个话题是"天下四方不服朝廷有反逆之心的人都有哪些"，大臣们议论纷纷，说谁的都有，有说李克用的，有说孙儒的，有说秦彦的，有说朱全忠的，有说王建的。孔纬咳嗽了一声，冷冰冰地扔出一句话："陛下身边就有想造反的人，何况外地！"

昭宗被孔纬这句话吓一跳，瞪着眼睛问孔纬："你说的是谁？"

孔纬抬起手朝殿外一指，此时杨复恭刚下肩舆，正大摇大摆地向殿内走来。孔纬厉声说道："杨复恭不过是陛下的家奴，竟然敢乘坐肩舆直达太极殿，成何体统？不仅如此，他还养了那么多假子，不是统领禁兵，就是辖制方镇，不是要造反吗？"

孔纬的话是非常具有杀伤力的，这项罪名无异于泰山压顶，可以将一个人压成肉泥，万劫不复。但杨复恭不是普通人。他听到了孔纬的指责，可似乎跟没听到一样，既不怕，也不恼，更没怒，没有任何反应。杨复恭甚至都没有抬眼看孔纬一眼，一边往里走，一边不紧不慢地回答："我这

些假子都是壮士，我的目的是借此收拢人心，为国家积蓄力量，哪里是要造反？"

孔纬鼓着腮帮子正要反驳杨复恭，昭宗李晔已经怒不可遏，将话接了过去："你既然要保卫国家，那为什么不让这些假子姓李却要姓杨呢？"被皇帝一顿抢白，杨复恭没词儿了，气哼哼地一屁股坐到了他的座位上。

皇帝的舅舅瑰国舅到皇帝这里来走后门儿，想弄个节度使干干。瑰国舅虽然是国戚，如果没有实职，收入有限，这银子总是不够花的。节度使利益丰厚尽人皆知。昭宗将杨复恭找来，就此事与他商议。杨复恭认为不可以这么做，因为皇帝的舅舅没什么能耐，也没有功名，平白无故弄个节度使干，于理讲不通。

瑰国舅后来知道杨复恭从中阻挠，在家里蹦着高儿地骂杨复恭："说我没能耐，你那些太监儿子就有能耐啦？不也在各地当官吗？杨复恭你这是擅权弄事！"

国舅有先天优势，出入皇宫大内比较自由，经常见皇帝和皇后的面儿。每进一次宫，瑰国舅就对皇帝和皇后说一次杨复恭的坏话。瑰国舅三番五次进宫诋毁杨复恭，瑰国舅的"风言风语"未必能够搬倒杨复恭，但是其示范效应不可忽视，瑰国舅敢于对杨复恭说三，就有其他人对杨复恭道四。所以杨复恭扛不住了，开始对这位国舅大人产生了憎恶，动了杀心。

杨复恭在对付瑰国舅的策略上，没有急于求成，没有将矛盾公开化，而是采取了退一步进三步的手段。这个手段足够阴险。杨复恭向皇帝建议，让瑰国舅出任黔南节度使。黔南虽然是穷乡僻壤，不过"苍蝇也是肉"，至少在形式上满足了瑰国舅的要求，堵住了他的嘴。瑰国舅尽管有些不太情愿，也只有屈尊接受，怀揣着敕命上任去了。

在赴任路程上，瑰国舅走到一个名叫吉柏津的渡口时，杨复恭暗地里支使他的干儿子山南西道节度使杨守亮袭击了瑰国舅。瑰国舅的渡船行至江心，杨守亮率部下乘战船斜刺冲来，将瑰国舅的船撞翻。船上包括瑰国舅在内的家眷亲戚朋友从官侍卫全部落水，大部分人被淹死，没淹死的也被杨守亮乱箭射死。杨守亮派人制造舆论说是国舅的船年久失修漏底进

群雄逐鹿

水，出了交通事故，瑰国舅等人死于这场意外"船祸"。纸里包不住火，杨复恭害死国舅的消息后来还是传到了皇帝皇后耳朵里，皇帝皇后对杨复恭恨得牙痒痒，苦于一时找不到证据，只好隐忍不发。

昭宗与亲信大臣自从动了心思要对付杨复恭，就展开了积极的筹备工作。

杨复恭可不是好对付的，执掌禁军大权，整个长安城都在其掌控之下。他能将皇帝扶上来，也就能皇帝弄下去。对此，从皇帝到群臣都明白这个道理。

昭宗采取了十分慎重的策略，先从分化瓦解杨复恭的嫡系力量入手。

杨复恭假子天威军使杨守立，高大勇猛，武艺超群，在禁军中很有威慑力。因此，昭宗李晔看重了杨守立。有一天，皇帝对杨复恭说："朕想将你的干儿子杨守立调来身边做侍卫。"杨复恭没有怀疑皇帝的动机，认为这是自己权势进一步加强的契机，很痛快地就答应了。昭宗将杨守立调离杨复恭麾下后，给杨守立改了名字为李顺节，加官进爵，连升三级，几个月李顺节就做了天武军的都头，遥领镇海节度使、同平章事。

改了名字、升了官的杨守立感到自己鸿运当头，祖坟上冒青烟，脑袋发昏，开始忘乎所以，竟然要与杨复恭争权。杨守立邀宠的重要表现就是将杨复恭背着皇帝的秘密全部向皇帝打了小报告，包括暗杀瑰国舅事件。

张浚兵败后，杨复恭一再向皇帝施加压力，对张浚与孔纬一贬再贬，皇帝其他近臣也感到了威胁。这加强了昭宗打击杨复恭的决心和信心，加速了操作进程。李晔先将杨复恭降级，调离禁军，去到凤翔做监军。杨复恭哪里能够接受这个安排。虽然杨复恭愤怒不乐意，可是仍没有怀疑皇帝会彻底抛弃打击毁灭他。因此，杨复恭怀着愤愤不平的心态消极抵抗，赖在京城不肯走。

大顺二年（公元891年）九月，杨复恭上书皇帝，说自己年老体弱多病，要求退休。其实，杨复恭要求退休是假，试探皇帝是真，想通过撂挑子不干来要挟皇帝。大大出乎杨复恭意料之外的是，昭宗顺杆往上爬，竟欣然同意了杨复恭的请求，给杨复恭加封为上将军的荣誉虚衔，赐予拐杖休闲鞋老花镜痰盂苍蝇拍等，让他退休回家。

杨复恭这个气啊，他万万没想到自己一手扶持起来的皇帝会在宝座

还没坐热的时候，就将自己这个大功臣扫地出门，彻底抛弃。杨复恭想不明白其中缘由，心理落差超过千丈，犹如坠入冰窟之中。杨复恭虽然想不通，可不会做自我批评，更不会得抑郁症，他要寻求自我保护的突破。宣布皇帝诏书的使臣完成任务后，从杨复恭府中离开。这名宣敕使在回宫复命的路上，断送了性命。杨复恭为了泄愤，派遣心腹张绾将宣敕使刺杀于中街。

王命一旦明示于众，任何人都不敢轻易冒险去违抗。

木已成舟，杨复恭只好退休回家。

不过退休只是将法定的职权卸去，跟着杨复恭的影响力并没有随同这纸诏命消失。

杨复恭府邸靠近禁军玉山营营地。玉山营军使杨守信也是杨复恭的假子。因此，杨守信一早一晚地经常到杨复恭家看望杨复恭。父子两人的来来往往，被人偷看了去，并向皇帝告密说杨复恭图谋造反。这个消息对于昭宗是个重磅炸弹，宁可信其有，不可信其无。皇帝昭宗决定先发制人，调兵遣将捉拿杨复恭。

愤青李晔说干就干，派出天威都将李顺节（就是那位杨守立）、神策军使李守节带人去杨府抓人。生命危险到了家门口敲门来了，杨复恭不想再躲躲闪闪了，他决定绝地大反攻。杨复恭命令手下张绾率领杨府家兵抵抗李顺节。正在双方剑拔弩张之时，杨守信率领玉山营官兵来帮助守卫杨府。李顺节打了一上午攻不进杨复恭家。后来刘崇望又带着一批禁军杀来，帮助李顺节往里打。杨守信寡不敌众，退败下来，只好保护着杨复恭及其一家老小从通化门逃跑，投奔山南西道节度使杨守亮去了。

杨复恭到达兴元后，倚仗几个假子杨守亮、杨守忠、杨守贞及绵州刺史杨守厚等人，聚集军队，以讨伐李顺节为名，公开对抗朝廷。

其实，李顺节不需要杨复恭讨伐，没几天就命归了黄泉。因为，李顺节骄兵宠横，左右神策军新任的中尉刘景宣、西门君遂对他产生了嫉恨。昭宗也觉得李顺节这个工具已经失去了继续利用的价值，就同意了刘景宣、西门君遂除掉李顺节的申请。刘景宣、西门君遂设下埋伏，邀请李顺

节聊天喝小酒。正在三人酒意阑珊的时候，刀斧手从后面冲出来，手起刀落，李顺节的人头也跟着落地。工具的作用就是如此，没有用的时候，自然被遗弃，除非一直发挥作用，成为永久牌工具。

李顺节的死并没有终止杨复恭与朝廷的对抗。

昭宗正在发愁以朝廷禁军力量无法对付杨复恭之时，有人自告奋勇要为朝廷分忧。凤翔节度使李茂贞主动请缨去征剿杨复恭。

朝中有的大臣认为李茂贞如果占领了山南西道一代，其势力将迅速膨胀，到时候朝廷将无法制约他。

正在昭宗犹豫不决之时，李茂贞已经自备行装上路了。

李晔做梦也没想到，前门赶走虎，后门进来了狼。

李茂贞的主动性与积极性完全是自发的。这并非是李茂贞觉悟高，是因为李茂贞看出了朝廷的虚弱与无能，认为杨复恭与朝廷的矛盾为他的崛起制造了有利机会。"自己动手丰衣足食"，李茂贞决定要主动扩大地盘。

李茂贞，本名为宋文通，原隶属镇州博野军。黄巢占领长安时，博野军入援京师，驻扎在凤翔，归郑畋调度。因宋文通对尚让作战有功，升至神策军指挥使。后来朱玫兵变，迫使僖宗李儇逃亡四川，宋文通沿途护驾，立下头功，被皇帝封为检校太保、同平章事、洋蓬壁等州节度使，赐姓名为李茂贞。僖宗还亲自为李茂贞题词，褒嘉其为"正臣"。后来，李茂贞奉命讨灭叛军李昌符，僖宗得以还京。皇帝再次加封李茂贞为凤翔节度使，加检校太尉、兼待中、陇西郡王。李茂贞职爵已经超越了朱全忠，是紧随李克用之后的藩镇郡王，而此时的朱全忠还没有得到郡王爵位。

李茂贞此人长相实在不好看，贼眉鼠眼，尖嘴猴腮，体型如麻杆，精瘦之中透着一股刚硬之气。但是他记性非常好，过目不忘，对于军旅之事尤其擅长，无师自通，军中大事小情山川形势都装在脑子里。李茂贞治军有自己的一套，他对待部下十分宽简，以诚待人，以诚带队，上至大将下至厨子库吏都对李茂贞心悦诚服。李茂贞素来怀有雄心大志，他并不满足于凤翔一镇，早就觊觎陕西、甘肃与四川交界的陇西汉中富饶之地。

李茂贞联合静难节度使王行瑜和同州节度使韩建等人上书朝廷，强烈

要求去平灭杨复恭。于是，一场旷日持久的川陕陇右争夺战打响了。

经过两年多的战争，李茂贞先后攻克了凤州、兴州、洋州、兴元。扩大了地盘的李茂贞要求兼任山南西道节度使。朝廷不得已下诏让李茂贞做山南西道兼武定两镇节度使，但需以让出凤翔做交换条件。李茂贞是想吞并陆续新占领的地盘，不肯与朝廷交换退出凤翔，因此，对朝廷的诏命拒不执行。李茂贞不再搭理朝廷是否下诏确认，直接派兵控制了凤翔、兴元、洋、陇秦等四镇十五州。李茂贞还要向南继续进军。西川的王建也没闲着。同样打着讨伐杨复恭的旗号，王建向东、向北扩张，借机侵占了东川。在李茂贞和王建的夹击之下，杨复恭和他的十来个干儿子拼光了所有家底，最后彻底失败。杨复恭与杨守亮突出重围要去太原投奔李克用。杨复恭走到商山时，被华州兵逮住。韩建将杨复恭押解京师。皇帝下令，当街处斩了杨复恭等人。

伴随三声行刑令，杨复恭人头滚落尘埃。

（写到此处，我产生了怀疑，怀疑杨复恭对抗朝廷的主动性，是不是昭宗过度怀疑杨复恭了呢？如果杨复恭蓄意对抗朝廷的话，他至少还有一个选择，倚靠大批假子的同时还可以与李克用结成联盟。假若杨复恭与李克用结成联盟，局势一定会有十分重大的不同）

通过两年的陇右战争，李茂贞势力大增，成为京师周围头号藩镇。李茂贞也是枭雄一个，早有问鼎志向。膨胀起来的李茂贞开始不把皇帝放在眼里，往来奏章言辞不逊，要官要地欲壑难填，对朝廷政策指手画脚。昭宗李晔血气方刚，哪里咽得下这口气，特别是对李茂贞这种非老牌的藩镇，更是不能容忍。昭宗决意要征讨李茂贞，教训教训他，剔一剔这个刺儿头。

太尉杜让能再次站出来阻止皇帝："陛下您刚刚登基执政，各项运转还未进入轨道，存在方方面面的不确定性和危机。李茂贞如同猛虎，近在卧榻之侧。臣认为直接和他发生冲突不是恰当之举，万一发生意外，到时候后悔都来不及啊！"

昭宗李晔没有听进去杜让能的话，倔强地说："皇权王室日益衰弱，地位不断下降，诏命号令不出国门，这是有志之士天天所扼腕痛惜的地

方。朕绝不甘心做懦弱受欺的国君，窝窝囊囊地混日子，忍气吞声装聋作哑。你尽管为朕调兵遣将，我已经安排皇室王子统兵挂帅，即使将来失败也不会责怪你。"

李茂贞通过安插在朝中的内线得到皇帝要讨伐他的消息，既惊且怒。李茂贞指使党羽纠集了一帮地痞流氓无赖乞丐游手好闲之徒等等上千人，进京上访，围住观军容使西门君遂诉冤说："凤翔李大帅没有罪过，朝廷不应该讨伐他。战火一开，必将生灵涂炭。"这个受皇帝信任被委以重任的西门君遂一点骨气都没有，被这帮乱民一吓唬，腿脚发软尿了裤子，急忙将责任推得一干二净："这都是宰相决策的事情，不关我的事。"这帮动乱分子又半路拦截了宰相崔昭纬、郑延昌的"专车"诉冤。崔昭纬本就与李茂贞沆瀣一气，这俩小子故意激化矛盾，诱导说："这都是太尉杜让能一手策划的事，皇上已经委托他全权负责，我们谁也不清楚。"这些乱民情绪激动，迅速演变成了打砸抢劫暴乱事件。老百姓被几次长安之乱吓得早已成了惊弓之鸟，眼见又要战乱，纷纷逃离市区躲避到山里去了。

昭宗委任覃王李嗣周为京西招讨使，统领神策军征讨凤翔。李茂贞和王行瑜联兵六万屯扎鳌屋抗拒官军。禁军都是乌合之众，既无纪律，也不操练，根本没有战争经验。而李茂贞、王行瑜的军队都是职业兵，身经百战。两军刚一见面，未放一箭，未举一刀，覃王率领的禁军望风逃溃。李茂贞乘胜进攻渭桥。

李茂贞兵临城下，京城震恐，老百姓亡命逃窜。李茂贞亲率卫队进驻城内，向皇帝发出最后通牒，要求斩杀杜让能以谢天下，不杀杜让能李茂贞绝不离开。

杜让能对皇帝说："臣早就有言在先，现在看只有臣死才可化解危机。"皇帝李晔现在才知道李茂贞很生气，后果很严重。事已至此，昭宗泪如雨下，哽咽着说："现在局势如此不堪，看来是没有办法了，只有与爱卿你就此诀别！"你看，又冒出来一个替罪羊！

当天，皇帝下旨，贬杜让能为梧州刺史，并昭告天下："杜让能一意孤行，在朝廷与藩镇之间挑拨是非，铸成大乱。"在流放杜让能的同时，皇帝又斩杀了观军容使西门君遂、内枢密使李周潼、段诩。即使这样，李

茂贞也不答应，非要皇帝处决杜让能不可。昭宗李晔怀着无比悲痛的心情，下旨赐杜让能自尽，并给他栽赃上卖官鬻爵、敛财贪赃的罪名。累世望族、忠贞国士竟然如此终结！朝廷付出了惨痛的代价，这场兵临宫禁的危机才得以暂时解除。

至此，昭宗上任伊始确立的削藩镇目标彻底失败，重用儒臣的方略也半路流产，打击宦官集团的计划倒是基本实现，可是随即伴生了一大堆副作用，留下了数不尽的后遗症。

即使打击宦官集团的成果也仅限于铲除了田令孜与杨复恭集团。事实上，昭宗并非要全部废除宦官，而是要铲除田令孜和杨复恭这两个大宦官集团。只要宦官集团不再干预朝政、不再逼迫皇帝即可，甚至并没有必欲置田令孜与杨复恭于死地的初衷。其实，昭宗没有能力废除干政的宦官制度，不仅如此，他对宦官也存在习惯性的好感与偏袒，只不过没有之前的几任皇帝严重。宦官制度是中国封建历史上一个重要的现象，贯穿了整个封建的政治斗争史，几乎没有一个朝代能做出很好的安排，直到最后一个封建王朝清朝才算基本没有发生宦官逾制干政的事情。但是封建宫廷的政治斗争是残酷无情的。这种权力的争夺充满了血腥与暴力，其结果必然是你死我活。

田令孜、杨复恭都是以别人的鲜血染紫自己冠带的人，根本不相信柔情与眼泪，不相信皇帝举起的屠刀还会轻易放下。当田令孜、杨复恭看到昭宗皇帝举起屠刀的时候，如同再次看到了当年遭阉割时寒光闪闪的手术刀一般。他们心里十分清楚，现在他们大头的命运也将与早年的小头一样，割掉不会重生。因此，无论是出自个人的安全考虑还是对所属本政治集团的利益考虑，田令孜、杨复恭都不会让步，不会心甘情愿地退出权力的角斗场，必然会拼出全部家底一搏。所以，昭宗打击宦官集团的过程充满了腥风血雨，充满了各种风波诡谲的矛盾。各种相关的政治势力虎伺鹰瞵，瞅准机会，采取各种或明或暗的手段参与到这两场权力纷争与重新配置的大戏中。

这两场皇权与宦官之间的斗争已经远远超出了最初的意义与范畴，超出了昭宗的预期与预料，也超出了昭宗的掌控范围。发动这两场斗争的皇

帝已经被各种势力绑架，深深地陷于漩涡不能自拔，既不能自救也指望不上他救。水中的搏击选手和岸上的看客，无人关心皇帝的死活，关心的只有各自追逐的利益。

打击宦官与打击藩镇的斗争结束后，朝廷与皇帝的地位不仅没有得到加强，反倒进一步坠落。各种政治集团势力瓜分朝政的畸形局面不仅没有得到治理，反倒进一步混乱。权倾朝野的宦官集团铲除了，一向由宦官统领的禁军，现在成了无头的苍蝇，濒临崩溃解体的处境。继任的低级宦官或者皇家的王子都没有能力将这支队伍带好，不仅无法保卫皇室、扫荡诸侯，反而纪律更加涣散，时常掳掠街市，基本等同于乌合之众的匪盗。

就在这个时期，大型藩镇开始形成。四川有王建，京畿附近有李茂贞，河东有李克用，卢龙有李匡威，中原有朱全忠，淮扬的杨行密和浙江的钱镠也正在冉冉升起。他们或者霸据险要山川，或者占有肥饶之地，或者控扼盐铁贡赋，或者手握雄兵偏据一隅。藩镇对朝廷的热情锐减，他们都在自顾自地忙自己的事情，不再搭理皇帝与朝廷，除非再想起来需要利用一下的时候。此时的皇帝变成了真正的孤家寡人。

以杜让能、张浚、孔纬、韦昭度为代表的宰相集团受到巨大挫折，感到了螳臂当车的残酷与痛苦。朝中原来饱读诗书出身世家的宰辅们凋零殆尽，所剩忝居高位的大臣也多寻求与藩镇的妥协与联盟，成为内外互为表里互相利用的利益共同体。

昭宗感到了极度的疲劳与徒劳、失望与绝望、悲哀与悲痛。

昭宗此时才开始明白哥哥李俨为何年纪轻轻就死于任上。

昭宗放弃了抗争。

昭宗每天凭着酒精的麻醉，才能够睡去。

二、军阀混战

1. 徐汴之争

　　驴子不要抱怨没黑没白的干活，因为，只有在磨道上不停脚的驴子才安全。时溥心里很难受，他认为自己遭到了朝廷的抛弃。时溥被抛弃的原因是朱全忠的崛起。朱全忠这颗新星后来居上，取代时溥成为东面的老大。

　　话说秦宗权旧将孙儒自秦宗权兵败之后，卷了秦宗权的很多家底儿，变成流寇，四处掳掠烧杀。孙儒在河南一带是混不下去了，因为死对头朱全忠已经成长为当地的老大。孙儒在朱全忠眼皮底下没有活路，只得带着他的土匪队伍向东逃窜。朱全忠决心要将胜勇追穷寇，打算一举消灭秦宗权残部，彻底解除中原的祸患。

　　就在朱全忠率军马不停蹄追到宣武东部边境的时候，忽然接到了张夫人的来信。朱全忠坐在马背上接过信使递上来的信笺，展开一看，只有寥寥数语，内容不多。众将开始没有在意朱全忠的表情，都以为是平常家信。过了一会儿，大家发现朱全忠手扶马鞍桥发愣，久久没有下达继续追击的命令。汴军各位将领心里禁不住产生了嘀咕，发生了什么事令大帅犹豫不决呢？朱全忠没有宣布谜底，沉吟片刻之后，而是宣布了一个决定。朱全忠举手在空中一挥，说道："回师大梁。"大家更迷惑了，心说这乘胜追击，顺顺当当的，眼看就要追上了孙儒，怎么忽然不打了？可是没有人敢问，大家都知道朱全忠的脾气阴晴不定。朱全忠没有告诉你的事情，你最好不要问。因为朱全忠根本就没打算告诉你，如果问了，会触犯朱全忠的忌讳，说不定引来一顿臭骂甚至鞭打。众将按照朱全忠的命令，默默调头回了开封。

　　回到开封帅府，朱全忠甩蹬离鞍，跨步往里走。这时候，张夫人已经站在内堂门口，笑吟吟地迎接朱全忠。朱全忠快步上前，握住张夫人的手，郑重地说道："多谢夫人指点，好一个'鸟兽尽、良弓藏'，及时提醒了我。为了避免我这把'良弓'失去用武之地，暂且留着蔡贼余部，让他们在东部折腾折腾，这样朝廷就不会忽视我们的存在了。"

"大王圣明。您苦战多年才有了这方天地，现在刚刚立稳脚跟，应该整理一下政务。朝廷昏聩，反复无常，如果大王您将东部一带荡平，朝廷定会削夺你的权力，还有可能发生其他更坏的事情，大王您不可不防啊。"张夫人语调平缓，但语言铿锵有力。

朱全忠连声赞道："夫人所言极是，所言极是。"

原来，张夫人担心朝廷卸磨杀驴，才写了封八百里加急信，制止朱全忠继续追剿孙儒。

朱全忠命人摆上一桌好酒菜，找来朱珍、庞师古、敬翔、蒋玄晖等心腹文武，与张夫人一起，共同宴饮一番，也表示对张夫人的感谢之意。

朱全忠放了孙儒一马，这孙儒可没闲着，的确又干出了令朝廷头疼的事情。孙儒毕竟悍将，虽然主力解体，但战力犹存。他率领三万人马，一口气打到淮南境内。此时，高骈已经被暗杀，淮南一片乱糟糟。低级军官杨行密刚刚收拾了一帮淮南军队，既无旗号也无地盘。孙儒杀到，经过一番激战，攻入淮南镇府扬州，杨行密被迫退往庐州。

自高骈死后，淮南陷入混乱，朝廷在当地也找不出个像样的军头，同时还指望朱全忠向东追剿秦宗权残部。在公元888年的时候，朝廷将淮南交给了朱全忠管理，让朱全忠兼淮南节度使、东南面招讨使。

为了直接管理淮南，巩固并扩大地盘，朱全忠派帐下谋士张延范出使广陵，向杨行密转达朝廷的委任状。张延范到达广陵后，杨行密十分热情周到地接待了他。杨行密将张延范奉若上宾，这是杨行密第一次闻听朝廷诏命，不免有些激动，也有些期待。张延范不紧不慢地宣读圣旨："淮南久经丧乱，朝廷眷顾，为尽快恢复治理，特命朱全忠兼任淮南节度使，以杨行密为淮南节度副使，以宣武行军司马李璠为淮南留后。"在藩镇官制中，节度副使是个虚职，相当于美国的副总统，基本没有什么实际权力。留后虽然算不上正式官爵，但是这意味着留后要优

先于节度副使升任节度使。

杨行密一听这诏书内容就明白了，这哪里是什么诏书？简直就是朱全忠的命令，而且朱全忠压根儿就不信任杨行密，专程要派人来治理淮南。杨行密气得脑门青筋暴跳，极不情愿地接下了诏书，再也不搭理张延范了。张延范见杨行密不是个软柿子，判定杨行密必有对抗朱全忠的心思。张延范赶紧秘密向开封的朱全忠送信，报告朱全忠淮南的情况："杨行密此人对大王的人事安排流露出了不满，为防不测，请大王亲自督师来解决此事。"

张延范的书信还没到达开封，朱全忠就已经派牙将郭言率领一千人马护送候任淮南留后李璠上路赴镇了。宣武去淮南必须经过徐州地界。朱全忠向感化节度使时溥打招呼，要求借道过境。没想到这时溥一百二十个不乐意，脖子一梗，眼珠子一翻，脑袋一卜楞，很坚决很迅速很毫无商量地驳回了朱全忠的面子。这是为什么呢？

原来是嫉妒。

嫉妒是毁灭的种子。

嫉妒是不需要多少理由的。

即使有点理由多半也不必不能放到桌面上阳光下。

时溥嫉妒上了朱全忠。

因为朱全忠现在名气比时溥大，因为朱全忠现在官爵比时溥高。

就因为朱全忠擒获了秦宗权。

可时溥拿到了黄巢的脑袋啊！

凭什么将我时溥东面都统的头衔给了朱全忠？还让他兼领淮南？淮南离徐州这么近，要兼领也应该是我时溥兼领。

所以，时溥感到窝火羞耻和不甘心，无论如何也咽不下这口恶气。

所以，时溥对朱全忠采取了不合作的态度。

时溥不仅不与朱全忠合作，还派兵袭击了半路上的李璠和郭言。汴军被徐州军团团包围，最终汴军因客场作战，寡不敌众，不是对手，伤亡惨重。郭言拼命杀出一条血路逃回开封。见昔日共同抗击黄巢的老战友时溥这么小气，竟然还大动了干戈，朱全忠勃然大怒。此时，正巧张延范的密

信也到了。朱全忠决定亲自帅大军赴淮南，要用武力威胁杨行密就范，同时也灭一灭时溥的气焰。

朱全忠走到宋州时，张延范从广陵逃了回来。原来，杨行密决意不买朱全忠的帐，干脆一不做二不休，杨行密对张延范一改礼遇态度，变成了严加看管，等同于囚禁。张延范趁看守松懈的间隙，逃脱了出来。张延范一路狂奔，终于在宋州遇到了朱全忠的部队。

张延范遮住朱全忠的马头说："杨行密此人虽发迹于低级军官，可是很得人心，志气不小，善于组织力量，队伍战斗力旺盛，此人不是轻易能够征服的。杨行密正在与孙儒缠斗，我们不如暂且观两虎相争。另外，我在来的路上，听说时溥埋伏了重兵，要拦截大王。"朱全忠在马上沉吟良久，说道："淮南遥远，攻之劳师靡费，先解决了肘腋之祸再说。"朱全忠命令回师，放弃了武力威服淮南的想法。

朱全忠所谓的肘腋之祸，是指时溥。

朱全忠将消灭时溥提上了日程，提到了优先于解决淮南的重要性上来。

时溥也不是个好鸟，从来没有怕过谁。徐州军剽悍成性，造反成习，可是时溥任内没有发生兵变，足见时溥有些斤两。

不过有斤两的人遇到了有吨位的人。

征时溥，不是件小事，因为时溥毕竟不是蔡贼。征蔡贼属于为国除害，征时溥属于藩镇之争，两者性质大相径庭，需要通盘计议。

对于现在的时局特征，明眼人都看得出来，朝廷摇摇欲坠，已经威仪顿失，恩信丧尽，很难再吸引人们的眼球。天下几个强藩已经初步形成，并且都在埋头苦干，忙自己的事情，谁也不拿朝廷当回事，不拿皇帝当干部。北有李克用，南有朱全忠，成为黄河两岸最大的藩镇势力。四川的王建、凤翔的李茂贞、徐州的时溥割据一方，也都搞得有声有色，活得有滋有味。原本天下最热闹的帝都长安成了最冷清的地方，原本万众瞩目的皇家朝廷成了最没人搭理的对象。

如何对待临藩？如何对待朝廷？如何对待自己？

朱全忠命人将敬翔请来，打算与之商议下一步的打算。

初春的阳光虽然热度还不足，但亮度已经明媚灿烂了。墙角边蓬丛丛的迎春花已经开出星星点点的花朵。大帅府的廊檐下，一个木制清漆方桌，桌面上陈列着紫砂的茶具，一缕缕茶叶的清香从壶嘴中飘出来。朱全忠背负双手在院子里踱步。一会儿，敬翔来了。朱全忠对敬翔微微一笑，示意敬翔坐下来喝茶。敬翔谢过之后，与朱全忠两人一左一右坐在矮桌旁。朱全忠亲自把盏为敬翔斟满一杯茶水，然后又给自己斟满一碗。敬翔急忙又欠起身，双手虚扶茶杯。朱全忠摆摆手，让敬翔不必客气。

朱全忠呷了一口茶，看着敬翔说道："子振，你看现在天下藩镇哪家最强？"

敬翔没有直接回答朱全忠，略作沉吟答道："'北有李克用，南有朱全忠'，这是孩童都能背诵的歌谣。方今天下，以大王的宣武与河东为最强"。

"嗯，"朱全忠微微的点头，敬翔的这个回答在朱全忠意料之中，朱全忠接着说道："那现在的朝廷又如何？经过这一年多，你看新皇帝李晔是个什么样的君王？"

敬翔已经觉察到了朱全忠今天所谈话题的分量，用手敛了敛衣襟，也喝了口茶，说道："朝廷纲纪日毁，大臣宦官争权夺利，不以天下为念。长安历经劫难，元气大伤，府库枯竭，军队疲敝，朝廷已有气无力。新君登基以来，似乎要励精图治，然而所用非人，措施失当，急功近利之心暴露无遗，恐非天下之福。"

朱全忠一边用左手揉着右肩，一边站起身，朝院中走去。敬翔也起身跟在其后。

朱全忠说道："子振所言与我所想相同。这几年河中、河东、西川、凤翔纷纷卷入朝政纷争，到头来，不仅无益于时局，反倒越陷越深，越搅越乱，最后仍然是不欢而散，谁也没有得到好处。朝廷是觉得谁有用就亲近谁，只顾眼前利益。结果是威信越来越差，天下供输入朝者不过十之三四。自我到宣武以来，没有一日不征战，历经大小数百战，苦苦支撑。先剿灭黄巢，后平定秦宗权，朝廷没有支援一兵一卒、一车粮一担米。不仅如此，还竟然将剿灭黄巢之功封给了匹夫时溥，令人心寒。"

敬翔谨慎地看了看朱全忠的脸色，简明扼要而又坚定地说出了一句话："虽然，朝廷已经暗弱不堪，不过勤王的旗号还是要打，同时，我们自己的事情还是要抓紧办。"

朱全忠停下脚步，盯着墙角的迎春花陷入了沉思。嘴里低声重复着敬翔的话："勤王的旗号要打，自己的事情也要抓紧办。"朱全忠眼睛里闪过一丝明亮而狡黠的神色，转身对着敬翔点点头，说道："子振，说得好，说得好啊！"

"子振，依你之见，这个勤王的旗号如何打？我们的事情哪些为先？"朱全忠继续迈步向前走。

敬翔不紧不慢地回答道："新皇帝血气方刚，刚刚登基就急不可耐地要大展抱负，先是派韦昭度出兵四川攻打陈敬宣，西川之战胶着未果，现在又组织朝臣谋议讨伐李克用。"

朱全忠没有打断敬翔，认真地听他分析。

"国势残破，属多年积弊，已经积重难返。若贤明之主在世，大略之臣主政，或可挽救一时。现在，朝廷新遭丧乱，国力虚耗，皇帝逞强，儒臣迂腐，竟倾全力以兵临强藩，未周全而轻举妄动。依我看，战事未开，胜负已判。"敬翔分析道。

朱全忠边听边点头，命人取来一封信递给敬翔。敬翔取出信笺一看，是当朝宰相张浚写来的。内容是邀请朱全忠为朝廷出兵讨伐李克用，并说已经联合了卢龙、成德、云中等藩镇，共同对付李克用。敬翔试探着问道："大帅是否有意帮助朝廷？"

朱全忠没有肯定也没有否定，而是反问道："依你勤王之策，这事当做如何处置？"

"河东目前为天下强藩，晋阳李克用志气狂傲，我们不宜与之发生全面冲突。待时机成熟之后，与之争较天下也不为迟。可是，朝廷既然已经表明了态度，如果我们不发兵，似乎有抗命之嫌。大帅可以派一支偏师佐之，事成则进取泽路邢铭，事不济则退保河阳。"敬翔向朱全忠说出了自己的建议。

"不过，大王还有更重要的事情做。宣武河阳陈蔡许郑一带已经基

本安定，我们的后方可以不必担心。蔡贼残部东窜，我们应借助讨伐蔡贼之名，向东攻取感化与淮南地盘。况且，朝廷已经授予大帅兼领淮南节度使之职，更可以名正言顺地将淮南并入我们的统辖范围。在兼并淮南的同时，还可以将感化纳入掌中，时溥目光短浅，贪图眼前利益。现在他拦截我们统辖淮南，目的是想自己独吞。我们若取淮南，先要灭掉时溥。"敬翔丝丝入扣地解析了朱全忠的下一步战略方向。

朱全忠拊掌哈哈大笑，对敬翔说："嗯，子振言之有理，我们下一步要继续与朝廷合作，抓紧办好自己的事情。在进取布局上，先东后西，先南后北。"

在这种战略指导下，朱全忠后来没有倾全力与张浚共同讨伐李克用，只是派出了区区三千人协助张浚。因为，朱全忠将主要精力去忙着做更重要更要紧更有利可图的事情。所以，在张浚征讨李克用的战争中，朱全忠仅仅扮演了一个协助者的角色，而且名义的成分大于实质的内容。朱全忠是狡诈的，而且他对待几乎任何人包括敌人和朋友都是狡诈的。

时溥与朱全忠闹掰了，并非全部缘于嫉妒。嫉妒背后还有很大的利益图谋。黄巢秦宗权覆灭之后，诸侯之间的兼并征伐已经公开化表面化白热化，几乎到了不需要什么理由与借口的地步。高骈之死，淮扬真空，继而高骈的死对头周宝也死去，钱塘杭州一带也陷入无政府状态。而这两个地方既有农桑之富，也有商贸繁华，更有盐铁之利，其富庶程度抵得上半个天下。朱全忠既有兼任淮南节度使的目的，还有兼管盐铁的心思，已经将淮扬当成了自己案板上的肥肉。打淮扬主意的可不只朱全忠一人，淮扬之北的感化节度使时溥对淮扬也早已垂涎三尺。高骈在世时，时溥从来不敢越雷池半步，一直睦邻而居，井水不犯河水。高骈既然已经死了，朝廷派不出来正式的节度使，而是将淮扬作为大礼包送给了朱全忠。时溥这心里是三百个不乐意。在明争方面，时溥对朱全忠已经失掉一局。可是，时溥并不死心，明争不行就来暗取。时溥一方面派兵越界侵蚀淮南地盘，一方面阻挠朱全忠派人统辖淮南。因此，时溥已经成了横在宣武和淮南之间不可逾越的一堵墙。

朱全忠要兼并淮南，必须先要击破时溥。

公元888年十一月，也就是新皇帝昭宗刚刚即位的第一年底，徐汴战争爆发。

朱全忠派出帐下头号大将朱珍率领五万人马征伐时溥。时溥知道朱全忠部队战力强大，因此不敢掉以轻心，亲自率领七万人马驻扎吴康镇，以逸待劳，逆战朱珍。正在时溥与朱珍酣战之际，突然徐州后方八百里加急信使赶到时溥营中，向时溥报告汴军另一员大将庞师古攻下了宿州。原来，朱全忠在派出大将朱珍正面吸引时溥主力的同时，另外派庞师古偷袭了宿州。时溥心知中计，无心恋战，结果被朱珍杀得大败。

第二年正月，朱全忠又派出骁将庞师古攻占了感化所属的宿迁，进而进军吕梁。时溥再次亲征，迎战庞师古。这次时溥又被庞师古杀得大败，只好退保徐州。

朱珍和庞师古两人如两把尖刀插入感化境内，交错进行，互为应援。时溥左右逆战，疲于奔命。朱全忠见自己两员大将已经将时溥搅的团团转，看来火候到了，朱全忠决定亲自督师征讨时溥，再加一加压，将战事向纵深推一推。

公元889年五月，朱珍又进一步扩大了战果，攻占了时溥的萧县，与时溥对垒。为了迎接朱全忠前来会战，朱珍命令各寨部署修筑工事，整砌马厩营房。朱珍命令一出，各个营寨热火朝天地紧张忙碌起来。巡视官到各个营寨检查督促，到达副将李唐宾营寨时，巡视官见这里没什么动静，工作进度缓慢，就对负责干活的李唐宾部将严郊进行了训斥。

在中国有一个潜规则，就是"打狗也要看主人"，严郊被训斥一番，李唐宾脸上挂不住了。李唐宾气冲冲地来找朱珍诉冤抱怨。朱珍见李唐宾这个态度，心里也很生气，这不是摆明了不服从我的命令，不支持我这一把手的工作嘛！不仅如此，你李唐宾还袒护部下，拿着不是当理说，分明是无理取闹！朱珍盛怒之下，抽出佩剑，手起剑落当场将李唐宾刺死。

李唐宾毫无戒备，他无论如何也没想到朱珍会暴下杀手，在毫无反抗的情况下，李唐宾死于非命。

朱珍看着地上的李唐宾尸首，这才大惊失色，知道自己一时冲动闯下了大祸。临阵擅自斩杀大将，这可不是闹着玩的，是死罪啊。朱珍非常了

解朱全忠的脾气。朱全忠虽然赏罚分明，可从来不轻易相信人，即使对朱珍这种最早的追随者，朱全忠犯起怒来，也毫不留情，从不手软。朱全忠的杀伐决断只不过是瞬间的事，因此，朱全忠手下大将任何人都不敢冒犯朱全忠，更不敢随随便便犯错误。即使出生入死这么多年，可朱珍每每见到朱全忠时，心里总是莫名其妙地隐隐乱跳。朱珍越想越后怕，可是怕也不是个办法啊！朱珍拢了拢心神，决定掩盖真相，瞒天过海，试图侥幸蒙混过关。他派人去开封报告朱全忠，说是李唐宾要造反，朱珍这才迫不得已临时采取紧急措施，将李唐宾当场诛杀。

大伙要问了，一个主将能轻而易举如此草率地将副将杀掉？而且也不是大不了的因由。其实，这里大有隐情。

自朱全忠赴镇宣武以来，朱珍一直追随左右，南征北战，战功赫赫，属于汴军中第一员猛将。后来，朱全忠从黄巢手下招降了李唐宾，此人也非常勇猛。朱全忠经常命朱珍与李唐宾两人一起出征，这两人合在一起战斗力提升几倍，更是所向披靡。随着战功的增加，李唐宾的名气与地位与朱珍并驾齐驱，不相上下了。差距能产生秩序。差距消失后，秩序的天平会失衡。功绩可以激励人奋进，然而功绩过高也会令人忘乎所以。朱珍居功自傲，开始飞扬跋扈起来，逐渐不把众将放在眼里。李唐宾对朱珍产生了不服气心理，朱珍则对李唐宾产生了戒备念头。两人由合作共事、出生入死的战友变成了你猜我防的竞争对手，隔阂与日俱增，互不信任的气氛越来越重。

在征伐朱瑄的时候，朱珍因久在前线，军旅劳苦，就偷偷地派人去开封接他老婆，打算将其接过来解解闷儿。这事儿被朱全忠发觉了，朱全忠大怒，立即派人将已经出城的朱珍老婆追截了回来。朱全忠责罚开封城的守门员渎职，没有严格履行责任，私自放走前线将领的家眷。朱全忠命令对守门员施以极刑，斩首示众。不仅如此，朱全忠认为朱珍这是严重的破坏军纪行为，不可饶恕。盛怒之下，朱全忠派遣亲信蒋玄晖去濮州前线召回朱珍，换上李唐宾统领全军。

敬翔急忙拦住了朱全忠的命令，向朱全忠建议道："朱珍勇猛，不是很容易能降伏的，如果他因疑虑和猜忌而造反，可就麻烦了。"

朱全忠一听敬翔这话，眼睛眨了一下，马上悔悟，立即派人去追蒋玄晖，让他不要去濮州。

朱珍得知自己的老婆被拦住，心里害了怕。他知道朱全忠军法严明，自己明知故犯，私自接家眷来前敌，朱全忠绝不会善罢甘休。晚上，朱珍设宴邀请诸将喝酒，打算将私自接家眷的事情向众将表白一番，一是为自己找托词，二是希望借此减轻朱全忠的猜疑。李唐宾也已经知道了朱珍接老婆的事情，心里正在对朱珍嘀嘀咕咕之际，见朱珍无缘无故地要请大家喝酒，李唐宾心里来回翻个儿，七上八下，他比朱珍还不踏实。因为，李唐宾认为这是朱珍要借酒杀人，是朱珍要设局造反。李唐宾越想越觉得不安全，左思右想不敢去赴宴。

李唐宾在搞不清朱珍底细的情况下，既不敢赴宴，也不敢在军营久留，索性直接杀出濮州，跑回了开封。

朱珍见事情越搞越大，越搞越复杂，一下子没了主张，最后决定硬着头皮去见朱全忠，或许朱全忠能够网开一面，放他一马。于是，朱珍也单身独骑跑回了开封。

朱全忠看着眼前这俩人，又气又恨又无奈。气的是汴军顶尖的大将干出这等违反军纪的事情，况且目的窝窝囊囊，丢人现眼。恨的是朱珍一错再错，将事情搞得如此复杂，李唐宾胆小怕事，有失大将风范。无奈的是，汴军正在用人之际，如果因为这种偷鸡摸狗的屁事儿大加责罚，恐怕会适得其反。况且犯错之后，这俩人能够只身来见，也说明他们没有异心。朱珍李唐宾毕竟是朱全忠手下数一数二的大将，朱全忠很爱惜他们的才干。反复权衡之后，朱全忠压住怒火，没有治他们的罪，重又将他们派到濮州统领军队。

其实，朱全忠在这里发生了一个失误，大将之间已经产生嫌隙，就不应该再派他们在一起工作。现在终于酿成恶果。朱珍假公徇私，以私人恩怨找借口将大将李唐宾杀害。

话说朱珍的信使带着朱珍编造好的理由进入开封汴梁后，急匆匆要向朱全忠报告。在信使见到朱全忠之前，被敬翔发现了。敬翔问信使何来？信使说朱珍诛杀了反贼李唐宾，特来向大王报告。敬翔觉得事有蹊跷，就

借口将信使安排到驿馆住下，待明日再向大王报告。此时敬翔已经由开封驿馆巡官升任淮南左司马，进入了淮南藩镇的领导班子，当然这个淮南的班子是名义上的，还没有取得对淮南的实际领导权。敬翔拿着信使的这封信，连夜觐见朱全忠。敬翔为了给朱全忠一个缓冲，故意做了些铺垫。不紧不慢地对朱全忠说："大王，现在对时溥的战事发展较为顺利，朱珍和庞师古他们取得了重要战绩。"

朱全忠点点头："嗯，这几个人乃我汴军主力，一直以来，作战无往不利，这次他们对时溥的压力不小。"

敬翔看了看朱全忠，话锋稍稍一转，说道："尽管朱珍一部攻城略地，但是我也有些担忧。"

朱全忠用眼睛注视着敬翔，敬翔继续说道："朱珍去年与李唐宾发生了一次矛盾，看来这个结一直没有解开。"

"发生了什么事？"朱全忠沉声问敬翔，他似乎已经预感到了什么。

"朱珍将李唐宾杀了。"敬翔叹了口气说道。

"何时？"朱全忠双目圆睁，原本坐着的他"腾"地站了起来。

"昨天。"敬翔仍然坐着没有动。

朱全忠像一头发怒的雄狮，咆哮着在房间里来回走。嘴里不住地漫骂："狗贼朱珍，竟然敢擅杀大将！两军交兵之际，做出这等混蛋事情！一定要严办，军法从事！"

敬翔仍是不紧不慢地说道："大王息怒。现在的朱珍已经不是过去的朱珍了。当务之急是要安抚住前敌的几万军队，绝不能出现惊扰哗变，以免发生不测变故。"

经敬翔一提醒，朱全忠回过神儿来，暴怒的情绪稍稍有所平复。

"为之奈何？"朱全忠斜视着敬翔。

"大王现在必须要假戏真做，将李唐宾的老婆孩子抓起来，关进大牢，让朱珍认为大王相信了他的话，使朱珍麻痹大意，不至于催生离叛之心。"敬翔说道。

"嗯——只好如此"朱全忠沉闷地吐出一口恶气，愤怒且无奈地接受了敬翔的建议。

群雄逐鹿

末唐藩镇大将拥兵自重，乃至造反篡位者比比皆是，可以说是"蔚然成风"。朱珍自谓功劳巨大，所向无敌，这才骄傲自负，有恃无恐地擅杀害了副将。朱全忠和敬翔完全有理由担心朱珍也走上拥兵犯上的道路。因此，对待尚在领军的朱珍，朱全忠不得不隐忍，不得不讲究策略。朱全忠命人将李唐宾的家眷逮捕下狱，同时派出特派使者赶赴前敌，宣读了李唐宾的罪状，肯定了朱珍的处置措施。如此一来，前敌朱珍所属各部才人心安定下来。

一个多月之后，朱全忠亲自率领大军到萧县与时溥会战。朱珍带着几个亲随，迎出营寨老远来接朱全忠。朱珍来到朱全忠面前，见朱全忠本就黝黑的脸色铁青，双眉紧缩，一脸怒容。朱珍刚要开口说话，还没能说出口，就见朱全忠勃然大怒，用马鞭指着朱珍的鼻子破口大骂："狗贼，擅自杀我良将，来人，给我拿下！"朱珍脑袋"嗡"的一下，知道事情败露，知道后果很严重，知道自己可能逃不过此劫了。

"呼啦"上来几个武士七手八脚将朱珍五花大绑起来。这时候，朱珍部属中大将霍存和几十个将佐跪倒在地为朱珍求情，请求朱全忠念在朱珍出生入死、屡立战功的份上，从宽处理。朱全忠见这么多人为朱珍求情，心里既有所顾忌也有些震骇，朱珍的影响力竟然如此之大！朱全忠怒气未消，跺了跺脚，抓起身边的马扎冲着朱珍劈头盖脸砸了过去，连声大骂"给我滚！"朱珍赶紧借坡下驴，灰溜溜退了出去。朱全忠将朱珍死罪饶过，活罪不免，革去都指挥使军职，由庞师古全权统领两路大军。自此，庞师古成为继朱珍之后的汴军头号大将。

朱全忠连失两员大将，无异于羽翼遭剪，又赶上天气恶劣，大雨累日不停，此次会战被迫停止，朱全忠率军返回开封。

朱全忠锲而不舍、一波接一波地攻伐时溥，将时溥的地盘从西到北逐步压缩，以至于时溥蜷缩在徐州城内不敢出来。时溥此时才意识到，自己错了。在错误的时间错误的地点挑衅了一个错误的人。时溥本来与朱全忠没有深仇大恨，况且朱全忠也没有对时溥表现出敌意，这次徐汴战争可以说完全是因时溥引发并启发朱全忠大开战事。事已至此，时溥不得不低下他高昂的头。时溥向朱全忠伸出了橄榄枝，要与朱全忠讲和。朱全忠考

虑到时溥毕竟不是一般小藩镇的平庸之辈可比，不是轻易能够平灭。再就是徐汴两强相争，涂、泗、濠三州一带已经饱受战火之灾，民不聊生。还有此时朝廷与李克用的战争爆发，朱全忠虽然没有派主力参战，但也不敢等闲视之。因此，朱全忠也产生了罢兵的念头。但此时朱全忠处于强势地位，有资格讲条件。朱全忠让时溥离开感化，到别的地方去做官。时溥为了保全自己，只有答应朱全忠的要求。朱全忠上书朝廷，请朝廷将时溥调走，另外派文臣来充任感化节度使。朱全忠的目的仍是想将徐州控制在自己手中。混蛋朝廷也没有多动脑筋，答应了朱全忠的要求，派来了门下侍郎、同平章事刘崇望，担任感化节度使，调时溥进京，给了个太子太师的荣誉官。这位刘崇望就是前文中，出使河中王重荣，为僖宗调停的人。也是极力反对张浚讨伐李克用的人。

朝廷的诏命送达徐州城外时，时溥又反悔了。因为时溥担心这是朱全忠的调虎离山之计。时溥知道朱全忠向来狡诈反复，不可信任。自己如果离开徐州地盘，到那时和一个糟老头子没有任何区别，朱全忠想杀时溥还不轻而易举？绝不能放弃军队！时溥想到此处，拒绝了朝廷调他的诏命，根本不让朝廷宣敕使进门。老学士刘崇望刚刚走到华阴，收到时溥不听命令的消息，只好打道回府。

朱全忠见时溥又变卦了，知道东西兼顾是不可能的了，于是下定决心"强攻时溥，巧打李克用"。这才有了西部战场上，朱全忠原本想用计策穿插太行山，巧攻李克用，可是这一计策毁在了李谠、李重胤手上，由于二人的自作主张与临阵脱逃，导致泽潞全线崩溃。朱全忠派重兵全境压上，迫使时溥坚城固守不敢出战。时溥处境越发窘迫，同时感化集团内部也出现了矛盾，先后有重镇和大将投降朱全忠。

昭宗大顺二年（公元891年）十一月，时溥手下大将刘知俊率领两千人临阵投降了朱全忠。

刘知俊本乃徐州沛县人，身形高大，相貌堂堂，举手投足间有宏阔之志。以前在感化节度使时溥帐下效力，深得时溥器重。刘知俊也很有责任感，冲锋作战十分勇敢，襄帏赞划很有谋略。可是，木秀于林风必摧之，锋芒太露必遭猜忌，刘知俊的才能终于超于了一定的限度，招致了时溥的

疑妒。那刘知俊此人到底有多能干呢？以后我们会陆续交代，此人绝对是一人之下万人之上的料。

由于在时溥营中处境已经十分凶险，刘知俊无奈之下，率所部两千人投奔朱全忠。刘知俊善使长剑，披甲上马冲锋陷阵，所向无敌。在时溥那里没有发展空间的刘知俊却深得朱全忠赏识，朱全忠擢升刘知俊为开道指挥使，所以人送刘知俊外号"刘开道"。这位刘知俊成为朱全忠中后期阵营中的军事主力之一。

昭宗景福元年（公元892年）十一月，感化重镇濠州、泗州两个刺史也投降了朱全忠。

至此，时溥几乎成了孤家寡人。

朱全忠长子朱友裕率领十万兵马攻打下朱瑄所属的濮州后，紧急移师与庞师古一起攻打徐州。

时溥实在是无计可施了，捱过了一个冬天之后，只得于公元893年二月向朱瑾发出了求救信。朱瑾何许人也？各位或许还记得，前面我们讲过朱瑄朱瑾兄弟应邀帮助朱全忠打败了秦宗权。可是朱全忠贪图朱瑄兄弟兵马资源，在打败秦宗权之后没几天，朱全忠即翻脸不认人，向朱瑄朱瑾开了炮。

敌人的敌人就是朋友嘛。时溥和朱瑾这两个朱全忠的敌人，成了暂时的朋友。朱瑾率领两万人从兖州出发驰救徐州。朱全忠派出骁将霍存率领三千骑兵赶赴曹州，在半路上邀击朱瑾。这次邀击可能没有成功，原因是朱瑾出兵比霍存的骑兵还快，霍存只好尾追朱瑾至石佛山。霍存与朱友裕合兵一处大战朱瑾，这时候徐州也派兵出来接应朱瑾。于是一场混战和恶战爆发。徐、兖兵大败，退入徐州城。就在汴军准备得胜回营之时，突然徐州兵又冲杀出来。汴军猝不及防，阵脚动乱。霍存力战断后，最终力尽战死。

朱友裕是朱全忠儿子中最成器候的一个，能征惯战，待人宽厚。朱友裕率汴军将徐州团团包围，时溥困兽犹斗，时不时地派兵出战。朱友裕为稳妥起见，采取了坚壁清野的策略，不和时溥接仗。朱瑾在徐州城里实在呆不下去了，毕竟这里不是自己家，心里不踏实。趁着夜色，朱瑾破围逃走。

朱友裕得到朱瑾逃走的消息，但没有派人追击，看来是霍存的战死

对朱友裕打击不小，他采取了安全第一的打法。都虞候朱友恭（此人原名李彦威，是朱全忠的干儿子，朱全忠后来灭唐的直接操刀手之一。）看不下去了，认为朱友裕胆小怕事，并存在与敌军串通的可能。朱友恭飞书传信，将朱友裕放走朱瑾的事情报告了朱全忠。朱全忠大怒，派人紧急征调都指挥使庞师古代替朱友裕，总领前敌兵马，并且严查朱友裕纵敌之事。

你说这事情怎么这么巧，朱全忠的命令被送信的人误送到了朱友裕手中。朱友裕全身冷汗都出来了，知道大祸临头。惶恐情急之下，朱友裕带着两千骑兵逃回老家砀山，藏在朱全忠大哥朱全昱家。更巧的是，此事很快就被张夫人得知。张夫人担心儿子，但张夫人很有头脑，不仅担心而且还想出了保全之策。张夫人让朱友裕单人独骑到开封汴梁来见朱全忠。朱友裕听从了母亲的意见，自己直接来见朱全忠，扑倒在帅府大堂，泪流满面，诉说冤情。朱全忠根本听不进朱友裕的哭诉，命令左右侍卫将朱友裕殴打一顿，并要推出去斩首。

屏风后的张夫人听闻事情紧急，赶忙跑出来抱住朱友裕，母子二人抱头痛哭，张夫人说"孩儿啊，你没带一兵一卒，独自回来领罪，已经表明你没有异心啊。"朱全忠听张夫人这么一说，觉得有道理。也怪，朱全忠偏偏就吃这一套，对极度处于弱势，与表象构成强烈心理反差的事物，能够从逆反的角度加以接受。很多强势人物都喜欢这一套，似乎如此更能证明其明察秋毫威猛高大。其实，具有讽刺意味的是，有多少危机是藏在这种欺骗之下呢？朱全忠在张夫人的劝说下，没有治朱友裕的罪，调他去了许州。

庞师古到任后，一鼓作气攻下了兖州徐州联军的佛山寨，从此之后，徐州兵再也不敢出徐州城半步。

汴军围攻徐州，历时几个月还攻不下来。宣武通事官张涛以书信向朱全忠建言："我们用兵进军的时机不对，所以迁延无功。"由于西路征讨李克用的战争已经失败，两线同时作战牵扯分散了兵力，朱全忠认为张涛的话有道理。敬翔则认为不然，说道："现在集中围困徐州城已经几个月，人力物力财力耗费甚多，而且徐州人已成瓮中之鳖，只剩苟延残喘，我们胜利在望。现在如果罢兵息战，那我们将前功尽弃，功亏一篑，将士

们如果听到张涛的意见，一定会懈怠松弛，不会再努力作战了。"

朱全忠听从了敬翔的劝告，烧掉张涛的书信，亲自到徐州督师决战。在朱全忠的督促下，汴军焕发出巨大的战斗力，经过艰苦猛烈疯狂恐怖和锲而不舍的攻打，庞师古终于于打下了徐州。时溥见大势已去，绝望之际，带领一家老小登上燕子楼自焚而死。朱全忠完全将感化一镇纳入了掌中，派遣张廷范作为感化留后。

一方枭雄时溥就此谢幕，成为了过往。

朱全忠赢取徐汴战争的胜利，同时也付出了不小的代价，在东西部两个战场上共失去大将七员。

朱全忠进取淮扬和兖郓的路障扫除。

但接下来的事情更不好办，迫使朱全忠耗费更大，损失也更大。

因为朱全忠发动了"三朱大战"。

2. 三朱大战（上）

朱全忠有时候很温柔，那是在他出刀之前。举起屠刀的朱全忠从不手软。朱全忠对朱瑄朱瑾兄弟挥出的温柔一刀，既斩断了宝贵的联盟，也撕开了争霸天下的新战场。不过这杯"三朱口服液"实在难以下咽。

各位不免奇怪，朱瑄朱瑾兄弟不是救过朱全忠的急，刚刚联手共同破过秦宗权吗？朱全忠为何与朱瑄兄弟发生了争端？

事情说复杂也复杂，说简单也的确很简单。

尽管朱瑄兄弟有恩于朱全忠，朱全忠也深刻地感受到且明白这一点。还有比救命更应该令人感动的吗？赵犨对朱全忠的救命之恩感激不尽，倾全力报答。那是多好的知恩图报的样板啊！可是普天之下只有一个赵犨。赵犨，姓赵，名犨。而朱全忠，姓朱，名温。

朱全忠不是赵犨。

朱全忠是军阀，是野心勃勃心思深重计谋百变说得出口下得去手的军阀。

军阀，毕竟是军阀，自私自利目光短浅反复无常的本性已经深入骨髓。

军阀不可怕，可怕的是军阀没文化。

在那个天下混乱、分崩离析的时代，在那个道德破碎、纲纪坠毁的环境，在那个弱肉强食、你死我活的角斗场，在那个看得到眼前、看不到未来的残局中，能够呼风唤雨冒尖成事的人，多多少少都有些无赖的品质。这种无赖品质也是他们生存的法宝，更是他们屡试不爽的绝技。谁如果抹不开脸面、觉得不好意思，谁就有可能成为别人盘中的大餐。

朱全忠没有任何不好意思的感觉。

朱全忠在请人帮忙的时候，同时也为盟友挖好了大坑。这是他的习惯。虽然这样做道德风险巨大，可是朱全忠觉得很刺激，觉得自己很聪明。因为狡诈是朱全忠的品性。

在"三朱"并肩大战秦宗权的战役中，朱全忠看到了朱瑄朱瑾部署的精良，看到了兖州郓城积蓄的丰厚。毕竟兖郓远离战火，兵强马壮，粮草充足，人口殷实，肥得令人眼馋。相形之下，朱全忠所在的宣武陈蔡一带民生凋敝，赤地千里，缺衣少穿，吃了上顿没下顿，天天为了吃饭与安全奔命。

朱瑄朱瑾率部归镇离去后，有一天，朱全忠忽然对敬翔说："我与朱瑄朱瑾兄弟歃血为盟，结为盟兄弟，可是这俩人太不够意思。"

敬翔不解，疑惑地看着朱全忠。

朱全忠继续说道："他们见我汴梁将校骁勇善战，居然起了歹心，临走时悬赏诱拐我将士军卒。"

敬翔更糊涂了，不知道朱全忠此话根据何来。朱全忠仍是愤愤地谩骂："王八蛋，是可忍孰不可忍，我若不讨伐他们，他们还以为我怕了他们，我的队伍还不让他们挖墙脚挖散架？"

敬翔此时听出了滋味，欲言又止，只在一旁默默地听着。敬翔猜到了朱全忠的心思，哪里是朱瑄看上了朱全忠的部属？明明是朱全忠看上了朱瑄的家当。朱全忠现在穷得叮当响，看东西眼睛都是绿的，遇到截草根都能闻出排骨味儿，能不对兖州郓城动心思吗？以朱全忠目前的处境，保全自守是没有出路的，必须尽快扩大地盘。宣武许郑连年战乱，历经黄巢

秦宗权之祸，赤地千里，民不聊生，稼穑绝收。本部地盘上的经济已经崩溃，无法支持朱全忠的战争机器和争霸大业。出路只有一条，以战养战。只有打到别人的地盘上去，抢别人盘子里的食物，才能填饱自己的肚子。填饱肚子之后，才有力气保护自己攻击别人，才有可能获取更多的资源给养。这就是朱全忠的逻辑，很通俗易懂的逻辑。所以，敬翔很迅速地就想通了。朱全忠这是在找茬儿，反咬一口。朱全忠之所以敢于这么做，是因为他看出来朱瑄兄弟不太难对付，至少不会比秦宗权难对付。朱全忠觉得有把握。

朱全忠这个毛病太严重，喜欢在朋友刚刚来帮完忙之后就对人家下刀子，既不仁也不义，一万个冠冕堂皇的理由说破天也没人信。先是暗杀李克用，后又攻打朱瑄兄弟，外藩诸侯耻笑，自家部属也心寒啊。

朱全忠在正式发兵攻打朱瑄之前，没忘了取得政治上的主动。毕竟朱瑄刚刚帮助朱全忠打败秦宗权，世人皆知。现在朱全忠要发兵攻击盟友，不得不预先释放消息，指责朱瑄种种不是，为发兵制造烟幕弹。朱瑄一听朱全忠的责难，肺都要气炸了，血压升到一百八。朱瑄哪里能够承认朱全忠捏造的事由，迅速组织了声势浩大的舆论反击，大骂朱全忠忘恩负义，狼心狗肺，狼子野心。（注：史书关于"三朱"大战的原因没有确凿证据，《通鉴》说是朱全忠对兖郓起了贪欲，挑起战争；《五代史》说是朱瑄引诱了宣武将领跳槽。似乎都有道理，似乎又疑点重重。笔者一直以为，在秦宗权尚未被彻底消灭的时候，朱全忠既要背负忘恩负义的骂名，又要冒着双线作战的风险，挑起新的战火，似乎于理不通，朱全忠的智商不至于低到这个程度，急迫之心也不至于急到这个程度。后来的事实证明，朱全忠发动的"三朱大战"是错误的，对朱全忠的开疆拓土霸业之争害多益少。使朱全忠过早地分散了东部的力量。笔者认为如果是朱全忠挑起这场战争，那么这是朱全忠在为生存冒险犯下的一次战略性失误。不过对于狡诈的朱全忠来说，做出任何事情似乎都不稀奇。）

"三朱大战"的的确确是爆发了，旷日持久地爆发了。

公元887年，朱全忠派出头号大将朱珍为指挥使，以葛从周为副将，发兵奔袭朱瑄治下的曹州。朱珍的闪电战一战而下曹州，诛杀了曹州刺史

丘弘礼。攻下曹州后，朱珍马不停蹄，挥兵直取临近的濮州。此时，朱瑄和朱瑾的救援部队也赶到了，两军相遇于刘桥。朱珍葛从周奋力冲杀，一举击破兖郓兵数万人，大获全胜。朱瑄和朱瑾带着少数亲随逃脱。

十月，朱全忠再次派出朱珍和李唐宾率军攻打濮州。朱瑄派遣其弟朱罕率领马步兵一万人救援濮州。看来这朱瑄的确是实力雄厚，刚打报销了几万人，又派出来一万人。这次，朱全忠亲自帅主力赶来，直接迎着朱罕就杀了过去。朱罕兵败被杀。朱珍攻克了濮州，濮州刺史朱裕逃奔郓城，向朱瑄报告去了。朱珍乘胜大举进兵攻打朱瑄的基地郓城。

历经几次损兵折将，朱瑄意识到与汴军硬拼不是办法。朱瑄让朱裕给朱珍写了封信，其实是让朱裕诈降朱珍。朱裕在信中说，要在城内做朱珍的内应，约好时间，放朱珍进城偷袭。朱珍信以为真，大半夜，朱珍夜率领几千人直达郓城之下。朱瑄让人按照朱裕约定的时间打开城门，放汴军进城。等汴军大队人马进入郓城之后，朱瑄命令关闭城门，伏兵四起，对汴军连砍带射，不到一个时辰，汴军三千人悉数被歼灭。还好，朱珍留了个心眼，没有亲自入城，率领一部分人马在城外接应。见中了朱瑄埋伏，朱珍打算冲进城去救援，可是冲了几次，都没有成功，只好撤军。汴军兵败，朱瑄乘机又夺回了曹州。

"三朱大战"打着打着没动静了，有一段时间似乎要平息下来。

为什么平息呢?

因为谁也顾不上谁了。

朱全忠正在全力对付时溥，徐汴战争进入了高潮。所以，朱全忠暂时放缓了对兖郓的攻势，除了时溥请朱瑾来帮忙时，朱全忠与朱瑾发生了正面冲突。除此之外，有两年里双方各忙各的。

现在时溥死了，朱全忠的眼睛又盯上了兖郓，朱全忠的手又伸向了兖郓，朱全忠的刀又砍向了兖郓。

朱全忠死盯着兖郓不放是有原因的。因为在东北诸镇中，朱瑄朱瑾算是菜鸟。尽管这俩人还不是很菜。那要看与什么样的鸟进行比较，与时溥杨行密这样的鸟比起来，朱氏兄弟的确有些菜。所以，朱全忠优选他们作为盘中菜。

现在时溥已经覆亡，朱全忠向东和向南的障碍扫除。

那么向东还是向南呢？

朱全忠选择了继续向东。原本"三朱大战"早已爆发，只是中间插入了徐汴战争，导致事情延迟至今。虽然夺取淮扬更加名正言顺，可是朱全忠意识到杨行密不是个省油的灯，孙儒也仍气焰嚣张。与其双线作战，不如先稳住杨行密，让杨行密与孙儒相争，待解决朱瑄朱瑾之后再讨伐杨行密也不迟。

消灭时溥之后，朱全忠命令庞师古稍作修整，即从前线移师攻打朱瑾的兖州。朱瑾不是庞师古的对手，可以说是屡战屡败，被庞师古杀得只有招架之功没有还手之力，束手无策，愁眉不展。

唐昭宗景福二年（公元893年）十二月，朱全忠向朝廷奏请，要求将淮南盐铁转运的管辖权移交汴梁，以便于支撑浩大的军费开支。朝廷现在看到秦宗权主力已破，孙儒虽在淮南困兽犹斗，但在杨行密的袭扰下也手忙脚乱。茁壮成长起来的朱全忠，不仅不是忠于朝廷俯首帖耳的良臣，而且与各藩镇军阀比起来，其狼子野心有过之而无不及。因此，朝廷耍了个滑头，故意东拉西扯不给朱全忠正面答复。

朱全忠决意要尽快平灭朱瑄朱瑾，速战速决。因此，朱全忠集中了汴军集团中的主力在东线作战。不仅有头号大将庞师古统军作战，而且又调来了后起之秀葛从周攻打齐州。

昭宗乾宁元年（公元894年）二月，朱全忠亲自率大军征讨兖郓，进军鱼山。朱瑄朱瑾兄弟二人已经让朱全忠折腾得疲于奔命，两人已经无力独自对抗朱全忠，只得合兵一处，头痛医头脚痛医脚，哪里着火就救援哪里。结果，朱全忠在鱼山将朱瑄朱瑾杀得大败，兖郓兵死伤一万多人。

在朱全忠各路兵马的轮番轰炸之下，朱瑄兄弟实在抗不住了。三个月之后，朱瑄朱瑾联名向河东李克用发出了求救信。他们知道，放眼天下，只有李克用能够与朱全忠抗衡。李克用接到朱瑄朱瑾来信之后，派出了部下骑兵将领安福顺和安福庆、安福迁兄弟三人率领五百精骑兵渡过黄河，昼夜兼程驰援兖郓。

各位又要问了，这李克用为何如此小气，救人于危难，怎么才派了

五百人马？

李克用从来不小气。

李克用做事从来都是拼全力。

可是，李克用也有李克用的难处。

因为，李克用的河东集团内部出现了问题。

李克用的头号大将李存孝与李克用闹翻了。

内部矛盾是最难防范、最难应对的，也是最折磨人的。因此，古来帝王对身边的人一天到晚疑神疑鬼，宁可错杀一千，绝不疏漏一人。一旦疏漏，无论是故意还是无意，其后果都十分严重。当部下的要么逆来顺受，要么隐忍蓄大志，但一定要绝密，一旦牢牢骚骚地表现出来，死期也就快到了。

李克用早年在所部军中，选择一些骁勇善战的青年收养为义子。其中有回鹘张政之子更名为李存信，振武孙重进更名为李存进，许州王贤更名为李存贤，安敬思更名为李存孝。

李存孝骁勇非常，李克用军中上下一时无人能与之匹敌。李存孝常常率领骑兵作为李克用的先锋部队，攻城拔寨，担当重任。李存孝作战之时，身披重铠，箭弩不能穿透，腰挂弓箭和长槊，但是手中使用的是铁楇。

铁楇是一种杀伤力十分厉害且应用十分普遍的武器，一杆长柄一丈多长，前头是个碗口大的铁疙瘩。可抡扫可冲杵，挥舞起来足以砸碎任何东西。铁槊也是一种重型武器，杆柄长约一丈，前头有一个锋利的矛头，可刺可削，后头安装有三棱的尖锐铁钻。铁楇和铁槊是那个时代较常用的武器，简单实用，不必像刀枪一样总需要磨砺保养。

李存孝跨马挥舞铁楇冲锋陷阵，万人不敌。李存孝还常常带领两匹马跟随作战。胯下坐骑因作战持久而疲乏时，李存孝临阵换乘其他备用马匹。这样一个如永动机一样的战将，在李克用帐下排名第一，地位崇高。

事情只要出现反差，就会出差。

李存孝战功卓著。李存孝完全有资格自我评价很高。

李克修、李克恭死后，李克用派康君立继任昭义节度使，这极大地伤害了李存孝的自尊心。李存孝自以为在对张浚的战争中功劳最大，应该由

他出任昭义节度使。李存孝对李克用的人事安排心存抱怨。李克用又不重视思想政治工作，没有察觉李存孝的不满，更没有采取补偿措施。李存孝动了肝火真气，愤怒郁闷，一连几天不吃不喝，暴躁恼怒，拿身边的人出气，任意刑杀。也可能是李存孝这些年来工作压力的确太大，一直超负荷工作，目的就是换来一朝荣显，可是这个愿望偏偏得不到上级的满足。在极度失落与愤怒之下，李存孝对李克用产生了离叛之心。

苍蝇不叮无缝的蛋。

有了缝的蛋想不招苍蝇都不行。

苍蝇既然来了就不会仅仅叮一口。

李存孝与李克用的另一个干儿子李存信不和，互相瞅着不顺眼，肚子里互相不服气。李存信虽然是武将，可他还有极高的语言天分，会四种民族的语言，通晓六国的文字。李存孝只会打仗，而李存信还会搞上级关系。李存信很得李克用信任和偏爱。李存孝没有得到昭义节度使的位置，被李克用派到了邢州，作邢、洺、磁三州留后。李存孝总想再建奇功以引起李克用的重视与重用。要说这李存孝真是个积极上进的部下，一心一意想工作，全心全意谋发展，将全部身心都贡献给了李克用的争霸事业。李存孝建议李克用出兵讨伐王镕，以扩大向东北的地盘。李存信怕李存孝功劳太大、形象太耀眼，就从中阻挠，给李克用出反主意，使李存孝的建议流产。

李克用没有攻打王镕，并不意味着王镕不进犯李克用。小伙子王镕年轻气盛，进取之心怦怦跳动。王镕发兵围困了河东的尧山，李存孝去救援，结果没有成功。李克用又派来李存信为蕃、马步都指挥使，与李存孝共同对付王镕。

这李克用和朱全忠一样糊涂，在两员大将不和睦的情况下，仍然派他们共事，这不是没事找事吗？李存孝和李存信二人互相猜忌，谁也不想成全谁，一个劲儿地内讧，耽误了战事。

李克用见前敌作战不利，就又换上了李嗣勋为统帅，这才解了尧山之围。

等李存信返回李克用身边后，向李克用告状，说李存孝在尧山无心杀敌，很可能私通王镕。对这件事不知道李克用什么反应，因为没

有找到李克用有反应的资料，更没有找到李克用辨识忠奸的正确反应的资料。

李存孝后来得知了此事，思想像开了锅，信念与意志产生动摇。自认为对李克用如此大功，反倒屡屡不受信任和重用，竟然还不如李存信受李克用赏识，李存孝越想越觉得窝囊，越想越觉得不平衡，越想越觉得郁闷，越想越觉得害怕。他担心李克用哪一天会怀疑和加害于他。就是在这种信息极度不对称、思想沟通极度不顺畅、投入与产出稍稍不对等的情况下，原本不该发生的事情发生了，而且在历史的长河中屡屡发生，有多少宏图伟业断送于这等似乎不起眼的事情上，有多少所谓的贤君良臣声名因此毁掉。

李存孝在惶惶不安和满腹牢骚中选择了离开旧老板李克用。放眼天下，还有谁值得李存孝去投靠呢？这也是当一个打工者职业生涯接近于业内巅峰的时候，很难再找到一个合适的新老板。

高手的寂寞。

寂寞归寂寞。

寂寞不能当饭吃。

寂寞更不能保障安全。

安全还是比寂寞重要得多。

李存孝占据小小的邢、洺、磁三州实在没有实力与李克用抗衡，也无力自保。这时候，李存孝想到了朝廷，给朝廷写信说自己要效忠皇室，并希望朝廷出面召集各藩镇讨伐李克用。朝廷刚刚被李克用修理一番，惊魂未定，哪里敢相信一个小小的藩将，更不能将摇摇欲坠的天下与皇朝脸面押宝于这么一两句空话。因此，朝廷只封授李存孝为邢、洺、磁节度使，却决然不同意牵头讨伐李克用。那意思是你想干就自己干，千万别拉朝廷下水。在靠拢朝廷的同时，李存孝暗地里向朱全忠和王镕伸出了橄榄枝，要求缔结联盟，共同对付李克用。

李存孝的离叛令李克用既惊且怒。

李克用气得拍桌子瞪眼睛，暴跳如雷。一连摔碎了八只碗，两只壶，踢翻了四个凳子，骂跑了十名仆人，掀翻了三桌酒菜。

李克用亲自统兵征讨李存孝。

唉——早知今日，何必当初呢？

公元893年二月，李克用率军将邢州包围。王镕听闻李存孝有急难，于是派出牙将藏海带着王镕的亲笔信，到李克用军中，为李克用和李存孝调停。这不调停还好，李克用见王镕的使者到来，气儿更大了。李克用破口大骂："狗奴才，居然还勾结了外人来干预我河东事务！"盛怒之下，李克用将外交规则抛掷脑后，命人将藏海斩首。杀了藏海还不解气，李克用临时调整矛头，放弃邢州改为攻打成德，找王镕算账。

李克用率河东军进击成德的天长镇，打了十几天打不下来。王镕这边派出的三万援军正奔驰赶来。李克用分兵一部在半路上的叱日岭迎击成德援军。激战之后，成德军损失一万人，其他人马溃败逃走。李克用乘胜进兵井陉。这时候，王镕有难了，李存孝又出兵来救。李存孝进入成德镇府镇州城，与王镕商议御敌之策。由于李克用来势凶猛，尽管河东军队已经粮草接济出现困难，可是其战斗力仍然十分旺盛。王镕在估量了敌我形势之后，向朱全忠发出了求救信。

这时候的朱全忠正在与时溥决战。围困徐州已经几个月，徐汴正打得火星直冒，斗到了胜负要分的紧要关头。朱全忠眼睛死死盯着时溥，无暇他顾。朱全忠使出了虚张声势的计策，给李克用写了封信说道"我在郓下布置了十万精兵，一直观望，等待时机。"李克用收到朱全忠的来信，看后仰天哈哈大笑。李克用提笔复书一封"你如果真有十万精兵在郓下，我倒是希望你快点来，咱们一决雌雄，一争高下。"朱全忠的计策被李克用识破。

正在王镕窘急之际，卢龙节度使李匡威率军杀到。卢龙与成德军联合击破河东军，李克用只得撤兵。

真正对河东构成威胁的依然是成德、卢龙和云中，这三镇也是守望相助，唇齿相依。

九月，草长莺飞，鹿肥马壮。

李克用再次围困邢州。

由于李存孝骑兵精良，时时出城袭扰，李克用围城的壕堑屡屡被李存孝破坏，围城之势难以成功。就在李克用发愁之际，河东牙将袁奉韬推荐

一人游说李存孝。此人身在邢州而心向河东。因此，这个人充当了李克用的间谍，他对李存孝进言说："李克用亲临的作用是要对邢州形成围困之势，只要壕沟筑成，李克用将会返回河东，派其他人继续攻打邢州。到时候，无论李克用留下谁，都不是将军您的对手。可是如果壕堑筑不成，李克用就不会离开，这对将军可是极大的威胁。"李存孝听信了这番奇谈怪论，不再出城袭扰李克用。不到十天，李克用的环城壕堑修筑完毕。这下子可麻烦了，走兽不得过，飞鸟不得通，邢州城被围了个严严实实。壕堑筑成，李克用并没有回晋阳。李存孝只有困守孤城，外援断绝。

这里还发生了一个插曲。前年，汴将邓季筠攻泽州时，由于斗勇失手于李存孝，被李存孝生擒活捉，一直留在河东。这次讨伐李存孝，邓季筠也在李克用帐下效力。邓季筠找了个间隙，偷偷脱离河东军，跑回了开封汴梁。邓季筠的归来，使朱全忠十分高兴。朱全忠对邓季筠大加褒奖一番，让邓季筠负责统领朱全忠的侍卫部队。

时间一长，邢州城撑不住了。

邢州城内粮食用尽，李存孝走到了穷途陌路。朝廷、王镕、朱全忠都没有来救他。特别是王镕被李克用屡屡打败，无奈之下，王镕竟然奉献军粮二十万斛、布五十万匹助李克用攻邢州。王镕与李存孝的脆弱联盟关系迅速解体。

走投无路的李存孝登上城头对李克用说："孩儿我承蒙大王器重，才得以富贵如此，如果不是李存信遭受谗言诋毁，我怎么能够割舍父子之情，投奔仇敌呢？现在，我唯一的愿望就是再见大王一面，虽死无憾。"

在这种万分紧急的时刻，李存孝为什么要提出见刘夫人呢？因为刘夫人十分有涵养，胸怀宽广，对待李克用的子侄无论是亲生的还是收养的一律善加厚爱。因此，这些孩子们十几年来对刘夫人很亲近，也很信任她。李存孝很清楚他现在的处境，已经和李克用闹翻了，以李克用的脾气决不会善罢甘休。在晋军中上上下下都知道，李克用性情冲动情绪失控的时候，只有刘夫人可以把握李克用的心理尺度，只有刘夫人有足够的面子可以规劝诱导，往往会收到意想不到的效果。李存孝想请刘夫人从中斡旋，希求可以躲过此劫。

李克用同意了李存孝的请求，让刘夫人去接见李存孝。李存孝见到刘夫人之后，扑通一声跪倒在地，泣不成声，抱着刘夫人的腿说："孩儿一时糊涂，误入歧途，请夫人救命。"刘夫人知道一个巴掌拍不响的道理，李存孝的反叛原因复杂，也并非李存孝一人之错。刘夫人长叹一声，责备了李存孝一顿。从刘夫人的角度还是爱惜李存孝的才干，打算从中缓和，挽救李存孝继续为河东效力。因此，刘夫人带着李存孝去拜见李克用请罪。

来到河东帅帐，李存孝跪拜在地，匍匐爬到李克用脚前，向李克用谢罪，承认错误。李存孝在认错的同时，还有些不服气，年轻气盛咽不下被陷害这口气，他指望当着李克用的面，把冤屈讲清楚。李存孝哽咽着说道："孩儿我也曾为河东做了些许贡献，要不是李存信构陷孩儿，我何至于误入歧途？"李克用之所以同意刘夫人去见李存孝，其实内心里也打算给双方一个台阶下，并非要置李存孝于死地。可是地上跪着的李存孝承认错误的态度不够诚恳，狡辩的意图却很明显，这激怒了李克用，令李克用的态度临场发生了逆转。李克用用独眼瞪着跪在地上的李存孝，全部恼恨冲撞上脑门，指着李存孝骂道："你私自向朱全忠和王镕写信，对我谩骂指责也是李存信让你这么做的吗？！"李存孝这下子傻了，申辩不仅没有得到解脱，反而引出其他的毛病。突然之间李存孝哑口无言，也不敢再多说废话了，只有一把鼻涕一把泪地不断磕头。此时，站在一旁的刘夫人急的凤眉紧锁，心里暗自责怪李存孝不知轻重。大庭广众之下，李克用质问的句句在理，而且所指情节十分严重，刘夫人也不便再为李存孝开脱。

李克用命人将李存孝打入木笼囚车押回晋阳。李克用越想越窝火，为惩前毖后，以儆效尤，李克用将李存孝的罪过定了最高级的性质。李存孝罪大恶极，在河东帅府大街上被车裂而亡。

在临行刑的最后一刻，李克用起了恻隐之心。他对李存孝还是有些感情，也怜惜李存孝的才能，内心里并无意要治其死罪。在将李存孝绑在战车上，准备行刑时，李克用环顾了左右众将，那意思是希望有人站出来为李存孝求个情。可是，众将都嫉妒李存孝的才能，竟然没有一人为李存孝求情。无奈之下，行刑按时进行，李存孝被车裂分尸。从这一点上看，李存孝与朱珍相比也差了一截，朱珍临难，还有众将为之求情，而李存孝却处于孤立地

位。有本事的人，千万别恃才傲物，别将自己变成别人眼中的钉子。

在河东军中还有一员猛将，名为薛阿檀，此人才能与李存孝不相上下，可是人缘也不好，郁郁不得志。李存孝反叛河东后，薛阿檀与李存孝秘密勾结，打算与李存孝一起干。李存孝被治罪车裂，薛阿檀担心自己私通李存孝的事情败露，惶恐之下在家自杀。

昭义节度使康君立与李存孝关系友善，叔侄两人经常并辔作战。康君立追随李克用早年起兵，关系很深。有一天，康君立到晋阳拜见李克用，向李克用汇报工作，因此驻留晋阳几日。李克用召集众将喝酒宴饮，酒喝着喝着就多了，不知道怎么搞的，李克用提起了李存孝，伤感之处，李克用流涕不已，怀念之情溢于言表。康君立也喝得脸红脖子粗的，听李克用后悔杀死李存孝，按耐不住激动，替李存孝鸣了几句冤。李克用这人很要面子，他的过错绝不容许别人当面指出，哪怕是侧面委婉说出来也不行。康君立这句话令李克用十分恼怒，原本李克用有悔过之意，现在反倒更加自以为是一意孤行起来。李克用醉意加怒气，拔出佩剑对着康君立一顿乱砍，并将受伤的康君立囚禁到了马厩里。等到第二天，李克用酒醒之后派人去看，康君立已经气绝身亡。

李克修、李存孝、康君立、薛阿檀都是河东军中第一梯队的将帅，相继含冤死去，对河东军在心理上和战斗力上造成了极大的创伤。从此之后，李克用的河东军开始走下坡路。

李存孝事件只是一个意外，是一个较棘手的意外。不过，这期间的李克用的确取得了十分重要的战果，他联合义武节度使老亲家王处存连续击败成德王镕、吐谷浑和卢龙三镇。

小伙子王镕自从惹上李克用之后，就没有过一天安生日子。在三镇中，成德成了最弱小挨李克用侵扰最多的人。

就在李克用艰难对抗三镇的时候，卢龙一镇连续发生内讧。先是李匡威造反逼死了李可举，取而代之成为卢龙节度使。没几年，李匡威在一次出兵临行前奸淫了自己的弟媳妇，导致兄弟反目，被弟弟李匡筹赶出幽州。不过这个李匡筹的确不是方镇统帅的料，他连内政都忙乎不过来，更谈不上攻打河东了。因为李匡威帮助王镕，李匡筹与成德的关系也变成了

群雄逐鹿

仇敌。

昭宗乾宁元年（公元894年）六月，李克用在搞定李存孝和王镕之后，集中力量对付老冤家赫连铎。赫连铎此时也上了年纪，战斗力大打折扣，风光已经不再，属于他的时代已经成为过往。李克用亲自率大军征讨云州，这一战虽然艰苦但是大获全胜，擒杀大同防御使赫连铎。在经历了十几年的争斗之后，李克用终于报了新仇旧恨，将死对头赫连铎送上了黄泉路。

李克用平灭赫连铎，兵势大振。在幽州降将刘仁恭协助下，倾河东主力全面出击幽州。十二月，李匡筹与李克用会战于新城段庄，被李克用杀得大败，阵亡士兵万余人，将校三百人被俘。李克用攻占新城，进攻妫州。李匡筹再次组织军队，发兵出居庸关，逆战李克用。李克用派出了自己的尖头部队沙陀骑兵冲乱卢龙兵的行阵。又派遣步将李存审从侧翼突然袭击卢龙兵的后方，卢龙兵大败，又损失万余人。经过几次大的战役，李匡筹将李匡威攒下的卢龙家底儿彻底报废。面对来势汹汹的李克用，李匡筹拉家带口拖儿带女地逃离幽州跑往沧州。在逃难的半路上，李匡筹遭到义昌节度使卢彦威的抢劫，辎重、妓妾、钱粮被卢彦威洗劫一空，不仅如此，乱军其实是乱匪抢劫之中，李匡筹被胡乱地砍杀，死于非命。李克用进军幽州，上表朝廷，要求让刘仁恭为幽州留后。

自此，李克用平灭赫连铎和李匡筹，将云州、幽州纳入其统辖之下，同时，有效地抑制了成德王镕的威胁。一直侵扰河东的北方三镇之患暂时解除，李克用达到了鼎盛时期，又恢复了长安会战后的感觉，一时之间雄视天下，似乎无人能逆其锋。

由于李克用正忙着在北方征讨，所以，他没能分出太多的力量救援朱瑄朱瑾兄弟。河东派出的这区区五百人则成了打狗的肉包子，有去无回。

昭宗乾宁二年（公元895年），朱全忠派干儿子朱友恭围攻兖州。朱瑄见弟弟朱瑾有难，马上亲自率领郓城兵马和安福顺兄弟的河东兵马一起救援兖州。朱友恭在半路上于高梧设下埋伏，以逸待劳。朱瑄没有防备朱友恭这一手，被汴军杀得大败，军粮军饷都被汴军夺取。不仅如此，安福顺、安福庆弟兄被汴军生擒活捉，这几个倒霉蛋河东将佐即不顺也没福，

完全是塞了朱全忠的牙缝儿。

消息传到河东，李克用大惊，感到了朱全忠决意平灭兖郓的杀气。五月，李克用派出大将史俨和李承嗣率领藩汉骑兵万人救援朱瑄。万人骑兵，而且是李克用的骑兵，其战斗力相当于一般藩镇的十万步兵，如同当今的机械化部队。朱友恭见朱瑄请到了强大的帮手，只好撤兵，退归汴梁。

至此，朱全忠发动的这一波"三朱大战"告一段落。

笔者一直认为，朱全忠发动"三朱大战"是个战略性错误。朱全忠不仅惹翻了朱瑄兄弟，而且这场"三朱大战"旷日持久，耗人耗力耗钱财，更要命的是耗时间。"三朱大战"期间，淮南的杨行密迅速成长起来，而且立即构成了朱全忠的南部威胁。这恐怕是朱全忠没有想到的。如果"三朱联盟"犹在，朱全忠伐时溥下淮南将会顺利得多，进而扫荡长江南北的混杂藩镇将易如反掌，整个黄河以南将纳入朱全忠版图，那是何等的霸业蓝图！可是，历史不能假设。见利忘义、贪图眼前、反复无常使朱全忠不可能做出更加高明的规划，不可能将各方力量的共同需求进行有效整合。军阀心中只有自我没有天下。这也就是他区别于秦皇汉武隋文帝唐太宗的本质所在，尽管他能够颠覆历史，能够改朝换代，可是他不可能成为挽救历史、统一天下的王霸人物。

朱全忠显然低估了杨行密的能量。

杨行密的崛起路径几乎和朱全忠如出一辙。

杨行密和朱全忠有着一样坚忍不拔做大事的品质。

杨行密还有朱全忠不具备的性格，他宽容纳士爱民。

朱全忠历经对黄巢和秦宗权的苦战，才得以立足并发展壮大。

杨行密也是身经百战，特别是与孙儒进行了几年不屈不挠艰苦卓绝的争斗。剿灭孙儒之后，杨行密才踢开了自己的一方天地。

杨行密曾和手下将领商议，说："孙儒如此强大，兵力十倍于我，我们屡战屡败，看来一时半会儿难以战胜他，既然打不过，我们就躲一躲吧，退往铜官如何？"

杨行密手下将领刘威、李神福说道："孙儒背井离乡远道来犯，目的

在于速战速决。我们应该避其锋芒，占据险要地形，坚壁清野，与他打持久战。然后，待孙儒麻痹大意之时，我们再出轻骑兵袭扰他的粮草辎重。使他战不得战，退无可退。到那时，可坐地而擒之。"

另一将佐戴友规说："孙儒和我们争斗几年，我们互有胜负。现在他想拼全力剿灭我们，如果我们畏惧其强大，主动撤退，这正中他的诡计。淮南老百姓跟着明公你渡江来战孙儒的不下万人，况且还有很多从孙儒那里投降来的淮南本土士兵。明公您应该先安抚好这些人，让他们返回淮南各安生业。孙儒的部卒见他们的兄弟老乡都安居乐业，也会动摇斗志，不再跟随孙儒。如此一来，孙儒不攻自破。"

杨行密听完众人的分析，哈哈大笑，表示一定要和孙儒争斗到底。

杨行密要干大事。

公元892年五月，也就是徐汴战争渐入高潮之时，杨行密开始扭转战争局势，由败多胜少开始由败转胜，并从胜利走向胜利。杨行密在广德大败孙儒，杨行密部将张训在安吉切断了孙儒的粮道。孙儒资粮断绝，又赶上了疟疾传染，士兵大面积病倒。六月，孙儒也被传染得了疟疾。这个珍贵的军情被杨行密侦查得知。杨行密趁机发动了对孙儒的总攻。杨行密借助滂沱大雨的掩护，袭击孙儒营寨五十多座。杨行密部将田頵在两军阵前擒获孙儒。杨行密当即命令将孙儒斩首，并将其首送往京师报捷。至此，为祸淮南多年的孙儒覆灭。

杨行密灭掉孙儒，为朝廷立了大功。朝廷正在发愁无法钳制做大的朱全忠，借此机会，朝廷就势将淮南节度使的头衔从朱全忠头上摘走，转封给了杨行密。朱全忠虽然一百二十个不乐意，可是眼睁睁看着也没办法，人家杨行密干成了光彩耀眼的事情。而朱全忠只是在窝里斗，与临藩打得不可开交。

以前，扬州富庶甲天下，与益州齐名。可是，六年间历经秦宗权、毕师铎、孙儒、杨行密的战火，江、淮之间东西千里的广袤土地上民不聊生、稼穑无遗，一片破败景象。

如果用今天的标准衡量杨行密此人，他几乎是一无所长，既没有学历，也没有职称，没有任何专业本领，骑马射箭武艺搏击样样稀松。可

是，杨行密性格宽简，且十分有头脑，属于内秀一类。杨行密还善于抚御将士，与士兵同甘共苦，对人推心置腹，待人接物热情周到。因此，杨行密拥有领袖级人物的必要本领，得人。杨行密的部下都愿意跟着他干，没二话没牢骚没条件没怨言。

战后的淮南匮乏，经济崩溃。杨行密为了增加财政收入，打算用茶叶和盐巴与老百姓进行布帛交易，从中抽税。掌书记高勖向杨行密进言说道："兵火之馀，十室九空，明公你这么做是竭泽而渔，老百姓将更加困顿，人心将会离散。不如我们和相邻的藩镇互开贸易、互通有无，以此来支持军府开支。另外，应抓紧选拔贤能的地方官员，劝课农桑。不出几年，财政和粮食自然会充足起来的。"杨行密听从了高勖的意见。

淮南历经战乱，老百姓死的死，逃的逃，有固定居所的人口少得可怜。杨行密本着勤俭节约的原则，不扰民，不奢靡，便民简政，一门心思召集流散的百姓，减轻徭役和赋税。即便赏赐将佐和官吏，也只不过是几尺绸缎，几百个铜钱。如果不是因公务宴会，杨行密禁止奏乐铺张。果然，不到三四年，淮南官府和老百姓都富足起来，几乎与太平盛世无异。

在各路藩镇军阀之中，多征伐武功者，少有抚理地方的高手，杨行密的治理才能可以说是最高的。因此，淮南以小藩镇而与如狼似虎的朱全忠争斗多年不衰，自有其内在支撑。

军阀有钱就学坏。

军阀学坏就有钱。

家底儿逐步厚实起来的杨行密，蠢蠢欲动，要开疆拓土。

昭宗乾宁元年（公元894年），朱全忠派遣使者到泗州。这开封汴梁来的使者傲慢无礼，目中无人，欺凌了泗州刺史张谏。张谏原本时溥手下，投降朱全忠后，一直提心吊胆低声下气地过日子。现在平白无故被这混蛋汴梁使者侮辱一顿，心里憋屈难受，心一横干脆率领泗州投降了杨行密。杨行密来者不拒，踏踏实实地将泗州收下。辛辛苦苦打下来的地盘，这么轻易地就丢了，朱全忠这可上老火了，不禁迁怒于杨行密。而此时，杨行密正在忙着与各临近藩镇做买卖。淮南押牙唐令回带着一万多斤茶叶

到汴梁贸易，结果被朱全忠打了劫，既扣了人也夺了茶叶。这两件事之后，朱全忠和杨行密关系紧张起来。

昭宗乾宁二年（公元895年）正月，杨行密向朝廷上书，历数朱全忠各条罪状，要求与易定、兖、郓、河东四镇合力讨伐宣武。

翅膀硬了的杨行密要办大事。

杨行密开始了北伐，进犯感化地界，派兵攻占寿州，派部将朱延寿出任寿州代理团练使。这时候，朱全忠才真正意识到杨行密的能量和威胁。赶紧派来几万人马救援寿州，打算将寿州夺回来。可是，令朱全忠没想到的是，几万汴军居然被几千淮南军杀败。杨行密攻下寿州后，又派人袭击占领了涟水。

杨行密已经变成了朱全忠卧榻之侧的一头猛虎。

朱全忠征伐兖郓的战争又蒙上了一层阴影。

3. 火拼河中

李克用刚刚平定北方，正要拉开架式在东部与朱全忠决一雌雄，没想到王重盈的死将他再次拖入了朝局漩涡。河中局势的突变诱发了长安朝局的突变。皇权再次落魄。

朱瑄朱瑾兄弟的顽强程度超出了朱全忠的估计，其战斗能力也超出了朱全忠的预料。两兄弟化悲痛为力量，化怨恨为动力，全心全意地投入到了抵抗朱全忠的火热斗争中，以至于朱全忠欲罢不能，无法回头。朱瑄朱瑾兄弟不仅自己毫不动摇，绝不退让，还将事情越搞越大，将河东李克用也拉了进来。这场战争从一场局部战争变成了牵动天下的大会战。

事情越搞越大，局面越搞越乱。

鹿死谁手？关系重大。

结局如何，殊难逆料。

普天之下都在拭目以待。

昭宗乾宁二年（公元895年）春，护国节度使王重盈死了。

王重盈之死，一石激起千重浪。

河中一带出现了权力真空，已有的力量均衡被打破。护国军界上下拥护王重荣的儿子王珂为留后，接替王重盈的职务。看来，王重荣的影响力颇为深远。其实，王珂也不是王重荣的亲儿子，他是王重荣的侄子，过继给王重荣。

兄终弟及、父死子继乃藩镇更替常态。王重荣被部下杀害，仓促之际，朝廷调来王重盈代替了王重荣，当时，王珂年幼，这种安排倒也顺顺当当。可是这王重盈一死，情况就大不同了。王珂再想继位遇到了障碍。首先站出来反对的是王重盈的儿子王珙和王瑶。他们认为王重盈死后，河中地盘应该由他们继承。利益之争，绝不马虎。王珙发兵要赶跑王珂。其主要理由就是王珂不是王氏子孙。这个王珙也够狠的，不仅不承认王珂是王重荣的儿子，干脆一不做二不休，将王珂从王家户籍中剔除，从根儿上打算剥夺王珂的继承权。

王珙知道自己势单力孤，他拉上了旧亲戚朱全忠，要求朱全忠出面主持公道。王珂也不示弱，赶紧向李克用求援，因为王珂是李克用的姑爷。这下子可闹大了，皇帝一看两大藩镇巨头牵扯进来，知道事情要麻烦，赶忙派宦官带着皇帝的圣旨从中调解，千万别发生冲突。

王珙、王瑶要求朝廷直接委派河中主帅。胆小怕事的朝廷为了两头不得罪，既没有封王珂也没有封王珙，而是派出了中书侍郎、同平章事崔胤为护国节度使。

王珙、王瑶见朱全忠远水救不了近火，就又拉拢了京畿附近的李茂贞、王行瑜、韩建，要求他们为自己撑腰。这三人之所以愿意为王珙出头，主要是为了排挤王珂，排挤王珂是为了将李克用的势力从河中赶出去。可是，李茂贞三人向皇帝说了半天，皇帝也没有答应。事情没办成，李茂贞王行瑜和韩建觉得面子挂不住，看来是影响力不够啊。文的不行就来武的。在王珙的游说下，王行瑜派出弟弟匡国节度使王行约攻打王珂。王珂哪里抗得住，派人八百里加急将求救信送往晋阳李克用。

派兵攻打王珂仍不解气。李茂贞三个人一商量，这口恶气不能忍，如果就此罢了，以后还怎么在京城附近混下去？走，找皇帝去理论一番。

群雄逐鹿

王行瑜、李茂贞和韩建各自率领几千精兵，大摇大摆牛皮轰轰地进入了长安城。老百姓见军阀入城，就知道没好事，连哭带喊地满街躲藏。昭宗李晔得到禀报，说三镇兵马未得召见，私自升到了京师。李晔跑到安福门上，手扶城垛向下观望，只见李茂贞三人全副武装，军兵盔明甲亮，各个剑拔弩张，歪脖子瞪眼睛，一摇三晃地在大街上大呼小叫。昭宗虽然屡遭藩镇胁迫，可是骨子里仍然有些硬气，所以对藩镇的无理要求常常不予搭理。这次太不像话了，藩镇将帅居然光天化日跑到天子脚下撒野，昭宗质问道："你们连个请示报告都不打，直接带领部队进入京城，你们到底想干什么？你们如果不愿做臣子服从我，那就别干了，回家得了！"昭宗这话掷地有声，切中要害。

　　做贼毕竟心虚，况且做国贼，心虚得更厉害。王行瑜、李茂贞没想到被自己拿捏惯了的皇帝，今天突然犯了倔。对皇帝的质问，几个人你看看我，我看看你，大眼瞪小眼，谁也回答不上来。王行瑜和李茂贞脑袋一耷拉，满脑门子冒冷汗，一句话也回答不上来。韩建梗了梗脖子，驴唇不对马嘴地换乱对付了几句。

　　虽然昭宗当场镇住了这三个军头，可是也没有胆量直接将他们赶回去。现在的昭宗早已失去了刚刚继位时的斗志，他环顾左右，既没有经天纬地的文臣，也没有扭转乾坤的武将，环绕他的都是些各怀私利的投机分子。光复中兴的大业只靠皇帝一人如何担得起？经过一连串的挫折，皇帝威仪和实力与日剧减。不仅外藩方镇欺负皇帝，连身边的宦官和权臣也动不动就把皇帝的指令给否了。

　　有一次，昭宗觉得京城周围治安不好，盗贼时常出没，甚至有时候皇宫大内和皇室陵园都遭飞贼盗窃。昭宗打算让宗室诸王带兵巡逻，充当民警、刑警和交警，维持秩序，当然这只是昭宗的一个小把戏，其真实目的是想以此恢复皇室典兵的权力。这下子捅着了马蜂窝，权臣和宦官都担心皇帝的措施会侵害到他们的利益，纷纷上书表示反对，当然理由嘛无不冠冕堂皇。昭宗虚弱的挣扎与努力无果而终，他孤掌难鸣，被这些干事无能只会夸夸其谈的左右官员轮番轰炸之后，头晕脑涨，只得作罢。

　　现在的皇帝是真正意义上的孤家寡人。

身边除了衣服，没有贴己的东西。

昭宗不敢开罪李茂贞王行瑜和韩建，不仅不能遣散他们，还要请他们吃饭。所谓酒无好酒、宴无好宴，关键是各揣心腹事，各有小算盘。

酒还没过三巡，菜也没吃两口，三个军头就开始发言发难发作发疯了。三人说："宰相集团与宦官集团各有朋党，争斗不已，不以国家为念，导致朝政纷乱懈怠。韦昭度讨西川讨成那个烂摊子样，李溪只会摇头晃脑吟诗作对，这两人哪里是国之栋梁，请皇上诛之。"好家伙！口气真大啊！一开口就要皇帝杀掉两个宰相。

各位要问了，韦昭度怎么又做了宰相啦？张浚败后，李茂贞扶持了几个亲信主持朝政。可是昭宗仍念念不忘重振纲纪，希望正直敢言之人在身边，陆陆续续换了几茬宰相。韦昭度和李溪就是这样被延揽入阁的。

昭宗即使喝醉了也不会答应杀自己嫡系的事情，于是昭宗结结巴巴装醉没有答应军头的要求。宴席散后不一会儿，昭宗就得到消息，韦昭度和李溪被王行瑜骗至驿馆杀害。王行瑜下手够黑够狠够绝，除了宰相级重量人物被杀之外，还有枢密使康尚弼等几个大宦官被杀。王行瑜等人还放出话来，说："王珂、王珙亲属莫辨，干脆让王珙坐镇河中，调王行约去陕州，让王珂去坐镇同州。"这次，昭宗看到了血淋淋的屠杀，在皇帝眼皮底下的屠杀，屠杀的都是地位仅次于皇帝的人物，昭宗震撼了，害怕了，退缩了，对三个军头的要求一概答应，照单全办。

昭宗还算机灵，如果不及时顺从三个军头，很可能他自己都泥菩萨过河，保不了自身。因为，这次李茂贞三个家伙潜入京师，还怀揣着一个大阴谋。他们想把昭宗废掉，换上那位没能坐上皇帝的吉王李保。昭宗已经隐约觉察到了他们的态度，心里这几天七上八下的不踏实。虽然这皇帝差事不好干，可昭宗也不愿意被人不明不白地给废了。

正在三个军阀筹划待发之际，听说李克用已经在河东誓师，派兵来"清君侧"。王行瑜、李茂贞、韩建留下些人马看着皇帝——实际和软禁差不多，然后，赶紧返回了自己的老巢，溜之大吉，政变计划流产。

李克用怎么来了呢？

说得出口的理由是，李克用听闻李茂贞等三人冒犯京师，欺凌皇帝，

特发兵讨贼，替天行道。事不宜迟，李克用连发十三道命令，调集各路兵马渡河入关勤王。昭宗皇帝望眼欲穿地等待李克用来解救他，几乎每天要问几次消息。

其实李克用另有目的，怀着一个大大的阴谋，他要攫取河中重镇。如果李克用再不行动，河中及京畿周围将被李茂贞三人瓜分。

昭宗见李克用打出了勤王的旗号，觉得有了武力支持，感到腰杆子又硬起来了，重新启用了遭贬的孔纬和张浚为相。孔纬此时已经疾病缠身，不愿意再入阁做官，可是昭宗找不到可信任的人，强烈要求孔纬值一值班。

六月，李克用亲自统帅蕃、汉兵五万人南下。一面急行军，一面向皇帝上书，控诉王行瑜、李茂贞、韩建带兵犯上，杀害大臣，申请予以讨伐。王行瑜见李克用插了进来，并且动了真格的，顿时害了怕。这可是"愣的怕横的，横的怕不要命的"，欺软怕硬，恶劣成性。李克用大军到达绛州，王瑶紧闭城门，免战抗拒。李克用二话不说，命人直接攻城，十天之后踏平绛州。城破王瑶被擒，在军门被河东军斩首。李克用大开杀戒，实行了血腥的屠杀恐怖威慑政策，血洗绛州城，将城中参与抵抗的一千多人屠杀。他要制造恐怖的威慑效应。七月上旬，李克用达到河中。王珂可盼到了大靠山来救援了，悲喜交加地迎出城，欢迎犒劳李克用及河东军。

李克用马不停蹄，带着关外的疾风劲草一路进击。在同州大败了王行约。王行约一口气逃回了京师。王行约的弟弟王行实为左军指挥使。王行约伙同王行实大肆剽掠街市。制造起混乱气氛后，王行约对皇帝说："沙陀李克用马上就到，为了安全起见，请皇上到邠州住一住。"李茂贞安插在朝中的亲信，枢密使骆全瓘则逼迫皇帝去凤翔。昭宗心知肚明，这几个小子都不是好鸟，没安好心。此时宜静不宜动，动则生乱。昭宗面无表情地说道："朕已经收到了李克用的奏章，他目前还驻扎在河中。即便他来到京师，朕自有主张。你们管好自己的事情，别发生动乱。"

王行约和王行实要逼迫皇帝去邠州，而李茂贞的干儿子右军指挥使李继鹏与骆全瓘打算让皇帝去凤翔。双方都想将皇帝抢到手，只要皇帝在手，那是要啥啥就有。两边相持不下，晚上，李继鹏率领右军和王行实率

领的左军打了起来。李继鹏趁乱放火焚烧了皇宫禁门，一时间，烟炎蔽天，火光映红暗夜。在有人建议下，皇帝紧急调来临时驻扎在京师的盐州六都兵，打跑了王行约和李继鹏。长安城陷入大乱，敌我不明，盗贼四起，乱打乱抢乱成一团。皇帝也慌了神儿，感到皇宫不是最安全的地方，于是带着各位皇室王爷与宗族躲进了李筠大营。过了很久，仪仗队长李居实才气喘吁吁地带人赶来护驾。

动乱之局最怕谣言。

怕什么来什么。

谣言几乎是零成本，怀着任何目的和冲动的人都可以制造出谣言的任何版本。

谣言传播和传染效率极高，恐慌和盲目是谣言传播和传染的加速器和催化剂。

谣传王行瑜、李茂贞要亲自来京城"迎接"皇帝。宁可信其有，不可信其无。昭宗李晔担心落入贼人之手，后果不堪设想，略加思索之后，李晔在李筠和李居实的护卫下，出启夏门，逃往南山。末唐，皇帝治国理政的本领不一定高强，可是逃亡的意识及本领一定要强，每个皇帝都有两次以上的逃亡经验。虽然这是昭宗以皇帝身份第一次出逃，可他对逃亡并不陌生，继位之前就有过实习和培训经历，功底扎实。所以，昭宗出逃搞得排场很大，跑得也很隆重。官员和老百姓跟着一起跑的有十多万人，何等壮观！这么一大堆人跌跌撞撞你推我搡地往山里跑，到达山谷口时，中暑死掉的已经有三分之一！好容易捱到日落，众人以为可以喘口气了。夜里，没想到又来了山贼。山贼可不管你是皇帝还是太监，是官员还是乞丐，见人就抢，见钱财就夺。几千人哭喊成了一片，震彻山谷。跟在皇帝身边的大臣只有户部尚书、判度支及盐铁转运使薛王李知柔，其他人都掉队了，过了好几天才陆续到达。

李克用进军同州，派遣节度判官王瑰带着李克用的奏章到皇帝避难所慰问。昭宗派遣内侍郗廷昱带着诏书到李克用军中，与李克用取得联系，要求"李克用快来救朕，只要能让朕回家，李克用干什么朕都支持"。皇帝命令李克用与王珂各发万骑赶赴新平，同时下诏调彰义节度使张鐇率领

泾原兵看住凤翔李茂贞。

李克用派兵先攻离得最近的华州。同华节度使韩建登城喊话："我从来没有冒犯河东李公，为什么要来攻打我？"李克用派人答复韩建："你既为人臣，却干出逼逐天子的事情，如果说你是有礼之人，那普天之下谁还是无礼者！"正在河东兵要发动攻城战斗时，郜廷昱到达李克用军中，对李克用说李茂贞率兵三万已经到达了盩厔，王行瑜率兵到达了兴平，他们都想劫持皇帝，情势紧急。李克用于是放弃了华州，挥师进兵渭桥。韩建侥幸躲过一劫。站在城头上，望着远去的晋兵，韩建用手抹了抹后脖子上的冷汗，他可知道李克用是如何对待王瑶和以前的河东节度使郑从谠的。李克用要是杀起人来，从不眨眼。

皇帝避难南山，天天担惊受怕，夜夜梦中惊醒。时不时地有流言说："邠、岐兵来啦！"皇帝脆弱的神经实在顶不住了，马上派遣延王李戒丕赶赴河中，催促李克用进兵。八月，昭宗又派出供奉宦官张承业到李克用军中监军。李承业由于多次承担往来信使的任务，与李克用也较谈得来，所以，昭宗选中了他做河东监军。大家要记住张承业此人，他深有韬略，后来成为李克用军中的头号谋臣。李克用派大将李存贞为前锋，攻拨下永寿，又派史俨率领三千骑兵到石门镇保护皇帝安全。派大将李存信、李存审会同保大节度使李思孝攻王行瑜的黎园营寨，擒获王行瑜部将王令陶等人。李克用率领河东主力部队，势如破竹，兵势如入无人之境。李茂贞感受到了李克用的腾腾杀气，由心底里升起一股寒意。李茂贞为了自保，丢车保帅，不惜斩杀了干儿子李继鹏，将其首级送给皇帝，并上书自责请罪。另一方面，李茂贞派人去向李克用说好话，卑辞厚礼求和。昭宗这时候想各个击破，先讨伐王行瑜，延后再讨伐李茂贞。于是，昭宗通知李克用，暂时放过李茂贞，先并力讨灭王行瑜。几年前，昭宗还曾发动了讨伐李克用的战争，现在却要求李克用救驾，无论如何，也不会有人相信会是真的，即使昭宗自己也不太相信。但是昭宗明白，舍不得孩子，套不住狼。为了解救这次危机，豁出去了。昭宗命令自己的两个亲王弟弟拜李克用为兄长，将自己喜爱的漂亮妃子魏国夫人陈氏赏赐李克用。何等肉麻！即便没有肉，也要麻几下，况且皇帝还有几两肉。

昭宗颁布命令，授予李克用临时大大的权力剿贼，封李克用为邠宁四面行营都招讨使，保大节度使李思孝为北面招讨使，定难节度使李思谏为东面招讨使，彰义节度使张鐇为西面招讨使。李克用派遣儿子李存勖到皇帝避难所，为李克用请示报告工作。李存勖这一年十一岁。小伙子李存勖后来令朱全忠头疼不已，令某位伟人为之赞叹，成为灭梁建后唐的人。李克用独眼龙，可是儿子李存勖相貌英姿峻拔。李存勖引起了昭宗的重视，李晔拍着李存勖的后背说："孩子你很快就会成为国之栋梁，它日可要尽忠于皇室啊。"

在李克用的邀请下，昭宗在山上躲了一个多月之后返回了京城。京城里一片破败景象，皇宫大殿被火烧的断壁残垣、焦土糊木，乱糟糟狼藉不堪。皇帝没地方住，暂时住在尚书省的办公区。文武百官更是可怜，既无冠带衣袍，也无笏板车马，连办公写字的文具都没有。大家凑合着先勉强生活办公。虽然回到了京城，但大家都觉着这地方很陌生，像个垃圾场，空荡荡没有人气，到了晚上还透着一股阴森。为防不测，皇帝让李克用分别在西、北、东三个城门派驻一千骑兵守备。皇帝安顿下来之后，正式封授王珂为护国节度使，做了河中之主。封授刘仁恭为卢龙节度使。以昭义节度使李罕之检校侍中，充邠宁四面行营副都统。康君立死后，李罕之接替做了昭义节度使。李克用扶持的人都分得了重要的地盘，获利丰厚

李克用并没有见好就收，他在将皇帝迎回宫后，继续实施他的瓜分计划。李克用急攻梨园，王行瑜快让李克用逼疯了。王行瑜是有过前科的人，僖宗皇帝的时候，这小子就是投机分子，乘乱邀取了功名。现在他这静难节度使可成了落难节度使。王行瑜向李茂贞求救。李茂贞游移不定，既害怕李克用，又不愿意束手放弃抵抗。因此，虚张声势地派遣一万凤翔军队驻扎龙泉镇，自己率领三万人马屯扎咸阳之旁，以策应王行瑜。李克用一看李茂贞这架势，明摆着是不服啊。李克用请皇帝下旨让李茂贞撤兵，削夺李茂贞官爵，分兵讨伐之。李晔认为李茂贞已经主动诛杀了李继鹏，并且已经降旨赦免了李茂贞，不应该再削夺其官爵和讨伐他。不过撤兵还是必要的和应该的。此时，昭宗也明白了李克用的真实目的，于是他的态度也从之前的欢迎期盼逐步向防范李克用转变。昭宗留了个心眼，打算维持李克用、王行瑜、

李茂贞他们当前的互相制约平衡局面。因此，皇帝李晔命令李茂贞撤兵，且与李克用讲和。李克用可不管那一套，不肯停战，不久河东将史俨败邠宁兵于云阳，擒获云阳镇使王令诲。十月，李存贞败邠宁军于梨园北，击杀一千多人。从此王行瑜躲在壁垒中再也不敢出战了。

李克用命令李罕之、李存信等加紧攻打梨园，经过轮番强攻，梨园三座大寨被攻破，邠宁一万多兵卒兵败被杀，王行瑜的儿子王知进及大将李元福等被俘虏。王行约、王行实放火烧掉宁州后逃走。李克用向皇帝推荐自己人苏文建代替王行瑜为静难节度使。李克用又获得了一块地盘。

王行瑜负隅顽抗，他知道他已经没有退路，也没有了出路，只有冒死顽抗，或许还能侥幸找到一条活路。王行瑜率领精兵五千退守龙泉寨。李茂贞派来五千兵马救援王行瑜，被李罕之杀败。十一月，河东军拨下龙泉寨，王行瑜退入邠州城。无奈之下，王行瑜向李克用请降。李克用根本不听王行瑜那一套，继续调集人马攻打邠州。王行瑜趴在城头上，大哭小叫地对李克用说："我王行瑜无罪啊，迫胁皇帝的事情，都是李茂贞和李继鹏干的。请李帅挥兵讨伐凤翔，我愿意离开藩镇，束身归朝做官。"李克用冷冷地回答道："王大人怎么如此谦虚呢！我奉命讨伐三个贼臣，你就是其中之一啊，你不在地方干了，想去朝里做官，这我可管不了。"王行瑜见李克用决意要置自己于死地，知道再谈下去徒费口舌，只好悄悄地带领一家老小弃城逃走。李克用进入邠州，封守府库，安抚百姓。王行瑜走到庆州境内，被部下斩首，脑袋被他们当成了立功请赏的礼物。王行瑜的结局重复了当年他对他的上级朱玫的模式，历史再次重演。不知阎罗殿里王行瑜见到朱玫，两人作何感想？

王行瑜被消灭，皇帝返归京师。

李克用第三次立下匡复大功，可以说是前无古人后无来者，威震天下，雄视海内。昭宗为了表示感谢，赶紧用上了他险些失去的权力，不用白不用，用了不白用。封授李克用为晋王，李罕之兼侍中，以河东大将盖寓领容管观察使，李克用将佐、子孙人人加官进爵，个个受赏听封。李克用一举两得，既获得勤王美名，又获得多处地盘。李克用将他的争霸事业推向了巅峰。

李克用派遣掌书记李袭吉入朝面见皇帝谢恩。李袭吉秘密对昭宗转达李克用的话："这些年，京畿关内地区不得安宁，应该乘此胜势，消灭凤翔，则一劳永逸。时不可失呀。臣屯军渭北，静听陛下调遣。"李晔被李克用的话说动了心，但又感到有些不踏实，赶忙与亲信近臣商议。有人赞成，可是反对的人抛出的理由更加恐怖和具有震慑力，他们说："凤翔李茂贞如果覆灭，那么沙陀李克用将一枝独大，到那时候，朝廷可就危险了！"昭宗一听这话，肚子里直翻腾，冷汗顺着脊梁骨往下淌，经这句话冷水浇头，原来还残有的一丝重振雄风的侥幸热情，彻底荡然无存。昭宗左思右想之后，下诏对李克用说："犯上作乱的，以王行瑜最严重。自朕避乱以来，李茂贞、韩建自知其罪，不忘国恩，没有断绝供奉，还不算太恶劣。况且连续作战，也该休兵息民了。"李克用碰了一鼻子灰，饱含失望悲凉惋惜和嘲讽地仰天长叹一声，只好作罢。从结果论上分析，李克用的确帮助皇室化解了多次危机，对朝廷的贡献很大。进而推测其动机，最大的可能是李克用想通过帮助皇帝排忧解难提升地位，树立在官府中的高大形象，博取实际权势。虽然李克用不是完全听命于皇帝和朝廷，算不上忠臣，但也没打算与朝廷对抗，更没有打算对皇帝图谋不轨。从这个意义上说，李克用是在这个时期的军阀中最值得皇室培养倚重的人物。但是心事重重、既不相信别人也不相信自己的皇帝已经没有了这个心思和冲动，只是在利用军阀打军阀而已。因此，李克用感到很悲凉。在一定程度上，李克用走的路与朱全忠不同，至少在初衷上是有区别的，尽管后来的结果都是诸侯割据，称霸一方，这种相同的结果是历史矛盾复杂运行交织的必然。

李克用班师回河东后，李茂贞骄横如故，没出几个月，河西州县相继被李茂贞占据。

疑神疑鬼、制衡钳抑、得过且过这是末唐皇帝唯一的绝招，也是庙堂大臣们赖以生存的法宝，而且他们还自以为绝顶聪明，认为如此就可以对藩镇实施总体控制，就可以维持江山社稷，就可以换来美好的明天。泱泱帝国中央政府抓在手里的只剩了这点东西。殊不知，自欺欺人，后果就是越陷越深，复兴图治不过是痴人说梦。末唐出不了郭子仪就是这个道理，不要说军阀们虎伺鹰瞵，即便忠诚谋国，也成不了气候，不会得到早已吓

破心胆神经错乱的皇帝和大臣们的信任。

京畿三镇之乱引来了河东李克用，搅起一团浑水。最后，李克用巩固了势力，声名大振，爵位再上层楼。然而，李克用没有取得实质性突破，只是解除了一次危机而已。李克用没有将皇室的政治资源与自己的争霸事业密切联系起来，没有在其间找到一条合适的对接路径。可以说李克用的政治智慧也就这个水平了，三次勤王兵临京师，李克用都是以帮忙的角色出现，他无法突破自己的局限，无法发掘和攫取更大的政治资源。

4. 三朱大战（下）

"三朱大战"既然爆发，朱全忠咬着牙挺住也要攻下兖郓。况且翅膀硬了的杨行密正在虎视眈眈地盯着淮北。朱全忠在东部战场一丝不敢大意。

就在李克用在西边叱咤风云的时候，朱全忠还在东边忙着啃他的"硬骨头"。"三朱"大战，旷日持久的"三朱"大战，波波折折的"三朱"大战，骑虎难下的"三朱"大战。

昭乾宁二年（公元895年）九月，朱全忠决定亲自出场，率领十万大军征伐朱瑄。两军梁山脚下大战几场，朱瑄大败，退回郓城。十月，朱全忠又派大将葛从周作为先锋部队攻击兖州，朱全忠自己率领主力部队后续跟进。宣武军将兖州围了个严严实实，兖州所属的齐州刺史朱琼走投无路投降了朱全忠。朱琼也是朱瑾的堂兄。

朱瑄见宣武军又去打兖州了，赶紧调集部将贺瑰、柳存及河东来援助的何怀宝率领一万人偷袭曹州，以达到钳制宣武军的目的。朱全忠没有分散葛从周的注意力，而是自己率军会战朱瑄的部队，在巨野南两军大战。朱瑄的这一万人哪里是朱全忠的对手，被朱全忠杀得溃不成军，一败涂地，朱全忠生擒活捉了贺瑰、柳存及何怀宝，俘获士卒三千多人。

战斗结束，正在清点打扫战场之际，忽然天昏地暗，刮起了沙尘暴，狂风彻底而来，沙土扬天弥漫，伸手不见五指。宣武士卒行阵有些混乱，人心惶惶不知所措。这时候朱全忠手握佩剑，铁青着脸，一字一顿地下达

了屠杀令："天气骤变，这说明我们杀人杀得不够！"随着朱全忠一声令下，三千郓城降卒在漫天风沙中身首异处。朱全忠采取了恐怖威慑的计策，通过将一万郓城军卒屠杀以求达到摧毁朱瑄朱瑾兄弟战争意志的目的。朱全忠来到兖州城下，将贺瑰等人五花大绑押在阵前，对朱瑾说："你家兄朱琼已经投降，朱瑄大败而去，你还不及早投降！"

朱瑾自知无法力敌朱全忠，于是想出了诈降的计策。派人向朱全忠送信，申请投降，并要求会面谈判。朱全忠骑马来到兖州延寿门前和朱瑾见面。朱瑾说："我会将兖州符印奉上，但这需要我兄长朱琼来领取。"朱全忠眯着眼睛，微笑点了点头。朱全忠不在乎一个朱琼的得失，即使朱瑾借此机会将朱琼救回也无所谓。朱全忠拨马回归大营，让朱琼前去找朱瑾取兖州符印。

朱瑾立马桥头，静静地等待朱琼的到来。朱琼胸脯剧烈起伏，怀着一颗热切的心，以为弟弟朱瑾这是在想办法救自己。就在朱琼刚刚踏上护城河桥头的刹那，兖州骁将董怀进突然从桥底下窜出来。朱琼猝不及防，还没回过神儿来，正在发愣的时候，被董怀进一把摁倒，随后夹在腋下，奔入城中。朱全忠遥遥目睹了这一幕，嘴角闪过一丝冷笑，低声说道："自寻死路。"不一会儿，兖州城头上扔下来一样东西，细看，竟然是朱琼的人头！由此可见，朱瑾够狠的，为了坚定抵抗意志，将自己的哥哥枭首示众。朱全忠心里清楚，兖州不是三两天能打下来的了。于是，朱全忠班师回宣武，留下葛从周继续攻打兖州。

朱全忠走后，朱瑾还是闭门不战，他知道以逸待劳的道理。劳师袭远凭的就是一股锐气，敌人总不接战，这可不是好事。葛从周想出了一个计策，让军兵放出话去："郓城和河东的救兵要来了，葛将军即日将去半路上邀击他们。"放话之后，葛从周帅主力撤走，留下老弱病残守卫营寨。

到了晚上，在夜色掩护下，葛从周又悄悄回到兖州城外的宣武营寨。兖州城内的朱瑾得到情报，以为葛从周真的撤兵而去，拍手大笑，随即点起城内所有精锐部队，直奔宣武营寨杀来。兖州军进入宣武营寨后，如入无人之境，正在兖州军要大开杀戒之时，葛从周从暗影里率队杀出来。朱瑾这才知道中了埋伏，急忙调头往外冲。狩猎的和陷阱中的双方发生了激

战，葛从周一举将兖州精锐歼灭一千多人，并俘获兖州都将孙汉筠。这一战使兖州锐气大挫、元气大伤，朱瑾固守城池再也不敢出来。

朱全忠在对待兖郓的打法上，十分值得关注。兖郓如同一条蟒蛇，首尾相顾，守望相助。如此一来，宣武的兵力就很难围点攻击，只有被迫打运动战。打运动战是被迫的，但朱全忠很清楚，如果不消灭朱瑄朱瑾兄弟的有生力量，自己的队伍迟早会在兖州郓城之间被拖垮。因此，朱全忠提高了运动战的质量，力求在对郓城和兖州作战的每一战役中，要尽最大可能重创敌军，这样才会削弱他们互相救援的能力。

朱全忠挖空心思要歼灭朱瑄朱瑾的有生力量，朱瑄则绞尽脑汁要将李克用拖下水。

而此时，李克用也做好了下水的准备，至少自以为是这样。

因为，李克用刚刚再次"匡复"了皇室，精气神大振。

李克用向皇帝表明了态度，你看还是我李克用以天下为己任吧，还是我公忠体国吧，还是我为皇帝赴汤蹈火吧。当然，我也可以当一当天下的皇家警察，谁捣乱，我就替皇帝去管一管。李克用开始喜欢上了"管闲事"，因为"管闲事"可以名利双收。

昭宗乾宁三年（公元896年）春天，河冰还未解冻，李克用再派出蕃、汉都指挥使李存信率领一万骑兵援助朱瑄。在这之前，李克用已派来两拨救援部队。先是安福顺兄弟，后是史俨和李承嗣，现在又派来了李存信，河东将领越派越高，说明战争在逐步升级，河东介入的程序越来越深。李克用的河东藩镇与朱瑄的天平藩镇不接壤，因此，河东军要出兵，必须经过魏博藩镇。

魏博节度使罗弘信早已被朱全忠降伏。早在891年，朱全忠忍了一肚子气，对不合作的罗弘信开战，朱全忠五战五胜，歼灭魏博军一万多。魏博军素来强悍，没想到朱全忠更厉害，罗弘信害怕了，好言好语，派人带着钱财厚礼去向朱全忠请和。朱全忠见好就收，归还了魏博的俘虏，禁止宣武军队剽掠。从此，魏博成了宣武的附庸。

朱全忠派人对罗弘信说："李克用志在吞并河朔，你如果借道给他，那他从兖郓回师之日，就是将魏博纳入囊中之时。"经朱全忠一吓

唬和"好意提醒"，罗弘信全身肥肉一哆嗦，立即对李克用提高了防范之心。再加之李存信治军不严，河东军屡屡发生欺凌魏博人的事件。罗弘信大怒，直接发兵三万趁一个月黑风高的晚上偷袭了李存信大营。李存信被杀得大败，退保洺州。河东军不仅没有完成出师重任，而且损兵折将丢弃无数辎重，致使史俨、李承嗣留在兖郓，成了一支孤旅，与河东隔绝难以回还。

罗弘信以实际行动表达了对河东的敌视态度，表达了对朱全忠的全力支持，消除了朱全忠征伐兖州郓城的后患。

不过朱全忠毕竟枭雄，不轻易相信任何人。即便罗弘信与李克用闹翻，朱全忠对罗弘信还是不足够放心，生怕罗弘信抄了宣武后路。罗弘信每次派人进贡的时候，朱全忠都恭恭敬敬、沐浴更衣之后才接待魏博来使，而且还要面向北面魏博的方向，施以大礼，然后接受罗弘信送来的礼单，朱全忠动情动容绘声绘色地表白一番："罗帅年长我很多，如同我兄长一般，真不是诸邻藩可比得了的。"这些话传到罗弘信耳朵里，老头子被朱全忠哄得心花怒放，信以为真，用手摸着大肚皮，自言自语地说道："看来这个朱全忠还是很重感情的，也是很容易被感动的嘛。"从此之后，罗弘信专心致志地为朱全忠做起了挡箭牌。

朱全忠看到李克用如火如荼地发展，且屡屡干预朝廷危难，取得了越来越大的政治话语权，心里既嫉恨又痒痒。正好这个时候，昭宗被京畿三镇一折腾，觉得身边没有"股肱正直"之臣不好办，皇帝又怀念起了张浚和孔纬等人。朱全忠抓住机会，向皇帝推荐张浚复出为宰相。有了台阶，皇帝自然高兴，正要抓起大印往张浚的任命书上盖，突然，李克用的奏章到了。李克用说："朱全忠乃奸贼，臣请朝廷一纸诏命允许，我将发兵讨伐之！"不仅如此，李克用听说大仇人张浚要复出当政，哪里肯答应。放出话来恫吓皇帝："如果张浚做宰相，我将立即起兵到长安清君侧！"昭宗被李克用镇住了，一屁股坐在龙床上，双手捧着玉玺大印，痴呆呆愣在那里久久回不过神儿来。

修整了几个月之后，阳春三月，朱全忠又派出大将庞师古、葛从周征伐郓城。朱珍李唐宾之后，汴军中以庞师古和葛从周为诸将之首。庞师

群雄逐鹿

古一鼓作气，破关斩将，打到了郓城脚下。这朱全忠打仗也不挑日子，一年到头打不停。特别是春天、秋天也打仗，对春耕和秋收危害巨大，"三朱"连年大战，可害苦了老百姓。原本遭受兵灾不重的天平兖州一带，现在也是民不聊生，土地荒废。

郓城告急，李克用终于亲自下水了，将"抗朱援朱"战争推向了高潮。

李克用亲自率河东大军自晋阳出征，首先对魏博开战，不扫平魏博河东军无法达到天平境内。罗弘信哪里是李克用的对手，在李克用面前节节败退，全线崩溃。河东军在一个月之内扫荡了魏博六州全境。罗弘信只有招架之功，没有了还手之力，气喘吁吁地向朱全忠求救。朱全忠知道李克用来者不善。独眼龙已经憋了十来年的火，年年月月天天时时刻刻想着找朱全忠报仇雪恨。朱全忠急忙从郓城前线撤下葛从周救援罗弘信，留下庞师古继续攻打朱瑄。

六月，李克用率军向屯扎在洹水的葛从周杀来。河东军队以蕃汉骑兵为主，冲锋陷阵攻击能力极强，擅长大区域运动战和近搏战。葛从周深知河东骑兵战斗特点和优势，采取了因地制宜的策略。大将之所以成为大将，绝非单凭勇猛，还一定要有个好脑筋，脑筋比勇猛还重要。

头天晚上，葛从周命令部下在营垒之前挖了许多沟沟坎坎。这些沟沟坎坎大老远根本看不清。等到第二天两军开战，李克用指挥河东骑兵向汴军发起了冲击。河东骑兵在开阔的两军间战场上狂奔疾驰，河东兵挥舞着月牙弯刀，嗷嗷叫着向汴军冲来。冲着冲着，打着打着，喊着喊着，突然，河东战马被地上的沟沟坎坎绊倒纷纷仆地，河东士兵成批栽落马下。其中，就有李克用很喜爱的儿子铁林指挥使落落。河东骑兵到了地面上变成了步兵，其战斗力锐减。河东兵与汴军展开了肉搏战。落落被汴军生擒活捉。

眼看着儿子负伤被擒，李克用大叫一声，瞪起独眼，催马向前要救儿子。在坑坑洼洼的阵地上，无论你是黑马白马都不好使。李克用的战马虽然神勇，可是一个撇子也跌倒了。战马在地上翻了两个滚儿，李克用被甩出一丈多远。汴军见河东主帅李克用倒地，"呼啦啦"围上了一大片，纷纷喊着："李克用在此，李克用受伤了，快来杀了李克用……"汴军争先

恐后地要捉拿李克用，无数把长矛短刀寒光耀眼地劈刺过来。

就在情势万分凶险时刻，李克用一个就地十八滚躲开汴军的刀枪，然后鲤鱼打挺飞身跃起，以间不容发之势探臂膀从鹿皮囊中抽出弓箭，拉开金背弓"啪啪啪"连续射出三只射日神箭。李克用三箭射倒六人。冲在前面的三名汴军被李克用神箭。李克用的箭呈扇形射向面前的汴军，三支箭洞穿三名汴军前胸。神箭余力未消，又射中了后面的三名汴军。汴军包围圈塌下去一个缺口。李克用的神勇和威名暂时震慑住了汴军。要说李克用的战马的确是匹宝马良驹，跌倒之后，迅速站起，不仅没有惊慌逃走，而且忠实地守在主人身边。就在汴军犹豫的刹那，李克用翻身上马，冲出了重围。

写到这里，我想起了一个多年前的小故事。那时候我在中国北方的一个大城市生活。一天晚上，我在一次乘坐出租车的时候，车上的交通台正在播送一条救援新闻。女主持人正在和一位反映情况的人进行电话对话。反映情况的人说："某某地段一条道路正在施工，因施工方安置的标识不明显，导致一辆过往车辆坠落施工的大坑中。"女主持人说："那赶紧呼叫救援啊。"反映情况的人说："是啊，那驾车司机已经给110打了电话，110警车在第一时间赶到，可是，奔驰中的110警车竟然也跌落了这个大坑里。"女主持："……"。反应情况的人继续说："幸好这一幕被我发现，我当时正要路过此地，要不是看到110警车掉里面，我可能也掉进去了。"

这一仗以河东军战败结束。更重要的是，李克用喜爱的儿子被俘虏。李克用向朱全忠写信，要求讲和，请朱全忠归还落落。朱全忠看到李克用的来信，仰天哈哈大笑，说道："独眼龙不是口口声声要找我报仇吗？怎么为了儿子就放弃了争霸大业？"

朱全忠带着诡异的笑容命令："将李克用的儿子送交罗弘信发落。"

罗弘信见朱全忠送来了落落，心里很清楚，这是朱全忠在玩借刀杀人之计。罗弘信心一横，暗自骂道："肉喂两头狼，不如手牵一条狗。"罗弘信将李克用的儿子斩首，将人头送还河东。

李克用看到儿子的人头，悲痛欲绝地大叫一声，差点背过气去。经此一挫，这仗是没法打了，李克用率军返回晋阳。从此之后，罗弘信与李克用结下了深仇大恨，势不两立。李克用每次出兵，罗弘信都靠着朱全忠这

群雄
逐鹿

个大后台不遗余力地阻击，以致河东军无法救援朱瑄朱瑾，也就无法借此争霸东方。而朱瑄朱瑾得不到强大支援，被朱全忠杀的地盘越来越小，队伍越来越少，底气越来越差，希望越来越渺茫。在汴军围困下，进入了苟延残喘阶段。

公元897年正月，初春，汴军大将庞师古、葛从周对郓城发起了总攻。在经历了长达一个冬天的围困之后，朱瑄兵少食尽，难以再战，只好深沟高垒蜷缩固守。庞师古趁夜命军架起浮桥，挖开护城河，以中军主力向郓城仰攻。在震天动地的喊杀声中，朱瑄自知难以抵抗，带着老婆孩子弃城而逃。葛从周率人尾随追赶。朱瑄身边的人越跑越少，最终上演了千古重复的悲剧。失去战斗力的朱瑄及老婆孩子被山野村夫捉住，献给了葛从周。那些恨透了战争的农人用朱瑄换取了区区几两银钱。

朱全忠大败朱瑄之后，让心腹大将庞师古做了天平留后。

朱全忠破了郓城之后，忽然得到情报说朱瑾离开兖州城在四处找军粮。朱全忠拊掌微笑说道："兖州也将入我囊中矣。"朱全忠派出葛从周率领骑兵突袭兖州。

此时，兖州城内留守的是康怀贞，朱瑾带着史俨、李承嗣和大量部队正在徐州境内满头大汗地搜刮粮草。康怀贞见骁将葛从周杀来，且听说郓城朱瑄已经被擒，知道朱氏兄弟大势已去，于是举城投降了汴军。

葛从周占据兖州后，掳掠了朱瑾的老婆孩子，押送了开封汴梁。几天之后，朱瑾才得到兖州失陷的消息。老家没了，朱瑾无处安身，带着队伍奔向尚未沦陷的沂州。可是沂州刺史尹处宾正在盘算着是否投降朱全忠，哪里敢接纳朱瑾。吃了闭门羹的朱瑾走投无路，后有追兵，只好与史俨、李承嗣率部下渡过淮河投靠了杨行密。

杨行密可不惧怕朱全忠，大大咧咧高高兴兴乐乐呵呵地接见了朱瑾，并将他们安顿下来，还上书朝廷，给朱瑾弄了个武宁节度使的官。

杨行密很聪明，知道自己的弱项是陆军。尽管淮南水军在江河湖海中可以兴风作浪大显神威，可是一到了北方陆地上，就成了瘸腿的鸭子。这是困扰杨行密的心中隐痛。朱瑾和河东军的到来，使杨行密大喜过望，因为不仅朱瑾三人能征惯战十分强悍，关键是为淮南带来了陆军的建设经

验。杨行密救人于危难之中，而且还很会送礼，将尚在朱全忠控制下的徐州送给了朱瑾，礼遇有加。既收留了走投无路的朱瑾，也给朱瑾找了活干。让朱瑾训练淮南陆军的同时，念念不忘攻打徐州，否则，他这个武宁节度使就永远只能是空头支票。朱瑾对杨行密感恩戴德，使出全身解数为杨行密效力。杨行密得到朱瑾之后如虎添翼。陆军是杨行密的痛，水军恰恰是朱全忠的痛，后文再表。

朱瑄战败被擒，朱瑾战败逃走。

"三朱"剩了"一朱"，而且"一朱"独大。

郓、齐、曹、棣、兖、沂、密、徐、宿、陈、许、郑、滑、濮等州县都归了朱全忠。这下子朱全忠地大物博了，成了天下第一大藩镇的统帅。

朱全忠大大方方威风凛凛地在汴桥上处决了朱瑄。战果当然不只是这些，还有物资、粮草、土地、人口等等，还有令朱全忠心动的女人。

先前朱全忠灭掉时溥的时候，曾获得一个绝色美女。时溥有一歌妓刘氏，是时溥从黄巢部下尚让那里得来的。时溥失败之后，刘氏又为朱全忠掳获，并纳为婢妾。可是朱全忠用这刘氏还没用几天，就被张夫人发现了。在张夫人醋意浓度百分百和火气指数千分千的压力下，朱全忠将这位刘氏送给了已经丧妻多年的敬翔。

朱瑾的老婆也是个美人儿。朱全忠见到朱瑾的老婆后，眼珠子怎么搬也搬不开了。正在朱全忠拉开架势要好好享用一番这位朱瑾夫人时，张夫人来了。张夫人带着酒肉果品大老远地来迎接朱全忠，一直接到封丘，双方相遇。朱全忠得知张夫人来了，原本想将朱瑾夫人藏起来。没想到，张夫人寒暄几句之后，就问道："大王荡平兖郓，功绩颇丰啊。"

朱全忠雄壮地笑笑说："嗯，放眼天下，我宣武此后足可称雄。"

张夫人眼睛一斜，话锋一转，问道："听说大王俘获了朱瑾的家眷？"

"啊？是，朱瑾逃走，葛从周将狗贼的家眷押解过来了。"朱全忠狐疑地揣摩着张夫人的问话，心里想："夫人怎么知道我抓获了朱瑾的老婆？要坏事"。

"那让我见一见朱夫人吧？"张夫人不慌不忙但不容置疑地说。

"好，好啊，我正有此意，正有此意。"朱全忠不情愿地用手一摆。

有侍从将朱瑾的老婆带过来。

朱瑾是个厉害角色，朱瑾的老婆也不简单。

朱夫人见到张夫人后，双膝弯曲向张夫人行礼，张夫人也向朱夫人还礼。然后，张夫人拉住朱夫人的手，四目相对，张夫人眼泪扑簌簌滚下。张夫人说道："兖、郓与我家大王同姓，且已经歃血为盟，约为兄弟。仅仅由于小小误会，导致事情越来越复杂，至于刀兵相见，弄到今天这个地步。以至于让妹妹你受此大辱。如果有一天，汴梁失守，我是不是也会像妹妹你今天这样啊！"

朱夫人倒是没有哭，但心中在流泪，她知道"三朱"大战是怎么回事，现在说什么都没用。

朱全忠眼见煮熟的鸭子又飞了，到手的艳福又将化为泡影，一肚子不乐意。可是看到张夫人对朱夫人以姐妹相称，便不敢再发作。张夫人温柔而犀利地瞪了朱全忠一眼，朱全忠不禁身上打了寒战，他知道张夫人这是什么意思。朱全忠只好别别扭扭地安排人将朱夫人送往开封的寺庙，剃度之后做了尼姑。

三月，朱全忠论功行赏，抓紧瓜分靠战争占据的地盘。朱全忠上奏朝廷，要求让葛从周为泰宁留后、大儿子朱友裕为天平留后、庞师古为武宁留后。这朝廷是谁也不敢得罪，既同意了杨行密的申请也同意了朱全忠的申请。将武宁一镇封给了两家。昭宗心想"你们谁有能力谁就做这节度使，谁抢到手就是谁的。反正我也管不了。"

旷日持久的"三朱大战"终于落幕。

名副其实的"北有李克用，南有朱全忠"局面形成。

5. 皇帝成了香饽饽与菜团子

昭宗天天醉生梦死，度日如年，再也没有了当初的英气。有一天，他这落魄皇帝忽然受人喜欢起来，俨然是人见人爱的香饽饽。可是，真正把皇帝弄到手之后，这香饽饽就变成了菜团子，被人任意揉搓。

解除长安危机后，李克用向昭宗建议，借此机会一举铲除李茂贞等不听话瞎捣蛋的藩镇。可是李克用的建议没有得到昭宗及众班大臣的应允。李克用只得在满腹抑郁与牢骚中回兵晋阳。

正如李克用所料。李克用前脚刚走，才低下头没两天的李茂贞和韩建重又硬起来。李茂贞和韩建对朝廷的米面钱粮供奉锐减，时有时无，让皇帝吃了上顿没下顿，对皇帝进行精神与肉体的双重折磨。不仅如此，这俩家伙离得皇帝近，没事三天两头给皇帝写信，字里行间渗透着没完没了无穷无尽的傲慢无礼，对皇帝进行眼睛和心理毒害。

李克用撤军之后，昭宗突然觉得有些失落。特别是看到李茂贞和韩建贼心再起，昭宗心里无比的忐忑不安。在一个个辗转难眠之夜后，昭宗终于明白自己失落的原因是手上没有卫戍部队。

手中无军心里慌。

国无刀枪难兴邦。

昭宗对这个道理认识越来越深。

昭宗亲手办军队的心思也死灰复燃。

上次昭宗让宗族王子兴办治安部队的提议被诸大臣打压后，昭宗对此一直耿耿于怀。经过了这次逃难之苦，那些反对皇帝办军队的大臣也不再作声了，因为他们也受到了生死洗礼和困苦教育。劫后余生之际，这些大臣们暂时收敛了对权力的贪欲，知道保命安全远比任何事情都重要。

公元896年，昭宗下旨，在神策两军之外，再增设军圣、捧宸、保宁、宣化等几支军队，补充了几万人。从这些军队建制的名称中可以发现，昭宗李晔组建军队的目的和用意，以及希望这些军队担负的职能。皇家办军队那还不容易？既有地位，又有名声，关键是有钱，招兵告示一贴，应募者云集。可是当下的皇家办军队还真不容易，除了有钱之外，几乎一无所有，没有统帅，没有教练，没有规章制度，没有演习经验，更没有实习经验。到皇家军队来当兵的大多是为了混个"铁饭碗"，谁也没打算真去为皇家打仗卖命。

昭宗为了加强对军队的控制，决意要将这几支军队办成私家军。他不

再相信藩镇将领，也不再相信宦官统领。昭宗将自己的弟弟儿子安插到了新建部队中，担任各军的统帅。不仅如此，嗣延王戒丕、嗣贾王嗣周又自行招募了几千人，直接隶属自己指挥。这也是历史的滑稽，整个天下应该都是皇帝的，皇帝却还要搞私家部队，可见皇权所能覆盖的范围已是多么可怜！

皇帝在大张旗鼓地扩充军队，场面和动静搞得实在太大，长安城内外无人不知无人不晓。军队是干什么的？打仗的。皇帝办军队是干什么的？当然是对付不听话的臣属的。先收拾谁？当然是先收拾离得最近最不老实的。惶惶之中，开始有人对号入座了。谁干了坏事谁心里清楚，谁干过坏事谁心里就不踏实。谁还想干坏事，谁就不得不重视皇帝的这一举动，不得不对皇帝提防戒备。

首当其冲的就是凤翔节度使李茂贞，他感到皇帝这是冲着他来的，很明显嘛，无缘无故地办什么军队？李茂贞做贼心虚，心里发毛，吃饭睡觉总不踏实。李茂贞心中有鬼嘴上就没把门儿的了。李茂贞对皇帝办军队十分不满，天天骂骂咧咧，指桑骂槐，对皇帝品头论足、冷嘲热讽。李茂贞的牢骚和不满传到了皇帝耳朵里，又勾起了昭宗对李茂贞的憎恶。双方互相猜忌，心中还没露刺儿的矛盾在逐日发酵。

终于有一天，李茂贞坐卧不宁，心理承受能力达到了极限，怒吼一声："他奶奶的，总怀疑我不是好人，改天我带人到朝廷去说理去！"李茂贞此话一出，饱受惊乱之苦的长安老百姓立即慌了神儿，以为兵灾又要降临，纷纷拉家带口地往山里跑。往日汇聚天下风流人物、商贾云集、繁华荟萃的帝都，现在成了普天之下最恐怖的地方，是最不宜居的城市。

昭宗办起了几万人的卫戍部队，心里似乎踏实多了，信心似乎增强多了，干劲儿似乎强壮多了。为了颜面，为了安全，为了宝座，昭宗命令滋、嗣周、戒丕三王分别率军队保卫京城，保卫长安，保卫皇室。李戒丕率军屯扎在东北西三渭桥，控扼长安交通要道。

见皇帝先发制人，早有准备。李茂贞又搬来了新的借口，猪八戒倒打一耙，向皇帝上奏章说道："现在延王无缘无故领兵讨伐我，那我就带兵入朝请罪。"好家伙，这军阀逻辑，真是滑天下之大稽。一方面反咬一口

说皇帝要难为他，另一方面诉冤请罪居然还要带上军队。这下子一闹腾，昭宗心里又毛了，毕竟自己这几万人刚刚凑起来，能不能打仗谁心里也没数儿。昭宗只好又急惶惶派人向李克用告急。

真不知道，昭宗皇帝这决心是这么下的，求援的脸面是如何拉下来的。李克用主动帮他除害，他不答应。现在祸在眼前，又要去求李克用。看来这皇帝的脸也不长，一拉就到地。皇帝放下架子，委婉曲折倾诉一番，要求李克用再次勤王。

李茂贞可不等皇帝是否准备好没有，直接带着他的凤翔军杀奔京城而来。覃王和凤翔军战于娄馆，说"战"好听点儿，其实是刚刚接招，官军一触即溃。这些官军不说是豆腐渣，也和豆腐末儿差不多，根本就不会打仗。七月，李茂贞马上要兵临城下了，进逼京师指日可待。延王李戒丕对昭宗说："当今关中籓镇没有可靠之人，不如从鄜州渡黄河，去太原。臣弟申请先去太原通告李克用"。昭宗默然应允。为今之计，只好如此。龙椅还没坐热，又要逃难。昭宗这心里像打翻了五味瓶，酸甜苦辣咸，说不清是什么滋味儿。昭宗想不通，皇帝办点事，怎么这么难呢？

想不通，可以慢慢想。逃命可是片刻不能耽误。

反正皇帝的家当也被折腾的零零散散，捉襟见肘，残缺不全了，也没什么好收拾的，打铺盖卷儿拔腿就可以走。皇帝已经成了"行走大仙"了。"说走咱就走，风风火火闯九州啊"。皇帝起驾直奔鄜州。

皇帝"出幸"的消息很快就不翼而飞。临近鄜州的同华节度使韩建最先得到了消息。消息就是金钱，消息就是时间，消息就是生命啊。其实比这些还宝贵。韩建知道大福临头了，肉包子从天上掉下来。以前，韩建没什么大本事，傻头傻脑地跟着李茂贞和王行瑜做小弟，晕头转向地忙乎半天，最后什么也没捞到。韩建一直心里不舒服，决定要抓住这个千载难逢的机会。一定要将这肉包子吃到口。

韩建派遣儿子韩从允带着他的书信，去鄜州拜见皇帝，请皇帝到华州坐一坐，如果觉得合适就住下来。昭宗知道韩建也非善类，"黄鼠狼给鸡拜年，没安什么好心"，于是一口回绝了韩从允。可是既然韩建表现出了亲近的态度，那也不能给他泼太多冷水。虽然皇帝不愿意去华州居住，不过皇帝还是给韩建找了一个表现的机会。昭宗任命韩建为京畿都指挥、安抚制置及开通四面道路、催促诸道纲运等使，现在皇帝封官纯粹是实用主义优先了，在职务名称上把要求韩建做的事全罗列上。

韩建一看皇帝给他玩起了太极拳，不仅自己的热脸贴了皇帝的冷屁股，而且还被皇帝顺手当枪使，韩建心里很不舒服，一鼓腮帮子犯起了倔劲儿。韩建接二连三地给皇帝上奏章，一次比一次语言恳切，一次比一次情绪激动。韩建的"盛情厚意"终于"感天动地"，暖了皇帝的心。皇帝和众位大臣们一商量，觉得如果对韩建态度过于冷淡，弄不好会将韩建激怒，到时候局面恐怕不好收拾。况且大老远地去投奔李克用，也吉凶未卜啊。这些人商量来商量去，折腾了一个晚上，最后决定可以留下来，但要和韩建好好讲讲条件，把规矩事先说好。

皇帝走到陕西富平的时候，派人将韩建找来，和韩建当面谈判怎么个留法。韩建马不停蹄跑到富平，见到皇帝后，急忙跪倒行大礼，还挤出了几滴半凉半热的眼泪，哽咽着说："放眼天下，飞扬跋扈的藩镇诸侯可不只李茂贞一个人，陛下你为了避开李茂贞远离京城和宗庙园陵，这是要到哪里去呢？哪里又安全呢？臣担心您过了黄河之后，再也没有机会回京城了。"

这韩建还是多了个心眼，挽留皇帝但不指名道姓说别人坏，避免直接得罪李克用。

韩建又说："华州虽然小镇，兵力不强，可是地理位置控扼关辅，自保没有问题。臣厉兵秣马，积草屯粮，努力工作，治理同华也有十五年了，供养陛下的基本保障还是较厚实的。况且这里西距长安不算远，请陛下去我那里，慢慢再图兴复。"

皇帝听韩建描绘的前景还不错，就半推半就地答应了韩建的邀请。皇帝及大小官员随从进入华州之后，韩建让出藩镇府衙，给皇帝作为行宫，自己搬到龙兴寺居住办公。那时候，佛教昌盛，寺院遍天下，除了政府机关就数寺庙豪华。因此，韩建才搬到寺庙去办公，条件一点也不差。

皇帝再次逃离长安，城内没有了主人，顿时陷入了混乱。李茂贞长驱直入，杀入京城。凤翔军一通烧杀抢掠，彻底将长安城翻了个底朝

天。自僖宗中和以来十五年间逐步恢复的亭台楼阁、宫室集肆被焚烧殆尽。长安城每隔几年就被折腾一次，每折腾一次，长安城作为帝都的繁华就凋零一次，作为政治经济文化中心的元气就被伤害一次，聚集天下人望的号召力就削弱一次。战乱，蛮暴粗野的战乱，摧毁的不仅是物质财富，还有社会的精神。很快，长安就将成为人们心中遥远而永远的痛。唐之后，再也没有哪个王朝去长安定都，这其中，难道没有对历史的伤感和对灾难的恐惧吗？

皇帝在华州落脚后，将中书侍郎、同平章事崔胤赶出了行宫，外放武安节度使。这位崔大人也是宦海沉浮，历经冷暖。不过，大家要记住崔胤此人，这个在将倾的大厦上又踹了一脚的人。末唐的终结，崔胤是主要的操盘手之一。

崔胤是继张浚之后又一个政治投机分子，而且其功力比张浚有过之而无不及。

崔胤的爷爷崔从、父亲崔慎由都是唐朝大官，以端庄正派著名，叔父崔安潜是领军高手，所以崔家属于官宦士族中的望族。可是环境会改造人，家风也会扭曲失传。崔家虽然家风正派，书香门第，可是到了崔胤这里就变了。崔胤，字昌遐，此人工于心计，擅长阴谋，更巧于攀附达官显贵。崔胤为人虽外表凝重严肃，然而内心总在不停地运转计谋，凶险异常。崔胤在乾宁二年中进士。王重荣主镇河中时，请崔胤作为从事官。后来崔胤调入中央政府，逐步开到了考功、吏部员外郎、郎中、给事中、中书舍人，官职一路高升。大顺年间，又当上了兵部、吏部侍郎，很快弄了个同平章事的衔，位列宰辅。

末唐朝纲废弛，权制混乱，朝中宰相集团与宦官集团争斗激烈，每个派系各有朋党，各有藩镇靠山，从中央到地方层层勾结，各有阵营，盘根错节。在那种环境下，只要做官，必须要有阵营，否则就和浮萍落叶一般，很快就会淹没在政治斗争的风浪中。即便所谓贤良方正之士也多有靠山。

李茂贞和王行瑜兵变作乱，逼死了杜让能和韦昭度，当时的宰相崔昭纬和王行瑜串通一气，互相援助。崔胤很善于拉关系，以本家族人的由头

攀上了崔昭纬，崔昭纬出于朋党需要也屡屡荐拔崔胤。王重盈死后，河中大乱，朝廷暂时派崔胤代理河中节度使，以作权宜之计。三镇逼京城，昭宗逃往石门，崔胤和徐彦若、王抟等人一路追从，算是有护驾之功。等到李克用解除了危机，皇帝返回京师之后，对护驾大臣加官进爵。在这一拨提干中，崔胤官至礼部尚书，并赐号"扶危匡国致理功臣"。

现在昭宗跑到华州，"破国思良将，危难想忠臣"，皇帝又想起了李茂贞逼死杜让能这档子事。昭宗决定要给杜让能平反昭雪。给好人平反，就必须要惩处坏人。因此，在揭发崔昭纬以前斑斑劣迹的时候，徐彦若、王抟将崔胤攀附崔昭纬的事情告发。恨屋及乌，因此昭宗将崔胤赶走，任命翰林学士承旨、尚书左丞陆扆为户部侍郎、同平章事，代替崔胤。

崔胤被排挤不仅是徐彦若捣鬼，还有韩建也不喜欢崔胤。因为崔胤对于韩建把持朝政是个威胁。崔胤被迫离开政权中心，郁郁寡欢。但是崔胤不死心不甘心，他走到湖南时，想到了一条计策。崔胤给朱全忠写了封信。信中崔胤建议朱全忠抓紧修缮东都洛阳，准备好供张用具，上书请皇帝去东都。很显然，东都洛阳要比华州优越得多，承办接待皇帝巡幸这种大事，很有竞争力，一定能申办成功。崔胤这是在通过政治投机拉拢朱全忠。

朱全忠得到崔胤的点拨，豁然开窍，知道这是一本万利的买卖。不过朱全忠的申办离不开朝廷内部大臣的支持，所以，崔胤要求朱全忠支持他返回朝廷。崔胤的这封信一下子拉近了崔胤和朱全忠的距离，两人结成了秘密同盟。关东第一大诸侯朱全忠与河阳节度使张全义联名上奏皇帝，请皇帝到洛阳来住，为了皇帝的安全，朱全忠还愿意派出两万人马去迎驾！朱全忠在表达完迎驾的热切愿望之后，又为崔胤游说。朱全忠说崔胤是忠臣，皇帝落难，崔胤一直追随左右，他不应该离开皇帝。

韩建和昭宗看到朱全忠的奏章后，知道崔胤这小子傍上了"大亨"。朱全忠可不是好惹的，别人的面子可以驳，但是朱全忠的面子必须给。且韩建为了将皇帝留在华州，只好先以支持崔胤还朝为交换条件稳住朱全忠。昭宗也怕事情进一步复杂化，急忙盖章下旨，恢复崔胤的中书侍郎、同平章事官职，至于去洛阳的事情，让朱全忠再等一等，看看事态发展形

势再说。

这崔胤咸鱼翻身，又结交了朱全忠这个当世大佬，回朝之后俨然是王者归来的做派，立即精神得像打了八针鸡血，硬得像刚淬过火的铁棒。崔胤官复原职之后，做的第一件事就是打击政敌。崔胤捏造了个罪名，将代替他的陆扆贬为为硖州刺史。排挤了徐彦若为大明宫留守兼京畿安抚制置等使。又提拔了本家侄子崔远为兵部侍郎、同平章事。一时间朝廷内被崔胤搅得天昏地暗。

欢迎皇帝的不仅有李克用、韩建、朱全忠，四川的王建、淮南的杨行密都打出了勤王的旗号，纷纷表示愿意请皇帝到他们地盘上去。落魄的皇帝变成了香饽饽，人见人爱，没见到皇帝的也对皇帝爱得死去活来。大有人人都想为皇帝献出一点爱的架势。表面上看起来，人人都想为皇帝出力，可是没有一个人愿意出一兵一卒入关讨贼，都只是想将皇帝这个宝贝弄到手上作筹码。这些藩镇军阀对皇帝的看法开始转变。他们已经不再将皇帝奉为国主，而是开始将皇帝视作工具，视作争霸天下的工具。只要将皇帝弄到手，自己就可以能量大增，以至于号令天下。这是比任何拼杀征战都划算的买卖，且名利双收，成本低廉。

皇帝突然变得如此受欢迎，感受最深刻的还是皇帝本人。昭宗内心深处十分清楚自己行情看涨的原因何在，突然来了大牛市，其中必定有极大的泡沫与陷阱。皇帝还算有些自知之明，他估计到自己身价的这轮通货膨胀背后隐藏着无法琢磨的风险。牛市的背后就是熊市啊！那些军头们都在打着如意算盘，个个是披着羊皮的狼，而且是大灰狼、灰太狼。皇帝一旦去了军阀的地盘，将一失足成千古恨，很可能就此坠入万劫不复的深渊。昭宗咬着牙磨蹭拖延时间，把希望寄托在李克用再次出兵勤王上面。

现在，昭宗感到自己身边都是野兽，眼睛发着绿光的野兽。他急需要靠得住、有本事、能吃苦、形象好的大臣助手。昭宗仍然把国势日衰的原因归结为没有忠贞谋国的能臣。为了选拔奇杰之士，昭宗开启了一幕幕饥不择食的选人闹剧。

朝中有位名叫朱朴的人，时任国子监博士，此人每每在大庭广众之中自吹自擂说："我如果能够做宰相，不出一个月，就可以使天下恢复太

群雄逐鹿

平。"就是这种荒诞离谱的胡话梦话混话离谱话，居然打动了昭宗那颗脆弱的心。正巧，还有更混蛋的人抬轿子。水部郎中何迎上表皇帝推荐朱朴，说朱朴才华堪比东晋的谢安。反正谁也没见过谢安，无论是皇帝还是其他人都无法将谢安找来与朱朴比划比划。还有个道士许岩士也向皇帝推荐朱朴，说他有理财辅政的奇才，既会算账，又擅理财，还能投资，就差会炒股票做期货了。

在空虚浮躁脆弱和侥幸的心理驱使之下，昭宗急忙让人把朱朴找来面试。

朱朴很有口才，能言善辩，讲起话来滔滔不绝，一连给皇帝海阔天空地讲了三天。这堂培训务虚课忽悠得昭宗心花怒放，感到自己发掘到了夜明珠稀世宝。这朱朴是旷世奇才啊！昭宗还自鸣得意昏头昏脑地说："朕虽非太宗，得卿如魏征矣。"立即下旨封朱朴为左谏议大夫、同平章事，并赐给朱朴大量金银和绫罗绸缎。在犒赏朱朴之后，对有推荐之功的何迎也赏赐一番。

朱朴上任之后，昭宗将财政管理、军旅调度等大事全部委托给他全权负责。

这可是个爆炸性新闻，不亚于火箭上天、人类登月。大家都知道朱朴此人庸碌无能、卑鄙粗劣、迂腐孤僻，没有任何专业技能，皇帝竟然用这种人做宰相，弄得文武百官哭笑不得。有顿足捶胸的，有嚎啕大哭的，有嘲弄讽刺的，有怪自己投错胎的，还有抱怨爹娘给起错名字的。

常言说"吃人家嘴短，拿人家手短"。皇帝住在韩建的地盘上，虽然行情身价暂时企稳，可是不付出代价是不可能的。昭宗皇帝还算知趣，没多久就加封韩建兼任中书令。

韩建屁股底下的椅子做大了，脾气自然长起来，一举一动牵动朝野，确切地说牵动朝中参与决策议事大臣的心。这些位列朝班的大臣战战兢兢度日如年。这些文大臣彻底丧失了盛唐时期文官的高傲与强势做派，优势心理荡然无存。在藩镇武夫一再犯上作乱的折磨下，这些体面尽失的大臣早已经患上了武力恐惧症。讨论任何事情之前都习惯性刺探一下军头们的风声，甚至连回家吃什么饭菜，在做决定时脑海中都不禁会浮现出军阀的阴影。

　　昭宗带在身边的大臣本就凋零殆尽，股肱忠贞之士屡遭毁灭，剩下这些残缺不全的书生，生怕哪句话说错了得罪韩建，第二天早上起来后人头与脖子拜拜。于是出现了可笑滑稽的现象，每当昭宗组织大臣们讨论重大问题时，如果韩建不在场，或者即便韩建没有往外透露倾向性风声，其他大臣就叽里咕噜地胡乱说些模棱两可似是而非的意见，弄得皇帝如坠十里云雾，无所适从。时间久了，皇帝逐渐明白了其中的蹊跷，原来是众人惧怕韩建的缘故。于是，皇帝下明诏，干脆直截了当地请韩建参与机务，现场议论朝政。如此一来，这韩建还假惺惺地摆起了谱，坚决推辞，绝不答应，不参加朝政会议。如此这般，你邀请我推让地折腾了几次，才算作罢。皇帝和韩建都勉强保住了颜面。虽然韩建在形式上不干预朝政，但谁都清楚，如果不看韩建的眼色，几乎就议不成任何朝政。左右朝政的是韩建那只看不见的手。

　　韩建左右朝政仅仅是第一步，还有更赤裸裸更血淋淋更疯狂暴力的手段。虽然韩建暂时揽住了朝政，但是这个军头出身的家伙，深切明白军事力量的意义。皇帝昭宗为了对付不听话的内外大臣，近年来通过近亲兄弟子侄组建了几只禁卫军，这些军队虽然多为乌合之众，但是在形式上似乎还有些威慑力。就因为这几支禁卫军，韩建天天吃不好饭、睡不好觉，感到这几只军队就像几把钢刀在自己后脖子上方晃来晃去。韩建要动手了，动起手来的韩建与屠夫无二。

　　昭宗乾宁二年（公元897年）正月，刚刚过完新年，虽然适逢乱世，虽然春寒料峭，春节毕竟是大喜的日子，喜庆气氛尽管并不浓厚，但还没有遽然散去。华州城里尽管并不繁华，但大街小巷悬挂的彩灯也不算少。

　　昭宗皇帝和文武大臣刚刚吃完一顿饺子宴。曲终人散，醉意朦胧的昭宗起身，在太监的搀扶下回到寝宫，踉踉跄跄地准备睡下。就在昭宗走过书案旁侧的瞬间，他瞟见一份奏折摆放在桌面上。昭宗蹒跚着走过去，拿起这份奏折，借着摇曳的烛光翻开观瞧。

　　这是一份告状揭发奏折。

　　奏折是城防将军张行思写来的。

　　奏折的内容是告发皇帝的兄弟子侄违法乱纪。

皇帝的兄弟子侄违法乱纪？

这话从何说起？

这可不是单个的恩怨冲突，这显然是集团式的利益冲突。

此事来头一定不小。

读罢奏折，昭宗当即大惊失色。一股刺骨的寒意从足底透过心房灌入昭宗的头颅。

昭宗无需过多思索，瞬间就明白了这是张行思经韩建授意所为。以小小城防将的身份，张行思决不敢冒这么大的风险，与皇帝宗族作对。韩建唆使心腹城防将军张行思揭发各位亲王，冠以滥杀大臣、劫持皇帝的罪名，这个罪名可是很有分量的，而且足以引发一场七级宫廷地震。昭宗虽然治理天下束手乏策，见识不多，经验不够，但是对于宫廷斗争的确不陌生、不麻木。皇帝知道这事找张行思不会有结果，张行思不过一跳梁小丑、前台龙套。

"解铃还须系铃人"，因此，昭宗连夜召见韩建，请韩建来商量商量沟通沟通，看看有没有希望从中斡旋斡旋解脱解脱。大出皇帝意外的是韩建竟然装病不来见皇帝。这个军阀韩建将一颗核炸弹甩给皇帝后，竟然和皇帝玩起了藏猫猫。

皇帝这个急啊，事不宜迟，刻不容缓，这种事情哪里能等？皇帝命人一连发出几道诏书请韩建，韩建躲在家里就是不出来。昭宗见韩建不来宫中，只好打发作为被告的睦、济、韶、通、彭、韩、仪、陈八个王爷放下身段，屁颠屁颠地跑到韩建府上去汇报情况，主动告白，自行申诉辩解。估计是昭宗急昏了头，才想出这种荒唐的办法。

八个王爷慌里慌张满头大汗一路小跑地来到韩建府门前，请求面见韩建。没想到，韩建给这八位王爷统统吃了闭门羹。这还不算，韩建振振有词地说："八位王爷冒冒失失地忽然来到我家门前，我弄不清他们到底想干什么，为了慎重起见，我经过深思熟虑，决定还是不应该和王爷们直接见面。"

皇帝读完韩建来的这份奏章，心里别提有多气愤了，可是更气愤的还在后面。

让昭宗经受了一夜的精神折磨之后，第二天一大早，韩建又送来一份奏折，说道："各位王爷应当主动规避嫌疑，千万不能轻举妄动，以招惹众人非议。如果陛下果真疼爱他们，建议您按照祖宗规矩，请这些王爷们各自回府，解除兵权，聘请德高望重的师傅，教授他们诗词文章礼仪歌赋，别再以军权干预朝政！"韩建揣摩着皇帝不会老老实实地听取他的意见，因为他十分清楚皇帝建设这几支军队的背景和用意，皇帝是不会甘愿自剪羽翼的。在一番扭捏作态的文斗之后，韩建暴露了其狰狞的军阀面目。

当前晚上，韩建披挂上阵，亲自率领部下精兵将昭宗的行宫围了个严严实实，武力逼宫的旧戏再次上演。韩建李茂贞很善于领兵犯阕，动不动就带领人马挥舞刀枪对皇帝恫吓一番。韩建一面在宫外摇旗呐喊，一面又给皇帝写了份奏折，建议皇帝不仅解除八王的兵权，而且将这些军队解散，美其名曰发扬教化。昭宗趴在行宫围墙之上，探头向外张望。在黑沉沉的夜幕里，华州兵马喧哗成一片，在灯笼火把的映照下，犹如鬼魅恶魔乱舞。韩建体型肥胖，肥头大耳，黑眉白脸短须，小眼睛埋在一堆肥肉里。光影摇曳中，韩建盔明甲亮骑在高头大马之上，手持长毛，站在队伍最前面，战马不时地打着响鼻。

昭宗看到这阵势，心里害怕了，他意识到今天如果不答应韩建要求，其势绝不会善罢甘休。皇帝李晔用颤抖的嗓音下达了命令，解除八王兵权，让他们各自回家，并将八王率领的军队兵权交给韩建指挥。

按照以往的经验，皇帝做出如此让步，危机应该可以得到解除或缓解。

昭宗内心里是这么想的。

韩建心里不是这么想的。

韩建又打出了第二张牌，韩建骑在高头大马上对皇帝"良言苦谏"："陛下您选拔人才，任用贤良，足可以平定天下，消除祸乱，又何必组建殿后四支御林军呢？如此一来，既显得陛下对军界有厚薄之分，也涉嫌拉帮结伙搞小圈子。况且您招募的这些兵卒不过是井市无赖，奸猾流氓，即使太平年间，还担心这帮家伙惹是生非，一旦大难临头，他们必定指望不

上。现在却让他们人人挂刀佩剑，自由出入皇宫禁内，享受如此殊荣，我既为皇帝担心也感到寒心，依我看，还是解散算了，省得有名无实，招惹非议。"

昭宗下达解除八王的兵权命令之后，正要扭头下宫墙，听到韩建又提出新的无理要求，当场气得眼冒金星，捂着胸口咳嗽不止。昭宗低着头，过了很久之后，才无奈地挥挥手，从牙缝里挤出几个字："就按卿说的办！"一夕之间，皇帝辛辛苦苦积攒起来的这点家底被韩建抖搂光，灰飞烟灭。

被拔掉牙的老虎连家犬都不如。

现在韩建是刀俎，皇帝是鱼肉。

韩建是面二，皇帝是菜团子。

皇帝只有任由韩建摆布了。

摆布皇帝的滋味令韩建兴奋。

消除了武力威胁之后，韩建的胆子才真正地大起来。

韩建开始了杀人。

在兴奋亢奋中杀人。什么感受？

韩建第一个盯上的是捧日都头李筠。这位李筠曾保护昭宗逃出长安进入山中，在石门夜以继日地值班护卫几十天，对皇帝忠心耿耿，立下大功。李筠现在是皇帝身边的头号侍卫将军。这也就是韩建盯上李筠的原因，不拔掉李筠这个眼中钉肉中刺，韩建就感到他和皇帝之间还隔着距离，他对皇帝的掌控还不够直接与踏实。韩建捏造了一个子虚乌有的罪名，将李筠在大云桥枭首示众。李筠的死在朝野引起了不小的骚动。怀疑、忧虑、愤恨、焦躁、恐惧、无助等各种不良的情绪开始蔓延。韩建杀李筠无异于在皇帝的脸上重重地掴了一掌。

韩建步步紧逼，揪住皇帝的心脏死死不放。韩建引用玄宗、代宗等前朝故事，说几次叛乱都是因为皇室宗亲在外任职引发的。现在不少王子在地方上位居要职，有害无益，还是召回来吧。昭宗迫于韩建压力，只好降旨，把在外任职的皇亲国戚统统召回行宫。实际上，韩建是将各位王爷王子集中起来，软禁在了各自家中，日夜派人监视。

韩建进一步将皇权削弱，对皇帝也实行隔离软禁，挪揄皇帝总和一些道士来往，交际活动不检点，影响很不好。这些道士借用各种歪理邪说蛊惑皇帝，混淆视听，后果很严重。这种不正当交往应该予以禁止，以后不许和尚道士之流进入皇宫。如此一来，皇帝真正成了孤家寡人，既无人可以指派，也无从得到情报与消息。昭宗天天坐在狭小的寝宫内，呆呆地望着门外灰蒙蒙的天空失魂落魄，时而不知所措地抖动几下身体。

这一天，延王李戒丕从晋阳李克用那里回来了。在皇权坠毁，朝柄旁落的危难时期，李戒丕为昭宗分忧解难，发挥了重要的精神支撑作用。这次李戒丕身负重任出使河东，目的是游说李克用，请他出面再次勤王。李戒丕不虚此行，带来了李克用要迎接銮御的好消息。这个消息对韩建可不是个利好，反倒是个极大的负面刺激。李克用如果能够成行，那韩建的如意算盘将化为泡影。

原本就动了杀机的韩建，加快了下手的节奏。韩建向皇帝上奏折说："自从陛下继位以来，屡屡和京畿藩镇对立交恶，都是因为诸王掌握兵权，蛊惑所致，以至于现今皇帝流离失所。前几天，我向陛下建议罢黜诸王的兵权，实在是为陛下着想，担心发生意外的变故。这两天，我听说延王和覃王又再蛊惑皇帝，妖言惑众，图谋不轨，恳请陛下快下决心，发之未萌，斩草除根，这是为江山社稷周全永固的决策啊，请陛下明断！"

韩建这个奏折递到皇帝书案之上，真把昭宗吓着了。读罢奏折，昭宗后背的衣服已经被冷汗湿透。昭宗咬着发紫的嘴唇，额头青筋暴露，双手剧烈颤抖，不住地在房间内来回踱步，时而坐下，时而站起来，突然挥手在案头一拍，破口大骂："韩建贼子，欺人太甚！我兄弟子侄何至于要造反害我？"昭宗明白这是韩建设的圈套，要昭宗自己往里钻，要他亲自动手剪除所剩无几的亲近人。

昭宗皇帝悲愤地抬头望着屋顶，强忍着眼泪没有掉出来。骂归骂，事情还必须尽快想个对策，稍有不慎，这几个人将没命了。要是直接找韩建去说理，韩建一定会装傻，说不知情，还要让人来对证。对证的人自然都是韩建早已安排好的，演戏给皇帝和世人看。对证的结果就是"王子犯法与庶民同罪"，这几个宗室亲属一定会被当街砍头。要是否认此事，等

于昭宗自己承认偏袒亲属，有私心，示人以不公，韩建还会揪住不放，没完没了，后果也难以预料。思前想后，昭宗决定拖一拖，期待情况会向有利的方向转化。所以，昭宗没有立即答复韩建，而是将这份奏折留在了案头，进行了冷处理。

韩建可等不及皇帝答复，不管皇帝是冷处理还是热处理，韩建决定甩开皇帝，直接下杀手。这就是军阀的逻辑，与皇帝的逻辑根本不是一个哲学体系。韩建和知枢密使宦官刘季述伪造了诏书，发兵将诸王宅邸团团围住，如探囊取物一般，将这些王爷王子王孙一一抓捕。各位王爷披头散发，有的顺着墙根逃避，有的跑到房顶上呼救，有的爬到树上去发信号。任凭这些王爷们喊破了喉咙，挥断了手臂，也没有人来救援。

华州军兵押解着通、沂、睦、济、韶、彭、韩、陈、覃、延、丹十一个王爷到达石堤谷。随着韩建一声令下，十一颗人头落下，滚入谷底，撞击出沉闷的回响。

擅自屠杀了皇亲国戚之后，韩建遍帖告示，说这些人图谋造反，死有余辜。本已落魄的皇族一日之内失去十一个轻壮后人，这是何等的打击！简直是要李氏皇权断子绝孙。

昭宗第二天才得到诸王被杀的消息。噩耗传来，昭宗当即晕厥倒地不省人事。经过宫女太监御医手忙脚乱地抢救半天，昭宗才缓过一口气，微微张开双目的昭宗，无力地扫视了周围的侍从之后，突然顿足捶胸、嚎啕大哭起来。涕泗横流地哭了一阵子之后，昭宗又昏过去了。

韩建屠杀诸王，无异于天崩地裂的爆炸新闻，在华州城内造成了强烈的冲击波。韩建这家伙虽然没太多政治头脑，但是杀人从不含糊，索性一不做二不休赶尽杀绝。杀完王子，再清除碍手碍脚的文武朝臣。韩建将礼部尚书孙偓排挤到南州做司马，将朱朴先贬到夔州再到贬郴州做司户，将何迎贬到湖州做司马。自此之后，韩建彻底掌控了皇帝及皇帝身边的大事小情。皇帝成了韩建腋下的受气包。

韩建专权，立即像脱胎换骨一般，雄心万丈，似乎俯视天下，无出其右者。一朝权在手，且把令来行。韩建大大咧咧地向各藩镇发布命令，要求各藩镇向华州输送粮草物资，以供奉皇帝。李克用见到这种境

况，仰天长叹，愤愤地说道："去年如果皇帝按我说的办，何至于落到今天这步田地！韩建是世人皆知的莽夫，现在胁迫皇帝，动摇皇权，这个笨蛋哪里是佐国辅政之材？将来即便不被李茂贞擒获，也会成为朱全忠的阶下之囚！"

那么李克用为什么没有立即应皇室之邀出兵勤王呢？按李克用的性格，其行动力无与伦比，早应该挥师南下，这次为何仰天长叹呢？因为李克用的后院起了火，他受到了一个新军阀的制约。

那么朱全忠又为什么没有对王室的危机表现出积极的态度呢？因为朱全忠发动的"三朱大战"正进入高潮，这个"三朱大战"旷日持久，消耗了朱全忠巨大的精力和财力。此时，朱瑾已破，朱瑄只有招架之功没有还手之力。朱全忠决定一鼓作气，咬紧牙，集中精力，将朱瑄消灭，这是收服兖郓的关键时刻。朱全忠心想"朝廷的杰出青年当不当也没什么用？管他呢，先忙自己的事"，因此，朱全忠没有对皇室危机投入太多心思。

6. 蛰伏的枭雄难以长养

枭雄都不是用来培养的，他强壮了会咬人。至于咬谁？这要看咬起谁来更方便。刘仁恭夜夜做梦都想当老大，似乎不去实践要遭天谴似的。因此，刘仁恭决定下手。刘仁恭一边下手，一边说："出来混，怎么可以羞羞答答的。"

放眼天下，能够制约李克用的人可谓寥寥无几。李克用乃是雄狮级别的诸侯，一般人不敢也没有能力与之硬拼。但雄狮也有雄狮的弱点，凶猛的狮子在蚊子面前就显得无计可施，甚至弄不好会落荒而逃。因为蚊子会咬到狮子的脆弱处和伤痛处，蚊子会肆无忌惮地对狮子实施滋扰。

卢龙节度使刘仁恭就是令李克用很头痛的一个新兴枭雄。当然，在这之前，李克用没太将刘仁恭当回事，至少没有将其视作劲敌来防范。刘仁恭原本是个弱者，反倒是在李克用一手扶持下迅速成长起来。初长成的刘仁恭在很短时间内就蜕去了弱者的表皮，摇身一变成为一方枭雄。

枭雄在未成功之前，一般比较低调，即便有野心也是深深埋藏的。之所以如此，主要有两个原因，一是资源和条件受限制，实力不强，无法施展，有能耐也显露不出来；二是出于自我保护的需要，免得过早暴露，被强手当作敌人的日子一定不好过，弄不好会遭遇不测之祸。曹操煮酒论英雄识破刘备的故事不过是个经渲染的传说而已，半真半假。所谓半真，说的是曹操眼光犀利，算个千古人物。所谓半假，估计不过是在为后来的刘备描花添彩而已，平添些不凡身世与履历。

刘仁恭没有李克用那样显赫的家世，更没有横空出世闪亮登场的彩头，不过是资质不错野心不小的小人物而已。在李克用收降刘仁恭时，李克用很可能没有想到刘仁恭在不久的日后竟然成了一个准枭雄，而且是个具有破坏力的枭雄。

刘仁恭，籍贯为河北深州人。其父刘晟既无名头也无官爵，不过一个食客而已。唐末的食客已经大大不同于春秋战国时期的食客。春秋战国时期的食客几乎约等于名士，无论本事高低真假，只要进入食客行列，身价会提升到一定层次。食客再进一步，如果能够发发光发发热，就会摇身一变为当世响当当的干世奇才。隋唐虽然还有食客，可是这个群体已经没落。食客的功能早已经被依附关系更强的幕僚群体所代替。刘仁恭的父亲做食客的地方在范阳，说不定是流落在范阳。

后来刘晟做了幽州节度使李可举的一员低级军官，刘仁恭因此有机会随父从军，在幽州军中谋了差事挣口饭吃。在幽州李可举、成德王镕联手攻打易定的王处存时，刘仁恭在幽州主帅李全忠军中服役。刘仁恭从属的兵种是工兵，他尤其擅长挖地道，因此得了一个绰号"窟头"，意思是地道专家。李全忠攻打易州得手主要得益于刘仁恭挖掘的地道。刘仁恭由于脑袋好使，恳出力，逐渐得到了提拔，成了带队伍的小校。刘仁恭此人性情豪放，很有雄壮之气，办事时计谋迭出，往往能够得手。人如果有点本事总会自觉不自觉地流露出来，特别是感到顺风顺水芝麻开花有可能节节高的时候，在几杯酒下肚的时候，在有一帮小兄弟煽风点火仰视崇拜的时候，总会免不了抒发一番。刘仁恭也免不了俗，况且他还不是绝世千古的枭雄，道行修行没有那么深。刘仁恭按耐不住做大哥的冲动，有一天忽

然终于果然还是抒发了一把。他踱步挺胸，豪情万丈地说道："我昨天晚上梦到手握一杆大纛旗，有神暗示我到四十九岁时，将会受节印镇抚一方。"言下之意，不仅我刘仁恭前途无量，而且跟着我混的弟兄们都会荣华富贵。

刘仁恭这个大庭广众之下偶然的抒怀举动，传到了一个人的耳朵里。此人就是李匡威，那个篡夺了李可举座位的人。做贼的人不免心虚。做过贼的人，总不免以贼心渡人腹。李匡威造过李可举的反，生怕自己也被人造反，对有异心异志情况异常的部下尤其提防。李匡威听说刘仁恭将来有做镇抚的命，哪里还能睡得着觉？李匡威对刘仁恭的嫌恶之心无论如何也难以消除。最终，刘仁恭被李匡威排挤外放到景城做了个小小的县令。

河朔三镇中的幽州与魏博一样，也是个多灾多难的地方，主帅走马灯式的换。每换一次主帅，就席卷一次腥风血雨。就在李匡威干得热火朝天风生水起有声有色之际，这个军阀竟然兽性大发强奸了他的弟媳妇。老婆被人干了，那是何等的耻辱与愤怒。李匡威的弟弟李匡筹一怒造反，将李匡威推翻。兵变混乱之中，李匡威伺机逃脱，流亡到成德。由于李匡威曾经帮助过王镕，两人之间有一定感情积累，因此王镕收留了他，并认他做了干爹。

就在李匡筹兵变驱逐李匡威之际，刘仁恭也动了趁火打劫的心思。此时，刘仁恭已不做县令，而是领兵驻守在蔚州。由于李匡威冷落刘仁恭的原因，刘仁恭及其部队在蔚州长期驻扎，既无人问津也得不到换防休整。时日一长，蔚州士卒怨声四起，纷纷要求回幽州探亲或休假。刘仁恭纵容和利用了士卒的这种躁动情绪。士卒们也很配合地演出了一幕感人的推选主帅的戏剧。蔚州士卒强烈要求刘仁恭作为主帅，带领大家打回幽州老家去。刘仁恭认为有机可乘，就带着他这伙人马杀奔幽州而来。

但是刘仁恭低估了时局。虽然李匡筹与李匡威闹翻了，可是幽州各级镇府没有跟着乱，乱的范围仅仅限于李匡威李匡筹弟兄之间。刘仁恭率兵打到居庸关就走不动了，因为居庸关的守将不买刘仁恭的账。既然话不投机，双方开兵见仗，以武力解决问题。刘仁恭这点人马一触即溃。

刘仁恭比李匡威逃跑得还快，走投无路的情况下，刘仁恭投奔了河东

李克用。李克用与幽州连年用兵，也是颇费周折，煞费脑筋。此时幽州内乱，且有人来投奔，从政治策略的角度考虑，李克用很隆重地收留了刘仁恭，目的是进一步瓦解幽州，也是向世人表明宽大容人开门纳士的姿态。在那个群雄并起乱世纷争的时代，对干部的考察估计也难以详尽周全，很难进行政审、档案外调、组织测评之类。对刘仁恭曾经自我吹嘘自命不凡的经历，或许李克用并不知晓，更或者，李克用即便知道，也一定会撇撇嘴不屑一顾，没当回事。

李克用帐下虎将如林，人才辈出，更何况李克用本就是光彩夺目举世无双的勇士。刘仁恭在这种环境下，作为一名投降的低级军官如何才能引起李克用的重视呢？如何能够被重用而出人头地呢？这的确是个难题。可是刘仁恭有他的算盘。

刘仁恭心思缜密，特别能受气，特别能吃苦。尤其在吸取李匡威帐下受辱的教训后，刘仁恭在处理事情上更加的老练与世故。刘仁恭很清楚李克用隆重纳降他的意图。李克用在北边历经多年遭受卢龙的攻击，可以说是世代为敌。卢龙早已成为李克用的心腹之患，极大地牵扯了李克用向南争霸的精力。河东如果不能摆平卢龙，就不可能安心渡河入王室，更不可能全力以赴对付朱全忠。卢龙兵强悍善骑射，战斗力极强。尽管李可举死后，幽州历经李尽忠、李匡威、李匡筹篡权变故，可是卢龙军队的战斗力没有受到削弱。因此，李克用一直在苦思冥想破除卢龙威胁的办法。

刘仁恭识破了李克用的心思。因此，刘仁恭也就很快在高手如林的河东军中找到了自己的位置。刘仁恭对待河东文臣武将处处陪着小心和恭敬，营造了一个和谐有利的外部环境，避免了被猜疑和受中伤。在站住脚之后，刘仁恭采取了短平快的策略，有针对性地走起了上层路线。刘仁恭千方百计与李克用的大谋士盖寓攀上关系。能得到盖寓的赏识并非易事。盖寓何等人？乃是李克用军中第一大谋士，在河东举足轻重。盖寓既没有时间与各色人等消磨时光，也不会与没有水平的人周旋。因此，要接近盖寓，必须投其所好，还要保持足够的庄重。刘仁恭无疑具备这两点。他手上有卢龙地形山川风土人情军队虚实的情报，心中也有做大事的志向。

刘仁恭能够让盖寓在百忙之中赏光接见就成为了可能。以刘仁恭的

心术机谋，绝不会一次性倾诉全部心事。他要按照盖寓的接受思路和心理脉络行事。一来二去，刘仁恭很快就得到了盖寓的器重和信任，尽管这种信任是有限的。在获得盖寓赏识后，刘仁恭逐步提出了谋伐卢龙的设想与建议。这些情报和建议对于盖寓十分重要，于公有利于晋军和李克用的事业，于私有利于提升盖寓在李克用幕府中的身价和地位。刘仁恭通过盖寓在李克用心中的重要性得以迅速提升。

光说不练假把式。刘仁恭需要的并不仅仅是李克用的赏识与信任，更需要借助李克用的力量去建功立业。刘仁恭耐心等待、营造和捕捉机会。刘仁恭一门心思游说盖寓和李克用征伐卢龙，并主动请缨要求做先锋官。那时候，李克用正在攻打邢州李存孝，没有多余的力量再对幽州开战。抗不住刘仁恭软磨硬泡和信誓旦旦，李克用分兵五千交给刘仁恭去攻打幽州。

区区几千人马显然太少了，这与刘仁恭要求的万人部队相差太远。可是骑虎难下，刘仁恭硬着头皮也要出兵。结果，几仗打下来，刘仁恭数次被李匡筹击败。偷鸡不成蚀把米。刘仁恭没能打下幽州，反倒激发了李匡筹的斗志。

李匡筹原本对河东还有所顾忌，现在一看，李克用忙得不可开交，正是幽州趁火打劫的好时机。李匡筹大大咧咧地派兵不断攻打河东边境，搅得李克用不胜烦恼。

公元894年十一月，摆平泽路河阳之后，腾出手来的李克用，亲自率大军征伐卢龙，一举灭掉了李匡筹。李克用能够荡平卢龙，消除十数年来的心头大患，自然是很爽。不过李克用心里清楚，能够顺利击败幽州，刘仁恭的功劳首屈一指。更为深远的问题是，如何将卢龙纳入河东的管辖？直接兼并难以实现，朝廷不同意，临道也不会支持。只有派可靠之人前去镇抚，才是可行也是通常的做法。谁可靠有可行呢？只有刘仁恭。

刘仁恭帮助河东平灭了卢龙，与幽州结怨不浅，对李克用也表现出了足够的忠诚，在可靠性上应该可以过关。刘仁恭还有一个优势是其他河东诸将所不具备的，那就是熟悉卢龙的情况。派一个熟悉情况的人去抚理，无疑在可行性上也是过关的。李克用上奏朝廷，请封授刘仁恭卢龙节度使

之职。刘仁恭称霸诸侯一方的梦想终于要变成现实了。

无从考证，这一年刘仁恭是否是四十九岁。李克用虽然重用了刘仁恭，但是并没有完全对他放心。在对刘仁恭加官进爵的同时，李克用留下了十多名河东亲信监军卢龙，其实是监视刘仁恭。李克用还选拔了一些河东将领与卢龙本土将领分别统领卢龙各部兵马，以此分化刘仁恭的权势。李克用真实的目的是只保留卢龙形式上的独立性，而实际上将其变成河东的藩附。除了幽州必要的行政开支与军费之外，其他财税收入全部被李克用征调收缴到河东去了。卢龙成了河东名副其实的附庸。

对于河东的统治策略，刘仁恭洞若观火。刘仁恭不想做这种傀儡节度使，他想做真正的一方霸主。但是，刘仁恭还在忍耐，没有与河东进行抗争。因为他明白自己目前任何一点点的权利主张都可能招致李克用的怀疑与打击。小不忍则乱大谋。所谓审时度势，就是这个意思。可是人们往往做不到，即使看得到也未必做得到。

刘仁恭在继续忍耐。

刘仁恭没有停止寻找机会。

机会只要找，还是有的。

机会稍纵即逝，还需要及时把握。

刘仁恭手下有一都将名叫高思继，此人兄弟数人皆为幽州各衙门军营的武官。高思继家族是幽州本土人，在当地很有影响力。高思继率领的部属也多是亲手带出来的子弟兵，勇猛强悍，是一支不可忽视的力量。刘仁恭本就座椅不稳，因此更加忌惮高思继兄弟，天天琢磨着如何剪除这块心病。

河东派驻幽州的士卒仗势欺人，经常违法乱纪，横行无忌。高思继掌管幽州戍守职责，治军急严，无论贵贱，一视同仁，严惩不贷。在对待为非作歹的河东军问题上，高思继毫不手软，严加惩处，诛杀了很多人。这事很快就传到了李克用耳朵里，李克用大怒，认为这是刘仁恭蔑视河东军。因而，李克用对刘仁恭狠狠责备一番。刘仁恭不仅没有害怕，反倒借题发挥，变被动为主动。刘仁恭轻飘飘地打出了一记太极拳，向李克用申辩说诛杀河东军的事情都是高思继兄弟干的，自己不知情。

李克用火暴性格，在刘仁恭煽风点火怂恿下，下令将高思继兄弟全部割了脑袋。如此一来，李克用中了刘仁恭的圈套，在政治上陷入了被动。河东军与幽州本土军之间的矛盾开始激化。幽州人对河东军更加憎恨和不满，他们不愿意这么窝窝囊囊地做三孙子。刘仁恭很机巧地利用了这一政治事件，顺势将高氏兄弟的后人延揽到帐下，提拔重用以收服人心。刘仁恭逐步在燕人心目中树立了独立和自主的形象，获得了众多支持。

刘仁恭与李克用的矛盾开始发酵。

公元897年，皇帝受制于韩建，皇族王子被韩建杀的几乎绝种。皇帝天天坐在临时寝宫内长吁短叹，愁苦悲痛。危难之际皇帝再次想到了李克用，邀请李克用赶快来救救皇帝。李克用广发檄文邀请成德王镕、义武王郜共同举兵勤王救驾。同时，李克用还向卢龙节度使刘仁恭征兵征粮，要求赞助。可是刘仁恭自己正忙得不可开交。因为卢龙地处东北与契丹接壤。此时的契丹逐渐发展壮大起来，屡屡南下侵犯。刘仁恭需要拿出很大一部分精力对付契丹。卢龙的财税大权本就在河东掌控之下，哪里有多余的积蓄。因此，刘仁恭扔出了一颗软钉子，借口说正在与契丹作战，无力支持河东，待打退契丹之后再出兵帮助李克用。

李克用不肯干休，几个月之内发出十几批使者催促刘仁恭出兵勤王。刘仁恭就是死抗着不动窝。刘仁恭的消极抵抗激怒了李克用。李克用写了一封措辞严厉的书信，谴责刘仁恭。刘仁恭看罢书信，也怒火万丈，破口大骂李克用，将其书信揉搓揉搓扔在了地上。刘仁恭再也无法忍受李克用的窝囊气了，一不做二不休，撕破脸皮，干脆彻底决裂。刘仁恭下令将河东的使者关进大牢，将派驻幽州的河东将校全部逮捕，打算一股脑杀掉。不过由于刘仁恭准备不足，这些河东将校得以逃出幽州，跑回了河东。

李克用见刘仁恭翅膀硬了，既不"仁"也不"恭"，居然敢对我河东亲信下杀手。这还了得。李克用点齐三军决定亲自讨伐不听话的刘仁恭。

那么李克用为什么放弃勤王这么大的事情，要去讨伐刘仁恭呢？

勤王虽然名声好听，利益诱惑很大，可是其风险也是深不可测。此中

深浅无人比屡屡勤王救驾的李克用体会更深了。勤王成功了，可以立下旷世奇功。可一旦出现曲折甚至失败，那可是身败名裂万劫不复。李克用当然明白其中的道理。小小韩建原本不足道，可是李克用勤王仍然要拉上其他藩镇，目的就是获得政治上的主动，以壮声势，以正视听。可是，如果李克用进逼太紧，或者策略不周，一旦韩胖子狗急跳墙，皇帝发生意外，那李克用的罪过就大了，会落得逼死皇帝的骂名。因此，李克用放弃了勤王的计划，转而征伐刘仁恭。

李克用率领大军十万浩浩荡荡讨伐刘仁恭。河东兵在安塞与幽州兵发生会战。这一天大雾弥漫，伸手不见五指，山峦起伏看不清远近。刘仁恭派出大将单可及率领一万骑兵逆战晋军。这时候，李克用正在宴饮。李克用特别嗜酒，举行酒会的排场一向很大，一般会通宵达旦，尽兴喝醉才算完事。在李克用酒劲兴头上的时候，任何人都不敢泼冷水搅局。几年前，康君立等人在酒会上，被醉酒的李克用刑罚以致丢掉性命。有了这些教训，河东部将无人敢在李克用喝酒时提建议或者说不合时宜的话。酒宴仍在继续。

单可及以锐不可当之势杀到晋军跟前时，李克用已经酩酊大醉。河东先锋官向主帅李克用报告说："卢龙敌军杀到了。"李克用懒洋洋地问道："刘仁恭在哪里？"河东先锋官说："刘仁恭没来，只看到单可及等人。"李克用仰天大笑几声，然后瞪着独眼骂道："单可及鼠辈，有什么了不起，来人去把他收拾掉！"下完命令，李克用继续推杯换盏痛饮。不一会儿，晋军哨探慌慌张张地跑进帅帐，向李克用报告说："大王，不好了，我军中了埋伏。"还没等哨探说完，就听到大帐外一片喊杀与混乱之声。接着有几员河东将领冲进来，架起李克用说道："大王，我军战事不利，请大王暂避。"说着，众人簇拥李克用上马杀出重围，向西败走。

单可及果真有这么厉害？居然一战就打败了强大的晋军？而且是李克用亲自率领的晋军。并非如此。原来，刘仁恭算准了李克用有轻敌之心。借着大雾天气，幽州在正面派出单可及率领骑兵迎战，另外派出部将杨师侃趁着浓雾率人埋伏到了阵地之侧的木瓜涧。就在河东军与幽

州军厮杀之际，杨师侃从侧翼直接切割插入了晋军大部队，一通冲杀乱砍。晋军被突如其来的杨师侃杀懵了。更何况雾气腾腾，根本搞不清楚幽州军到底来了多少，埋伏在哪些地方。杨师侃虚张声势，让幽州军分散开，摇旗呐喊，制造出各种金戈铁马、锣鼓号角的声音。隔着湿漉漉灰蒙蒙的大雾，显得更加的诡异与恐怖。晋军也是历经百战的虎狼之师，什么大场面没见过？什么险恶的形势没有面对过？可是人类的重要弱点就是在不明周围环境的情况下会心虚，尤其是面临生命威胁的时候更容易产生集体性崩溃。

在幽州军正面冲击与侧翼干扰下，晋军大乱，不知道有多少人被幽州军砍杀，还有大量自相误杀。兵败如山倒，晋军溃不成军，一口气败亡几十里。

这时候，天气更加恶劣起来，突然乌云四合，风雨交加，电闪雷鸣。如此一来，双方都没法再打了，各自撤军。被大雨浇淋后，李克用清醒了许多，伏在马背上，斜着眼睛扫视了一下左右，才得知河东兵败。李克用直起身体，勒住坐骑，看着个个如落汤鸡一样的将校，大发雷霆。李克用不检讨自己指挥失误，反倒责备手下人没有劝阻他喝酒，没有极力向他提建议。大将们都低着脑袋不敢作声，他们心里十分清楚，如果不自量力和李克用力争，弄不好酒宴上就没命了，根本等不到现在。李克用已经多次因酒误事，却没有一次自我检讨的，他这种刚愎自用、沉溺酒瘾的毛病越来越严重。

前文我们曾说到李存孝和李存信关系不和。李存信在李克用面前说了李存孝不少坏话。后来李存孝负气与李克用闹翻，被李克用车裂。可是李存信现在的日子也不好受。在李克用被刘仁恭挫败的战役中，李克用将军事失利的责任归咎于李存信的马虎大意。盛怒之下的李克用差点将主将李存信给宰了。李存信这次害怕了。这件事迫使李存信深刻思考李克用这几年情绪暴躁、易怒、好杀的原因。从此之后，李存信为了保全性命，经常装病，不再领军作战，故意避开了风口浪尖。此后，晋军中的领军人物换成了李嗣昭。

刘仁恭一战击败了李克用，虽然得益于其用兵计谋的对路，可是主要

还是因李克用轻敌造成的侥幸。对此，刘仁恭还是保持了一定的理智。军事上的胜利是暂时的，败去的李克用还会再来，再来的李克用就很不好对付了。为了尽量避免长久的威胁，刘仁恭积极争取政治上的主动。刘仁恭玩起了外交关系。

刘仁恭争取政治主动的手法是多样的，也是狡诈的。他上书朝廷告李克用的状，说："李克用无缘无故兴兵来讨伐臣，这是他挑起事端。臣请朝廷授予统帅诸道的权力，调集力量讨伐李克用。"朝廷哪里敢得罪李克用，不同意刘仁恭的申请是必然的了。刘仁恭又向朱全忠写信，要求朱全忠支持他。朱全忠明白敌人的敌人可以是朋友的道理。为了打击李克用，朱全忠上书朝廷，要求朝廷加封刘仁恭为平章事。朝廷忌惮朱全忠的势力，且为刘仁恭加封个官也没什么坏处，权衡之后同意了朱全忠的要求。此外，刘仁恭自己找台阶下，主动与李克用修好。诚惶诚恐地向李克用表白自己左右为难，不知如何是好的心情。

李克用当然不会原谅刘仁恭，给刘仁恭回信说道："你现在贵为一镇诸侯，统兵执法，大权在握，选拔官员时希望他们报答你的恩德，提携将领时希望他们感激你的封赏。可是你又是怎么做的呢？你对我忘恩负义，尚且不能回报，还怎么能指望别人报答你呢？我估计按你的行事做派，你的内部一定会产生嫌隙和矛盾，部属互相之间不可能建立起信任，如此一来，你即便手握大权也不敢稍假与人，无法驱驰部属，更不可能与其他藩镇结成同盟，得不到外部支持！"

李克用这封信一定出自高人手笔，字字如刀，句句切中刘仁恭痛处，对刘仁恭心理和刘仁恭集团造成不小的挫伤。刘仁恭气恼李克用的指责，但再不敢草率应对，只有继续忍下这口恶气。不管怎么说，刘仁恭与李克用撕破脸之后，总算草草地站稳了脚跟。

刘仁恭获得了暂时的喘息之机，开始易守为攻，谋求东北面的霸主地位。刘仁恭念念不忘要做老大。

刘仁恭决定向南扩张，将目光盯向了较为弱小的义昌。义昌的地盘在现在河北的东南和山东的西北一带，治所在沧州。

义昌节度使是卢彦威，此人贪财暴戾，性情残暴，几乎无恶不作。就

是他洗劫了逃亡的李匡筹。这小子不仅在自己的地盘上胡作非为，而且与相邻的藩镇关系紧张，谁的账也不买。刘仁恭坐上卢龙节度使之后，卢彦威与刘仁恭争夺盐税转运利益。刘仁恭的财政原本在李克用的盘剥下已经十分紧张，现在又面临卢彦威的瓜分，刘仁恭自然十分不高兴，也十分吃不住劲了。刘仁恭决定通过战争来解决这个问题。当然战争的目的不仅仅是将盐税转运权独占，刘仁恭还想将义昌兼并。

卢龙乃河朔三镇之一，其实力在天下名列前茅，否则李克用也不会因为一次败仗而放弃报复，还是觉得与卢龙全面开战的代价太大。义昌相形之下就弱小的多了，不过是朝廷为了分割大型藩镇而剥离分设的小藩镇，属于大藩镇夹缝中的缓冲地带。纯粹是小弟中的小弟。

刘仁恭选择对义昌下手并非偶然，因为卢彦威声名狼藉，不得人心，其他强藩对义昌也不屑一顾。义昌几乎等同于被遗忘的角落。这为刘仁恭留下了发展的空间。

卢龙的几个前任节度使，李可举等人一味将眼睛盯着李克用，可是李克用太强大，李可举等人根本就无法撼动他。不仅没有削弱李克用，反倒引火烧身，被李克用一一剿灭。

刘仁恭采取了远交近攻的策略，与强藩修好，与弱藩为敌。刘仁恭将求生存谋发展放在了第一位，将逞强任能的锋芒深深藏起来。由此可见，刘仁恭要比李可举、李匡威和李匡筹有眼光，见识略高一筹。

公元898年（昭宗光化元年），阳春三月。

卢龙对义昌不宣而战。刘仁恭派出儿子刘守文率领骑兵日夜兼程，突袭沧州。刘仁恭很善于运用闪电突袭战术，这种战术的基础是对敌情和对手心理的精确估计。刘仁恭很善于揣测人心。

刘守文的突然杀到，令卢彦威仓皇失措、威风扫地，一仗没打就带着老婆孩子金银细软逃跑了。可见卢彦威果然是一个外强中干、色厉内荏之徒。卢彦威逃离沧州向魏州投奔而来。魏博节度使罗弘信闭关不纳，不收留卢彦威。这就是卢彦威平日里作孽多端的后果。卢彦威被罗弘信拒之门外，不敢在魏州城前稍作逗留，马不停蹄向汴梁逃去。

刘仁恭不费吹灰之力，轻取沧、景、德三州，安排刘守文做义昌留

后。刘仁恭上书朝廷，要求朝廷正式封授刘守文义昌节度使职位。可是朝廷没有答应刘仁恭的要求。刘仁恭取下义昌后，实力大增，按捺不住骄傲情绪，并吞河朔的雄心壮志在胸腔中膨胀。刘仁恭根本不在乎朝廷是否正式加封刘守文，他自己打造了一套仪仗印信，弄得和真的差不多模样，任命刘守文为义昌节度使。

李克用对刘仁恭怀恨在心，虽然没有立即报复幽州，但念念不忘报仇雪恨。刘仁恭也知道李克用迟早还会再来，幽州与晋阳之间的战争不可避免。刘仁恭采取了以进为退的办法，他联合了朱全忠一起攻打李克用。这可是个借力打力、四两拨千斤的策略。事实证明刘仁恭这一计谋很成功。刘仁恭的邀请正合朱全忠的心意，两人一拍即合。因为朱全忠刚刚平灭了朱瑄朱瑾兄弟，地盘大大扩张，实力大大增长。

朱全忠联合了刘仁恭讨伐李克用。

朱全忠亲自督师，以大将葛从周为先锋官，会同魏博节度使罗弘信，与河东军在巨鹿发生激战。这一仗，汴军取胜，杀伤河东军万余人，俘获战马千余匹。汴军一口气追亡逐北，一路掩杀，追到青山口才收兵。

刘仁恭有了朱全忠相助，声势大振，以武力和外交手段经营的东北部势力地盘初步形成。刘仁恭这颗迅速升起的军阀明星，俨然已经成为一方枭雄。

就在此时，皇室危机戏剧性地得到了化解。此次危机的化解可以说是多方面力量博弈妥协的结果。李茂贞在忙着攻打王建，没顾得上争夺皇帝这个大肥肉。朱全忠在忙着攻打朱瑄朱瑾，也没顾得上勤王。李克用受制于卢龙的掣肘，勤王的行动被迫终止。可是，事情并没有就此完结。皇帝想出了一个绝顶聪明而又啼笑皆非的计策。给自己、给大家找了个台阶。昭宗经过激烈的思想斗争之后，写下了一份罪己诏，说朕一时糊涂导致各路藩镇大兴兵灾，现在朕觉悟了，决定掩武息兵，请各路诸侯也消消气，都不要大动干戈了，咱们大伙都歇一歇。同时，皇帝下令恢复李茂贞的名誉，劝退了讨伐李茂贞和韩建的各路兵马——尽管各路兵马并未出师。

李茂贞和韩建找到了台阶，而且这个台阶他们想不下也不行，因为

还有别的因素迫使他们不得不改变策略。河中节度使王珂迎娶了李克用的女儿，河中与河东亲上加亲，关系如同一体。李克用以送女儿过门儿的名义，派出大将李嗣昭率兵驻扎河中，兵临韩建与李茂贞的大门口。朱全忠虽然没有直接武力介入这场皇室危机，但是他在崔胤劝说下，开始着手修缮洛阳宫阙，并放出话来说要迎接皇帝去洛阳。

韩建与李茂贞看到形势对他们越来越不利，干脆就坡下驴，顺着皇帝的意思及时转舵。李茂贞和韩建联名向李克用写信，说皇帝离开长安巡幸一年多了，这样下去也不太好，我们打算重修长安皇宫，择黄道吉日帮助皇上返回帝都，今后咱们一起辅助皇室，共同拱卫天子。这些话说得比唱得都好听，所有人听起来都很舒服。大家互相给面子，妥协成了最终的选择。

李克用默许了韩建与李茂贞的建议。皇帝任命韩建为修宫阙使，号召各路藩镇有钱出钱，有力出力，大家发扬风格共同援建宫室。不到两个月，在韩建的勤恳工作下，皇宫焕然一新，修缮完成。

皇帝又可以回家了。

唉——昭宗看着雕梁画栋的新皇宫在心里长叹一声。

哼——天下人看着皇帝摇晃的背影在鼻腔里冷笑一声。

7. 长成的枭雄难以为邻

黄河两岸，就在朱全忠、李克用忙得不可开交的时候，大家都忽略了一个人，杨行密，一个出身寒微的人。他在夹缝中崛起，接收了高骈留下的真空与阵地。等大家发现他的时候，他已经不可撼动。杨行密说："我是小人物，但我有大志向"。

杨行密无疑是个人物。

自从杨行密出道以来，就以或大或小的事情表明他的确是个人物。

从藩镇到中央，很多人都知道杨行密是个人物。

杨行密没有李克用、朱全忠那么跌宕起伏、光彩绚烂的传奇故事，他

是靠一件一件不太惊天动地的事情积累起来的，可以说比较平凡。

很多人，对杨行密放心和不放心的、看得惯和看不惯的、羡慕和嫉妒的、远亲和近邻，都眼睁睁看着杨行密一天一天坚忍不拔、百折不挠地茁壮成长起来。

高骈留下的淮南权力真空，逐步被杨行密这个起于微贱的小校所填补。

高骈巨大的光环影响逐步褪去，其权力漩涡引来无数力量角逐。最后，还是小校杨行密凭借本土优势站稳了脚跟，占据了地盘。

朱全忠、刘仁恭、杨行密、钱镠、王建这些社会底层人员的崛起，霸据一方，成为权倾朝野的封疆大吏，标志着末唐藩镇力量进行了更新换代。以门第传承为主的世袭军阀逐步退出历史，代之以无社会背景无功名身份无师承门第的"三无"新人。这是社会结构变革、阶层力量博弈的结果。

社会在重新架构，尽管没有人清楚如何架构。

社会需要重新架构，很多手握重兵的军阀心里都有这个冲动。

杨行密的崛起之路是曲折艰难的。

杨行密既要左冲右突，打下自己的地盘，又要对付垂涎淮南的外部力量。这对原本弱小的杨行密来说，无疑是极具风险和充满考验的，随时都会有灭顶之灾。

但杨行密凭借着熟悉地理人情、善于延揽人才、严格的自我约束和不凡的谋略，一点一点地经营着扩大着成长着。

公元895年的时候，杨行密率军渡过淮河到达泗州。大军安营下寨，杨行密的部下防御使台濛为了接待好自己的首长，大肆筹办了一番，旗幡招展、锣鼓喧天、杀牛宰羊、美酒美女，排场搞得很大。

杨行密下马走进台濛设下的宴会大堂，见这般热闹隆重景象，脸一沉现出不悦之色。台濛可没注意到杨行密的神色变化，一个劲儿地给杨行密敬酒布菜。文臣武将吆五喝六，个个面红耳赤，酒足饭饱。

第二天，杨行密率军继续赶路。大军刚刚启动，这时候台濛快马加鞭疾驰而来。追上杨行密后，台濛滚鞍下马，双手递给杨行密一个包袱。杨

行密端坐马背，打开包袱一看，是件衣服。这是一件很普通的衣服，是男子的贴身短衣。杨行密微微一笑，说道："谢谢你台濛，本帅今早走得匆忙，将衣服忘在了驿馆，幸亏你及时发现，并给我送来。"

原本这是一件比较平常的事情，可是接下来的场景就不平常了。杨行密慢条斯理地当着众人的面，双手展开了这件衣服。看到眼前的这件衣服，在场的文武将校都惊呆了。这件衣服上大大小小缝着不下十几个补丁，几乎看不出来哪里是原样的，哪里是新补的。这件破衣衫简直就是丐帮八代弟子九代弟子的标志。大家面面相觑，狐疑地看着杨行密。杨行密看了看众人，哈哈大笑说道："是这样的，本帅年少的时候，家境贫寒，缺衣少穿，这件衣服已经穿了十多年了，至此还能用，因此不忍丢弃。"

台濛这时候明白了，杨行密故意将补丁衣服遗忘在驿馆，目的是教育台濛要节俭。台濛既羞愧又感动。羞愧的是自己不如大帅勤俭自律，感动的是杨行密没有驳他的面子，更没有当众训斥他的不是。杨行密之高明由此可见一斑。以大家都能接受的方式，将自己的主张传递给下属，凝聚了人心，树立了正气。杨行密有两个鲜明的特点，同甘共苦，礼贤下士，这是同期其他的枭雄所比不了的。

杨行密拔下濛州后，继而攻打寿州。寿州乃淮南重镇，也是北境边防要道。此地乃兵家必争之地，几十年间大大小小不知道发生过几百场战役。是南北军事集团拉锯战攻防战包围与反包围战的焦点。

杨行密攻打寿州也不顺利，遇到了刺史江从勖的顽强抵抗。一时半会儿打不下寿州，大军延误不得行，因此杨行密打算放弃攻打寿州的计划。这时候，淮南大将朱延寿主动请缨要求再去试一试。杨行密被朱延寿的勇气感动，于是给他一支人马去做最后的努力。

朱延寿光着膀子，手持大刀，身先士卒，抬着云梯带头往寿州城墙冲来。淮南军在背后为朱延寿擂起战鼓。在朱延寿的激励下，淮南军兵人人奋战，一鼓作气登上城头，不到一个时辰就攻下了寿州。

杨行密为了嘉奖朱延寿，当场封朱延寿为寿州团练使。没过多久，刚刚尝过攻城滋味的朱延寿就尝到了守城的滋味。这是每个占据寿州城将领

都要面对的难题。善攻城者未必善守城。攻下寿州本就不易，若要坚守更是困难。

朱全忠在忙于"三朱"大战的时候，并没有放弃对淮南的觊觎。经常派出偏支部队侵扰淮南地盘，占一块是一块，即便逮住一只苍蝇也是肉啊。

朱延寿刚刚占据寿州没几天就与几万汴军遭遇。与汴军相比，寿州城内兵少粮寡，军情和民情都还没有稳固。在汴军大军压境的情况下，寿州城内人心惶惶，不知如何是好。

这时候，朱延寿表现出了大将的镇定与坚韧品质。朱延寿将淮南军划分为若干作战单元，每个单元成为一旗，每旗包括二十五名骑兵。朱延寿命令黑云队队长李厚率领十旗二百五十人出城迎敌。大家不免疑问，区区两百五十人如何抵挡数万汴军？这不是肉包子打狗吗？各位有所不知，杨行密部下的黑云队是一支专门组建的特种部队，在淮南军中精挑细选，由精壮强悍的士卒组成，相当于现在美国的海豹突击队。因此，黑云队队长李厚的战斗力决不可低估。

虽然李厚很能打，虽然李厚的手下很能打，但是毕竟人太少。任李厚率领骑兵横冲直撞，汴军的包围圈丝毫不为所动。时间一长，李厚终于筋疲力尽，不得不退回寿州城中。

朱延寿治军极严，对于败下阵来的李厚要施以极刑，命人推出去斩首。李厚挺着脖子，额头青筋暴跳，大声喊道："将军，不是属下怯懦，是军卒太少，请再多给我些人马，我愿意再次出征，如果打不赢，我就战死阵前！"朱延寿的副手都押牙柴再用也为李厚求情，要求朱延寿再给李厚一次将功补过的机会。

朱延寿最后同意派李厚再次出战，并给他增加五旗一百二十五人。李厚获得免死的一线希望，再次出战时分外卖力，拼命迎战，也是拼命争取活命的机会。柴再用率领一支人马在侧翼策应李厚。朱延寿则虚张旗帜，率领全部人马杀出寿州城，直奔汴军冲来。

在淮南军必死斗志的强大攻击下，况且汴军一时也搞不清寿州城有多少人马，混战一时之后，汴军撤走。寿州保卫战取得了胜利。杨行密又乘

机派兵袭取了附近的涟水。

另一场具有决定意义的战役是苏州之战。镇海节度使董昌一心想当皇帝，几乎到了如醉如痴的地步。虽然镇海藩镇中文武多人力谏劝阻，可是无济于事。董昌已经利令智昏，凡是反对他称帝的部下都被他杀掉，一连杀掉五六个，几乎把镇海府内有能力的官员杀光了。在董昌的胡折腾下，镇海迅速衰落。杨行密正是看清楚董昌的末日已到，于是率大军在黄天荡与镇海军开战。这一仗，镇海军大败。黄天荡是个著名的历史战场，在两百多年后，南宋的一场保卫战也在此取得重要胜利。

杨行密长驱直入包围了苏州。

苏州常熟镇使陆郢叛离镇海，举城投降了杨行密。杨行密未费吹灰之力俘虏了苏州刺史成及。在抄成及的家时，杨行密看到成及家中没有金银珠宝，反倒是大量的藏书与药物。杨行密心中暗叹，断定成及是个贤良之人。杨行密不仅没有难为成及，而是封成及为行军司马。成及也很感动，拜谢杨行密，眼中含泪嗓音哽咽着说："我一家老小百十口还在钱镠那里，现在又失掉了苏州，作为臣子和家长不能死节已经是大不道了，哪里还敢答应您的封赏！我如果不死，家人性命就会有危险，我愿意以死换取家人的活命。"说着，成及拔出刀向自己胸腹刺去。这时候，杨行密眼疾手快，几步赶上前，紧紧抓住成及的双手，好说歹说总算没让成及自杀。

晚上，杨行密在苏州帅府款待成及，并下榻在成及府中。成及家中侍卫林立，杨行密毫不介意，经常是身着便装只身去会见成及。见到成及后，杨行密与成及同桌吃饭同壶喝酒，谈笑风生，旁若无人。这是杨行密对成及的极大信任。成及为此十分感动。杨行密对待成及的做派也很快传遍且感动了苏州百姓。杨行密在苏州获得了受信任的好名声。

杨行密攻占苏州，对仅在咫尺的杭州形成了威胁。但是镇海节度使钱镠没有急于出兵对抗杨行密，而是一门心思加紧攻打董昌。

在此，我们有必要交代一下钱镠此人的来历。

钱镠，字具美，杭州临安人。钱镠这家伙小时候也是个无赖，游手好闲不务正业。是个孩子王，经常指挥着一群孩子做做练兵的游戏，搞得还

真像模像样。等到钱镠长到二十多岁的时候，仍然没有找到正当职业，靠偷偷贩卖点私盐或者偷盗为生，闲日里耍几下枪棒，对射箭和铁槊比较擅长，粗略地识一些字，估计也就是小学五年级水平。临安县衙门里有个小吏名叫钟起，在衙门里做录事，也就是做笔录的书记员。钟起的几个儿子都喜欢与钱镠胡混，天天喝酒赌博。钟起担心孩子们被钱镠带坏了，于是禁止儿子们和钱镠来往，可也邪门了，这些小子们宁可违背老子的指示，也要偷偷摸摸地和钱镠在一起玩。

有一个豫章地方的人，善于给人相面断命运及前程。这位相师有一天抬头看天，忽然发现牛斗间有王气。牛斗，是指的天上两个星，其方位指向钱塘一带。因此，这位老兄自费去了钱塘，一探究竟。到了钱塘之后，再进一步占卜，王气具体出在临安。于是，相师又跑去了临安。到达临安之后，相师靠算卦测字为生在井市中暗暗观瞧，看看哪个人是身上带王气的。住了十来天，这位相师也没有发现目标。日子混的久了，相师与县上的名人也就关系熟络起来，相师的熟人中就有钟起。相师对钟起说："我经过占卜，认为你们这里有贵人。不过我看着你虽然相貌堂堂，可还是格局小了些，不是我要找的贵人。"

这位钟起也是个爱热闹的人。特意摆下一桌酒席，把十里八村有头有脸的人都找来，以喝酒请客为名，聚到一起。让相师在暗处一一观察。结果没有一个让相师满意的。越是如此，钟起还越是发生了浓厚的兴趣，对这事投入了无限的热情。

有一天，相师到钟起家小坐。恰好钱镠也来钟起家找钟起的儿子。钱镠一见钟起在家，觉得无趣，扭头就走了。钱镠走后，相师一拍大腿说道："就是他，他就是我要找的贵人！"

钟起不无讥讽地笑笑说："大师啊，你是不是这几天想贵人想疯了，这家伙是我家隔壁的小钱啊，一天到晚没什么正经事。"

相师不死心，让人将钱镠再找来，盯着钱镠的脸仔仔细细地审视了大半天。相师扭头对钟起说："难怪看着你也有些不简单，原来是他住在你隔壁，你的富贵命运将来一定是靠这位钱先生。"

相师又对钱镠叮嘱说："先生您骨法长相非凡，请您自重。"

相师长舒一口气，站起身和钟起告别："我访求这位贵人，不是要有所私利图谋，主要是想以此证明我的相术是否灵验。"

这下子，钟起如醍醐灌顶一般，对钱镠肃然起敬，不仅同意儿子们和钱镠一起玩，而且还屡屡借钱给钱镠，随便花，花完不够了继续给。

钱镠最早进入军界是在唐僖宗乾符二年（公元875年），和朱全忠差不多。不过钱镠一开始入的是官军。当时浙西裨将王郢作乱，时任石鉴镇的将董昌招募乡勇以征讨王郢。钱镠应募参军，做了一员偏将，随同官军打败了王郢。再后来，遇到黄巢大军路过浙东杭州一带，高骈负责东南面官军抵抗义军的统一指挥。在一次小规模的遭遇战中，钱镠通过埋伏战术袭击了黄巢部队，得到高骈的嘉奖。但是高骈中了黄巢离间计之后，与黄巢打打停停，处于相持阶段。董昌和钱镠也派不上大用场，没有用武之地，只好赋闲自保。董昌升任杭州刺史后，提拔钱镠做了他旗下八个作战部队之一的都指挥使。

到了光启三年（公元887年），钱镠进一步升官至左卫大将军、杭州刺史，董昌则升任越州观察使。这一年毕师铎囚禁了高骈，淮南大乱。钱镠派遣都将成及和杜棱等攻取了常州、润州。

昭宗继位之后，提拔钱镠做了杭州防御使。

这个时候杨行密在淮南正在崛起，秦宗权旧部孙儒被朱全忠在西边打败也跑到了淮南，为了互相争夺地盘，钱镠与杨行密和孙儒隔三差五就打一架，苏州、常州之间兵火不断。后来，孙儒兵败被杨行密所杀，于是杨行密占据了淮南，并攻取了润州，而钱镠则占据了苏州、常州、杭州。

朝廷后来将越州升格，封董昌为威胜节度使，封钱镠为都团练使。钱镠此时手下已经聚集了一群文武干将，如成及、杜棱、阮结、顾全武、沈崧、皮光业、林鼎、罗隐等人，可以说初具规模。

昭宗景福二年，钱镠继续升官，做了镇海军节度使兼润州刺史。乾宁二年，董昌想当皇帝，一意孤行发动造反。这个董昌实在是没有什么头脑，更别说聪明才智了，他断决老百姓诉讼的案子十分简单，既不调查，也不审讯，而是掷骰子，谁的点大谁就赢了。董昌造反，左右大臣纷纷劝阻，结果不是被他打得皮开肉绽就是割掉了脑袋。董昌还要拉拢钱镠一同

和他造反。钱镠根本不买董昌的帐，他根本不看好董昌。因此，钱镠选择了站在朝廷一边。

没多久，董昌众叛亲离、摇摇欲坠，固守在治府越州不敢出战。钱镠大将顾全武调集重兵急攻越州。钱镠之所以舍弃苏州不顾而急攻越州，因为越州是原镇海的基地。取下越州，钱镠才是完整意义上的镇海节度使，攻克越州的利益和胜算远大于迎敌苏州。

在顾全武攻克越州外城之后，钱镠为了减少损失，保存实力，且为了获得一个完整的越州城，采取了劝降董昌的策略。钱镠派人诓骗董昌说，如果董昌投降，可以让他到杭州办理退休手续，安享清福。董昌的皇帝梦破灭，不仅没有认清当前险恶的处境，居然相信了钱镠的谎话，可见董昌智商的水准。董昌举城投降。

钱镠浩浩荡荡地开进越州城，董昌披麻戴孝捧着印信令牌献给钱镠。钱镠安排一艘船载着董昌及其家眷还有文武官员，送往杭州。当船行至小江南的时候，伏兵四起，钱镠派人杀死董昌及其家眷三百多人，还有伪宰相李邈、蒋瑰以下百余人，河水为之阻塞，水草被鲜血浸红。钱镠将董昌的脑袋送往长安，朝廷大大地嘉奖了钱镠。钱镠既获得了崇高的政治待遇，也获得了越州府库中的金帛杂货五百间，粮食三百万斛。钱镠名利双收，令天下诸侯羡慕。

杨行密占据苏州后，大有吞并吴越、扫荡湘鄂之势，江浙鄂的势力格局立即处于动摇动荡震动之中。

杭州的钱镠、武昌的杜洪等人感到了杨行密咄咄逼人的压力，赶紧向朱全忠求援。朱全忠为了阻止杨行密迅速做大，派出了朱友恭率领几万大军赶赴淮南，听从钱镠等人指挥调度，与江浙兵共同对抗杨行密。不仅临近藩镇感受到了杨行密的强大压力，朝廷的嗅觉也很灵敏。无论多么暗弱的朝廷，玩起权术来热情都不减，且手段丝毫不会退步。朝廷首先想到的就是如何利用杨行密，让杨行密成为朝廷分化牵制诸侯的工具，这是历朝历代屡试不爽的手段。朝廷加封杨行密为招讨都统，讨伐不听话的杜洪。其实，朝廷是一石四鸟，加剧杨行密、钱镠、杜洪、朱全忠之间的矛盾，期待他们互相征伐互相削弱。

在初期，汴军和镇海军分两线与淮南军作战，取得了一定胜利。朱友恭打败淮南将马珣，攻下黄州。两浙将顾全武击败淮南将魏约和田頵，取得湖州战役的胜利。杨行密由于战线拉得过长，占据的地盘得而复失的也不少。

8. 杨行密清口大败庞师古

朱全忠总惦记着吞并淮南。等到朱全忠平定了时溥、朱瑄，气势汹汹地要一举扫荡淮南。这一役事关重大，决定宣武与淮扬的成败。

时间很快到了公元897年。

此时，朱全忠已经彻底击败朱瑄朱瑾，取得"三朱"大战的全面胜利，军事实力大大增强，地盘扩展一倍，赋税粮食盐铁得到极大充实，一时之间，朱全忠成为天下第一强藩。

朱全忠再次将目光投向了富庶的淮南。

在"三朱"大战期间，朱全忠顾不上淮南，使得杨行密在战争空隙中由弱变强，发展壮大起来。成了气候的杨行密令朱全忠感到很不爽。朱全忠咬牙根自己没能生出三头六臂，没有及时遏制住杨行密做大。真正让朱全忠感到后悔的事情还在后面，他实在不该发动"三朱"大战。至少使他错失了霸据淮南的良机。

由于当初时溥捣乱，朱全忠没能巧取淮南。现在，更加强大之后的朱全忠要豪夺淮南。朱全忠自信满满，他认为现在比几年前更有把握击败淮南，并占据淮南。

强大是成功的条件，但它既不一定是必要条件，更不是充分条件。

朱全忠调集了重兵，亲自督师，要与杨行密进行一场大会战，算一算总账，希望一次算清。

可是朱全忠这次遇到了罕见的失败，而且败得很惨。

这一仗决定了朱杨的势力格局。

朱杨从此为邻，朱杨从此并立，"朱"、"杨"从此各吃各的草。

群雄逐鹿

朱全忠来势凶猛。

朱全忠从来没有如此大动干戈，朱全忠从来没有如此强大，朱全忠从来没有如此有实力，朱全忠从来没有如此自信满满，朱全忠也从来没有如此兴奋。南方不平，让朱全忠总是缺乏安全感。这些年朱全忠一直与李克用避免决战，主要原因就是这个问题。现在，朱全忠要实施他的"先南后北"战略了，摆平杨行密，将淮南纳入版图，朱全忠的地盘就可谓幅员辽阔了，而且虎踞中原。到那时，朱全忠可以放心放手地与李克用一决雌雄，就有把握地将李克用消灭，达到称霸天下的目标。

是年初冬，寒风凛冽，冻雨细碎。

朱全忠决心很大，派出了两路大军兵伐淮南。一路由汴军头号大将庞师古率领，集结了徐州、宿州、宋州、滑州的七万兵力，以清口为基地，直接威逼淮南治府扬州。二路兵马由汴军二号大将葛从周率领，集结了兖州、郓城、曹州、濮阳的五万兵力，以安丰为基地，挥师要取寿州。朱全忠亲自率领十万主力军，驻扎在宿州，作为指挥中心与接应基地。汴军三大集团军呈现品字形，摆在了江苏与安徽的广袤土地上，对淮南形成了黑云压城的态势。似乎汴军只要一发动进攻，淮南立即会土崩瓦解，成为汴军的口中餐肉。

汴军大举伐淮南的消息像龙卷风一样迅速席卷了淮河两岸，把两淮民众吓得惶惶不可终日，夜里睡觉都要睁着眼睛，生怕半夜里汴军突然杀到。汴军要吞并淮南的恐怖气氛，厚厚地笼罩着淮南的大地与天空，压的淮南吏民喘不过来气。

杨行密同样很紧张。

因为，杨行密也是人。

和普通人一样，杨行密也能看到双方力量的悬殊，他也知道朱全忠扫荡诸侯的战斗能力，他更能感受到朱全忠志在必得的逼人杀气。

大军压境之际，杨行密召开了战前动员会议。杨行密认为寿州是淮南对抗北方的桥头堡，是淮南的屏障，军事地位举足轻重。葛从周乃汴军名将。寿州可能挡不住葛从周的进攻。一旦寿州失守，淮南就危险了。因此，杨行密打算派主力去协助朱延寿守寿州，迎击葛从周。

这时候，行军副使李承嗣语调平缓但语气坚定地说道："大帅，寿州固然重要，然而毕竟是二线城市。汴军头号将领庞师古驻扎清口，其意在一鼓作气攻取扬州。葛从周攻寿州不过是对庞师古的策应。扬州才是我淮南的根本。况且，庞师古自从朱珍死后，成为汴军第一骁将，连年来几乎攻无不克。我们不能不尽全力抵御庞师古。如果挫败了庞师古的锐气，葛从周自然会解围而去。"

大家听到李承嗣这个名字是不是感到有些耳熟？在朱全忠攻打朱瑾时，李克用派出大将李承嗣和史俨救援兖州，结果河东军被朱全忠实行军事切割，断掉归路。兖州陷落后，李承嗣等人随同朱瑾投奔了杨行密。杨行密所部全是水师，熟悉水战。可是淮南军缺乏骑兵，陆战是弱项，这一直是杨行密很头疼的事情。自从获得李承嗣等人后，杨行密大喜过望。杨行密没有将李承嗣作为降将或走投无路的落魄人对待，而是将其奉若上宾，衣食起居安排得十分周到。李承嗣被杨行密礼贤下士的诚意深深感动，对杨行密尽心尽力，帮助淮南训练骑兵。从此之后，淮南军的战斗力大大增强，杨行密如虎添翼。杨行密很重视李承嗣的意见。这次也不例外，杨行密沉吟良久，最后采纳了李承嗣的军事建议。杨行密决定亲自帅主力屯兵楚州迎击汴军，与庞师古隔河相望。

关于这次梁兵退扎清口的原因，很值得疑惑，史书对此记载也存在分歧。清口地处低洼的下游，对于隔淮河作战的布局来说十分不利，这应该是军事常识，像庞师古这样的大将不可能不明白这一点。因此，有的资料里说是庞师古刚愎自用，执意要驻兵清口。但有的资料里也说道汴军屯兵清口是受了朱全忠的指示，庞师古不敢擅自变更。似乎后者更具有可信性。因为朱全忠可以说是个军事家，排兵布阵在历史上也是数得着的高手之一，但是他毕竟没有亲临前线，可能对于清口的具体地势差异掌握得不够准确，只能根据地图做出战略安排。至于庞师古作为前线指挥员，为何死板执行朱全忠的命令？难道他不可以根据具体形势做出调整吗？

这里还是有几方面原因值得探讨。一是本次征讨淮南，是朱全忠的一次大行动，战前一定是经过了通盘考虑。在具体行动中，几路大军必

须统一指挥，各自按指令达到预期的军事目的。因此服从朱全忠的统一安排就显得十分重要，决不允许擅自改弦更张。二是朱全忠用兵从来不告诉部下原委，他只要求部下按照既定战略部署去执行，因此，汴军对于朱全忠用兵如神的计谋诡计一般理解不了，只有五体投地地佩服和服从，照着干就行，到时候大帅自然会带着我们取得胜利。朱全忠在汴军中的地位和形象已经近似于神。三是朱全忠军法严厉，没有人敢以身试法。几年前讨伐泽潞时，两员大将没有按照朱全忠的命令行动导致全场战役失败，被朱全忠砍了脑袋。就连朱珍这样的亲信大将都不敢对朱全忠的命令质疑，何况他人？

庞师古是追随朱全忠最早的将领之一，他性格为人谨慎沉稳，从来不大呼小叫，每次出兵作战必先向朱全忠请示方略，远征出师也以朱全忠的命令为最高指示，从来不轻举妄动，更是从来不信谣不传谣不受其他同僚蛊惑。所以这次驻扎清口，尽管庞师古率军到达现场后，发觉地势不利，但也并非决定意义的因素，况且是朱全忠指定的驻军地点，估计朱全忠自有道理，因此，庞师古既没有换地方，也没有向朱全忠质疑。这或许就是汴军驻扎清口的综合原因了。

庞师古是一员儒将，遇事沉毅，每临大战必稳扎稳打，经常是在帅帐中边下棋边指挥战斗。大有任凭烽烟四起、我自稳坐中军的气魄。自从朱珍李唐宾死后，汴军中以庞师古战功最多，战绩赫赫。庞师古辉煌的经历粗略数一数都令人震撼，他曾作为主力支援陈州，攻破蔡州，擒斩时溥，伐灭朱瑄，击走朱瑾。当下，庞师古已官居徐州节度使、验校司徒，是汴军中头号军事将领。部下将佐无不对庞师古怀有深深的敬仰之情和敬畏之心。可这话又说回来，如果一个人达到几乎无法无人无有机会再超越的高度时，总不免会产生或多或少的自信自负自傲与自用。尽管庞师古仍然稳重沉毅，但心理上多多少少也积聚了些自我感觉良好的情绪。这时候，他的事业乃至人生的拐点也就来临了，下坡路要比上坡路快得多，因此辉煌在一瞬间就会幻灭。

庞师古仍然习惯于临战时下棋。

庞师古仍然在大帐中饮茶。

庞师古仍然以为自己这次是胜多败少。

庞师古这次对于朱全忠的整体部署仍然深信不疑。

庞师古其实已经自觉不自觉地流露骄兵之象。

庞师古完全有资历有资格骄傲，但是却没有多少机会骄傲。

有些事情可以骄傲多次，一旦失败，了不起从头再来。

然而行军打仗决不能骄傲，因为，兵者自古乃凶器。

一次骄傲会断送三军。

庞师古的副将很小心地提示庞师古："将军，现在杨行密帅军驻扎在了楚州，我们驻军的清口是淮河下游，地理位置不佳。我军应及早调整部署，争取占据地利优势"。庞师古两根手指捏着棋子在棋盘上方顿了顿，神情没有任何变化，继续将棋子落了下去。落完棋子之后，庞师古用眼角瞟了瞟跟前的副将，轻轻说道："地利固然重要，我大军岂可轻动。驻扎清口乃大帅亲定，自有军机道理，岂是尔等知晓的。军势如这棋局，千变万化，关键看人怎么应对。"汴军几员将佐似懂非懂地互相看了几眼，没有人再作声。

入夜之后，天气变凉。

初冬的空气已经开始聚集冷飕飕的寒意。淮河南北两岸，十多万军队驻扎的营寨绵延几十里，牛皮帐篷在暗夜里泛着青白的光，如粼粼的波浪起伏不绝。双方营寨箭楼上写着番号的灯笼随着微风轻轻飘摆。灯火阑珊的焰光倒映入淮河水，连接成一串串一片片，分不清哪是汴军的哪是淮军的。沉闷悠长的号角声此起彼伏，顺着厚厚的土地向四周传播开去。偶尔传来几声战马的响鼻声或者磨刀的唰唰声。士兵们很珍惜这大战前的睡眠，不知道明天投入战斗后还能不能活着回来，还能不能再睡上美美地一觉。

庞师古还没有睡，他一手扶案，一手举着一本书，他似乎看书看得入了神。

这时候，一名哨探跑进帅帐，双手施礼，口中喊道："报告将军。"

庞师古纹丝没动，低声说道："讲。"

"报告将军得知，我等刺探到淮南军动向，一支小股部队正在淮河上

游填堵沙袋，似乎要拥堵河水。我们可能面临淮水冲灌的危险"。

这时候，庞师古放下手中的书，双目盯着哨探的脸。哨探被庞师古盯得发毛，手心开始冒汗。庞师古突然拍案而起，呵斥道："大胆，竟然敢用淮军壅水胡言蛊惑我军心，来人推出去斩首！"这名哨探稀里糊涂地就掉了脑袋。不知道清口对于庞师古来说具有何种神秘的军事地位，他也没有明说，但他决意驻扎清口，绝不换地儿。因此，对于任何要让他搬迁的理由一概否定，且坚决打击。这是庞师古犯的一个失误。也可能是庞师古因过于迷信朱全忠而犯下的一个失误。他完全可以再派人去勘察情况，核实一下淮军是否真的在截留河水。若果属实，这对汴军可是个很大的威胁。但是庞师古没有这么做。

杨行密也没有睡觉。杨行密知道汴军的强大，如果与之硬碰硬很可能会失败。因此，杨行密采取了组合策略，以智取代替强攻。

杨行密连夜派朱瑾率领五千人，悄悄地顺着淮河西上。在夜色的掩护下，朱瑾组织人抓紧施工。不到一个时辰，淮南军用沙袋子在淮河中筑起了一道堤坝，将淮河水截留，准备憋足之后决开流水淹灌汴军。完成水坝工事之后，朱瑾率人马渡过淮河。淮南军人衔枚马勒口，一路疾驰绕到清口汴军的背后。拂晓之前，朱瑾命人换上汴军服装番号，改扮成汴军模样。朱瑾下得战马，将手中铁朔戳在地上，命令部下军兵吃了携带的干粮，喂饱战马。这时候太阳刚刚升起，霞光万道，映得大半个天空红彤彤一片。朱瑾看了看铁朔拖在地上的影子，觉得时辰已到，大吼一声，翻身上马，手中令旗一挥。在朱瑾带领下，五千淮南军如脱弦之箭杀奔清口而来。

汴军此时还蒙在鼓里，根本不知道昨夜发生了什么事情。直到朱瑾杀到汴军大营跟前时，汴军还揉着惺忪的眼皮没有辨认出来。一会儿的工夫，喊杀声、哀嚎声、马嘶声爆发，汴军北部大营陷入了混乱。

汴军探报刚刚冲进庞师古帅帐，还没来得及开口报告情况，淮南先锋张训已经率领一万人马从东南角掩杀过来。张训身先士卒，跃马挺枪，破除汴军鹿角丫杈，杀入汴军营阵。

庞师古知道淮南军在搞突袭战，而且不是一路，也绝不会只有这

两路。庞师古毕竟宿将，临危不惧，披挂上马，率亲兵卫队驰上高坡阵地，指挥汴军各部抵抗。汴军久经沙场，经过短暂的混乱与仓皇之后，见主帅庞师古在调度指挥，军心稍稍稳定下来。汴军各部分头与淮南军展开搏斗。

正在双方厮杀之际，轰隆一声巨响传来，紧接着淮河水如一堵墙一般朝汴军大营西南部冲来。原来是淮南军炸开了堤坝，憋了一夜的淮河水泛着波涛汹涌而至。俗话说水火无情。汴军士兵、战马、营帐、车辆在大水的冲击下，四散翻滚，顷刻之间，汴军营阵成了一片泥沼泽国。这下子极大地动摇了汴军已不太稳定的军心，挫败了原很旺盛的斗志。庞师古心往下一沉，意识到了问题的严重性，在三重突然袭击之下，几万汴军陷入了混乱。无论一个统帅有多么强大的指挥能力，都无法使一支完全陷入混乱的军队镇定下来。

就在此时，更严重的事情发生了。杨行密率领淮南主力，乘着战舰从淮河南岸杀奔过来。杨行密十分清楚机不可失的道理，如果今天不能彻底击毁庞师古，汴军会很快组织起猛烈的反攻。因此，杨行密下了死命令和重赏，要求部下杀敌立功者有赏，贻误战机者格杀勿论。南北两侧的淮南军将汴军困在中央。此时的汴军已经只有招架之功没有还手之力，各部营寨纷纷溃败，边打边退。兵败如山倒。淮南军完全占据了战场优势，对汴军展开了追击与屠杀。

庞师古身处高坡指挥战斗，额头上逐渐渗出了冷汗，双眉绞索在一起。显然，庞师古在苦苦支撑，他希望淮南军的攻击波能够尽快过去，希望汴军可以喘口气。庞师古心想，只要获得一个时辰的战斗间隙，他就可以重整旗鼓，组织起强有力的反击战，且有能力一举击溃杨行密。

就在庞师古咬紧牙关奋力抵抗的时候，突然，一支冷箭破空飞来，"嘭"地一声刺入庞师古的咽喉。庞师古身体后倾，载落马下。这员驰骋沙场的宿将怒目望着天空，口中喷出一口鲜血，血水在空中划过一道弧线，映着升起的朝阳发出炫目的光华。庞师古气绝而亡。

汴军主帅阵亡，顿时人人失去了缠斗的意志，各自抱头鼠窜。淮南军毫不留情，抓住战机，一路掩杀，穷追不舍。这一仗，汴军覆没一万多

人，物资器械粮草损失不计其数。但是，对于朱全忠来说更大的损失是名将庞师古的陨落。

汴军另一路大军在葛从周的率领下，对寿州的攻击战也不太顺利。葛从周遭受到淮南军朱延寿的顽强抵抗。葛从周的特性是坚忍不拔，稳扎稳打，善于劳师持久战，但并不善于突击战，特别是应变能力不够。面对朱延寿这个不按牌理出牌的家伙，葛从周觉得有些不顺手。在朱延寿的偷袭下，葛从周初战不利，决定暂时避敌锋芒，率部队退守到了濠州。

就在葛从周决定调整战略部署的时候，庞师古阵亡兵败的消息传来。这个消息对于汴军无异于晴空霹雳。葛从周感到孤掌难鸣，且对敌人的实力感到估计失度，心里缺乏继续战斗的把握。因此，葛从周决定放弃南攻，撤军北还，待弄清楚战况之后再来战斗。葛从周犯了一个错误。庞师古的失败源自于骄傲大意，杨行密的胜利源自于偷袭成功。如果正面作战，杨行密未必能够战胜葛从周。可是，兵败如山倒，恐慌情绪在汴军中传染与放大，激励情绪在淮南军中扩散和放大。相形之下，汴军在不太强大的淮南军面前迅速由上风转处下风，战斗力大打折扣。

杨行密乘胜追击，与朱延寿合兵一处，对葛从周展开了围剿。在汴军争渡淠水的时候，被淮南军堵截在河边。汴军完全变成了案板上的鱼肉，被淮南军屠戮殆尽。汴军骁将殿后都指挥使牛存节的战马累死倒地，牛存节站在地上，拼出全部力气，瞪着血红的眼睛，挥舞大砍刀，死死守住最后一个渡口，掩护少量汴军和葛从周仓皇渡河。

这时候，福无双至、祸不单行，大败而归残破不全的汴军在回师的路上，天空飘下了纷纷扬扬的大雪，气温骤降。汴军刚刚被河水泡湿的衣服迅速冻成了冰碴子，寒冷刺骨。饥寒交迫之下，侥幸渡河保全性命的汴军又有很多累死、饿死、冻死，撤回徐州的人马不足一千。

两路大军刚刚进入敌境，就遭到灭顶之灾，相继失败覆灭，这对于朱全忠来说是个巨大的打击与挫折。朱全忠一看这种情况，又急又气，转着圈来回踱步，破口大骂庞师古轻敌坏事。应该说，朱全忠的这次兵伐淮南的战略部署是经过统筹考虑的，用兵安排也是比较合理的，出兵的季节气候也适合北方人南下，发动战争的物质条件和政治条件也较充分，按预期

是完全可以取得重大胜利的。可是，一个系统工程偏偏毁在了一件小小的差错上。这就是很多历史大事件发生戏剧性与偶然性转折的常见现象，真是让人欢喜让人忧，几家欢乐几家愁，折腾的多少豪杰不得不低下傲然的头。由于庞师古的骄傲大意与死板愚忠，导致了一连串的失败，将朱全忠的南征大计毁于一旦。两路主力先锋失败，朱全忠成了光杆司令，这仗没法打了。朱全忠只好灰溜溜地撤回开封。

杨行密大获全胜，打败了天下第一强藩。这可是重磅炸弹，在中央和地方引起了轩然大波。天下人对杨行密更加刮目相看，杨行密自己也对自己刮目相看起来，似乎个头儿一下子长高了五寸。杨行密非常满意得意快意热情洋溢地给朱全忠写了封信，信中说："朱大帅啊，你扫荡时溥、击破朱瑄，可谓是声明浩荡，天下仰望，我原本也很佩服你。可是，庞师古、葛从周你这两员虎将实在不争气，来到我这里，才一个照面就全军覆灭，有辱大帅你的英名。我看，还是你亲自来一趟，咱俩在淮河上一决雌雄。"杨行密这封信可是够损的，把朱全忠扎扎实实羞辱了一番。

朱全忠捏着杨行密的信，嘴角死死地憋着，怒气从鼻孔中急促地喷射，肥壮的胸腹剧烈地起伏。大谋士敬翔静静地站在朱全忠侧后方一语不发，他知道此时说什么都没用，说什么都不对，最好是什么都不说。就在接获战败消息的第一时间，敬翔立即给张夫人写了封信。因为敬翔知道，只有张夫人才是唯一能够阻挡盛怒朱全忠做出盲动决定的人。

那还能怎么办？忍着吧。

朱全忠只好忍了。

朱全忠这是第二次兵伐淮南，可又被弱小的杨行密打败。杨行密在江淮之间站稳了脚跟，成了称霸一方的大诸侯。

9. 河朔三镇之魏博的终结

魏博原本是老牌军阀河朔三镇之一，素来军兵强悍，不可一世，可是自从罗宏信之后，日子一天不如一天，一直没落到被欺负的境地。

在东北幽燕一带刚刚崛起的刘仁恭焕发出了无穷的干劲儿，对周边地区发动了不知疲倦的战争，攻城略地，扩大规模，打算跨越式发展进入大诸侯行列。

昭宗光化二年（公元899年），刘仁恭调集了幽州和沧州的兵力十万，发动了河朔战争。此时的刘仁恭是卢龙节度使中实力最强的时期，地盘扩大到了河北山东一带。刘仁恭吞并河朔三镇的想法由来已久，远交近攻，这是常识。刘仁恭首先盯上了魏博节度使罗绍威。

罗绍威何许人也？

罗绍威乃罗弘信之子。罗弘信因老病刚刚去世，临终传魏博节度使职位给儿子罗绍威。罗绍威这小伙子是个德智体美劳兼备的好苗子。此人精明干练，饱学博览，性情刚毅，好舞文弄墨、藏书会友。罗家储备了万卷诗书，到处悬挂着有名没名的字画。一有空闲罗绍威就诵读经书文学，握笔纵横写文章。兴致所致，或者寂寞的难受时，罗绍威常常在府里大摆宴席，与五湖四海的所谓能人讲论天下之事，大有战国时期网罗天下名士的派头儿。

刘仁恭的邻居没有一个好惹的。北方是新兴的契丹，马背上的游牧民族，剽悍善战，契丹八部最近正在走向统一，势头正猛。西边是河朔三镇老牌军阀成德军，王镕虽然瘦小，可是一把硬骨头，用美国总统奥巴马的话说，"别看我瘦，可是我很强大"。小伙子王镕的确是个连李克用都敢碰的主儿。南边是刚刚被朱全忠收编的天平一镇，宣武这个后台老板太强大了。西南方向的魏博一镇虽然也是河朔三镇老牌藩镇，但毕竟老军头罗弘信死了，内部群情不稳，相比较来说有些内虚。刘仁恭趁罗弘信刚刚死去之际，欺负罗绍威年轻，打算乘虚而入，大有趁火打劫的意思。

刘仁恭掌握了幽州的军政大权之后，日思夜想自己手握大纛旗的那个雄壮伟岸的风貌，梦中的霸王情结难以挥去。他认为幽州完全有条件有资格有能力开疆拓土，成为天下具有较强竞争力的藩镇。自己作为幽州之主完全有必要成为领袖群伦的一方霸主。一想到"只争朝夕、时不我待"的霸业紧迫性和刺激性，刘仁恭再也坐不住了，按耐不住扩张的躁动之心。

经过估算之后，刘仁恭决定向魏博下手。刘仁恭知道自己周围四邻都不是省油的灯，没有一个好惹的。他担心夜长梦多，打算速战速决。为

了以闪电战拿下魏博地盘，刘仁恭采取了铁血的恐怖战术。每攻下一处州县必要屠城。可是事与愿违，刘仁恭的杀戮政策没有吓破魏博人的心胆，反倒激发了魏博的斗志。刘仁恭攻破贝州之后，遇到了魏博全境的顽强抵抗，魏博各城市坚壁清野据守，与幽州军打起了消耗战。

刘仁恭见魏博坚城不下，派出增援部队，加大了攻击力度。

刘仁恭倾全力围攻魏博镇府魏州，实施重点打击。魏州如果被攻破，其他城池自然不在话下。因此，魏州保卫战对于罗绍威来说无比重要。可是，罗绍威心里很清楚，自己不是刘仁恭的对手，尽管魏博曾与幽州、成德并称河朔三镇。但毕竟主帅年轻，没有经历过历练，号召与组织能力还不老辣。因此，罗绍威发出八百里加急书信，向盟友大叔朱全忠求救。

自从罗弘信与朱全忠结盟之后，魏博对宣武起到了北面屏障的作用，有效地抵御了河东李克用的南向侵扰。可以说，在北向战略中，魏博与宣武是唇齿相依的关系。朱全忠很清楚魏博的重要意义，也看出了刘仁恭的勃勃野心。事不宜迟，朱全忠从西北前线邢州调来汴军头号大将葛从周带领猛将李思安、张存敬率领五万人马驰援罗绍威。

大家会问，葛从周怎么成了汴军头号大将？

庞师古在世的时候，葛从周排名第二。淮南一战，庞师古做了古，葛从周成了汴军的领军人物。在陈蔡会战中我们表述过李思安，此人骁勇善战，是汴军中的一流勇士。由于淮南战役新败，朱全忠没有太多的人马可派。这次救援魏博的阵容也应该说是力所能及的豪华阵容了。

这次汴、燕、魏三方魏州会战也是一次较为经典的战役。李思安作为先锋官驻扎在内黄。李思安原本就有能征善战的名号，可是这次李思安没有猛冲猛打，而是采取了以计谋取胜的策略。反倒是诡计多端的刘仁恭，由于求战心切采取了长驱直入、集中火力猛攻的态势。

刘仁恭夸张地激励自己的大儿子刘守文说："儿啊，虽然李思安是汴军勇士，但你是我大燕军中的第一猛将，比他勇猛十倍。李思安不是你的对手。相信你率领精锐部队一定能击败汴军，然后再擒拿罗绍威小儿。"

刘守文作为少帅，血气方刚，听了他老爷子的话，深受鼓舞，感到扬名立万的时候到了。五万幽州精锐部队在刘守文和其妹夫单可及率领下，杀气腾腾地奔汴军杀来。刘仁恭说刘守文是燕军第一勇士，那是鼓励他。其实，燕军中最厉害的角色是单可及。单可及曾经挫败过李克用，人送外号"单无敌"。幽州军容整齐，盔明甲亮，刀枪如林，浩浩荡荡，气势汹汹杀奔内黄而来。

李思安不敢大意，带领本部人马冲出内黄壁垒，前进到繁阳迎击刘守文。

梁军对垒，通名报姓之后，李思安与刘守文马打盘旋战在一处。刘守文只是听说过李思安的名头，没有与他交过手。刘守文不知道李思安到底有多大的本事。刘守文不敢大意，使出浑身的武艺大战李思安。两人打了十几个回合，高大威猛的李思安方寸有些乱，手中铁槊也有些挥舞不动了，看来毕竟刘守文年轻力壮，胜出一筹。李思安且战且退，刘守文步步紧逼。最后，李思安实在招架不住了，拨马就跑。汴军扔下锣鼓旗子跟着李思安跑。刘守文心中暗喜，嘴角撇了撇，嘲讽地从牙缝挤出一句话"匹夫不过如此"。然后，刘守文将大刀向空中一举，催马率队伍紧追李思安。

刘守文一口气追出十多里路，来到一条河边。这条河名叫清水。河水不深，两岸丛林茂密。眼看着李思安过河逃脱而去。刘守文不肯放弃战机，紧随其后，带人蹚水过河追击。

就在燕军散乱渡河，渡过大半的时候，突然河北岸丛林里杀出一支汴军。这支汴军是李思安早就预先埋伏于此的。领头将官名叫袁象先。袁象先是朱全忠的外甥。袁象先也不答话，指挥部下乱箭齐发。一排一排的箭雨砸向渡河的燕军。刘守文没想到背后射来这么多暗箭，队伍一下子就像被捅了的马蜂窝一样乱套了。逃命、哀嚎、号令混杂成一片。

就在刘守文转回头对付袁象先的时候，李思安莫名其妙地带人又杀回来了。重新回来的李思安好像换了一个人，真如天神金刚下凡，须发怒张，哇哇大叫着抡起铁槊横冲直撞，勇不可当。李思安人快、马快、兵器快，铁槊所到之处，幽州军死伤一大片。

刘守文此时猛然大悟，才知道中计了，可是事已至此，腹背受敌，无路可走，只有硬拼了。刘守文与袁象先战在一处，单可及与李思安战在一

处。兵对兵，将对将。一场血战在小河边不大的河滩空地上展开。

燕军剽悍善战，可是毕竟落了下风，形势很被动，军心动摇，战斗力大打折扣。经过一阵箭雨洗礼，燕军伤亡惨重，余部都纷纷争着逃命。单可及振奋精神与李思安厮杀得难解难分。这是两人第一次交手。要在平时，单可及与李思安真有一拼，都是一流高手，实力武艺旗鼓相当，未必谁就能赢得了对方。可是，今天出了意外，燕军中了汴军的埋伏。单可及无心恋战，一门心思想杀出一条血路，掩护残部撤退。如此一来，单可及的战斗力只能发挥出八成。相比之下，李思安焕发了十二倍的劲头儿。两人打了两百多招之后，单可及一时注意力分散，就在刹那间，李思安铁槊夹带呼啸风声刺到了单可及面前。单可及来不及躲闪，用刀柄仓促格挡了一下。在单可及的格挡之下，李思安的铁槊一偏刺进了单可及的左肩胛骨，透过前胸后背的双层铠甲刺穿了单可及的躯体。李思安双膀一较力，大叫一声，将单可及从马背上挑了起来，在空中打了个转，甩了出去。还没等重伤的单可及从地上爬起来，几个汴军将校一拥而上，冲到将单可及近前，刀枪并举，将单可及乱刀分尸。单可及阵亡，燕军斗志全部丧失，立即大乱溃散逃命。在乱军之中，刘守文策马冲出战团，夺路而逃。

朱全忠的厉害之处在于他从不孤立地处理问题。在医头的时候，朱全忠时常想着还要从胳膊腿儿入手。体现在战役战术上，朱全忠擅长组合战术，闪电战、偷袭战、声东击西、虚张声势、暗度陈仓等五花八门的战术，被朱全忠运用得得心应手、五彩斑斓。所以说每次大战出征之前，朱全忠都会向大将面授机宜，交代好排兵布阵的计策，经常可以收到神奇的效果。

救援魏博以葛从周为主帅，李思安以诱敌之计围歼刘守文，这一战之所以汴军能够成功，除了刘守文轻敌冒进之外，再就是以葛从周驻扎内黄的名义，虚张声势，故意吸引了幽州军主力。其实，葛从周并没有真正驻扎内黄，而是带着八百名精锐铁骑亲军趁夜色驰入魏州城。刘仁恭认为儿子刘守文阻挡了汴军主力的救援进程，加紧了对魏州孤城的攻打，希望利用时间差尽快将魏州攻破。如果魏州陷落，汴军则不攻自破，应该会知难而退。到时候，魏博全境将纳入刘仁恭囊中。

天刚蒙蒙亮，幽州军展开了对魏州馆陶门的猛烈攻击。幽州军"嗷

嗷"叫嚣着，挥舞长枪短刀，黑压压一片向魏州城冲杀。葛从周心里很清楚刘仁恭志在必得的意图，今天魏州城下一战不是你死就是我活，肯定是一场血战恶战殊死战。葛从周带领副将贺德伦和汴、魏三千人马冲出魏州城，直接迎着幽州军杀过去。葛从周冲出城门时扔下一句话："将城门关上，与敌军决一死战。"

葛从周这三千人在刘仁恭几万人面前无异于蚂蚁斗大象。葛从周别无选择，只有死战。葛从周也不摆阵势打招呼，挥舞盘龙金枪直接杀入幽州军阵地。这一仗打得天昏地暗、日月无光、血肉横飞、尸横遍野。刘仁恭没想到葛从周突然现身魏州，他还以为葛从周在内黄呢。意外归意外，刘仁恭很快就猜透了汴军的计策。既来之，则安之。拼死打吧。

葛从周甚至擒贼先擒王的道理，特别是在自己这边兵力较少的时候。葛从周冲入战团，死死咬住刘仁恭不放。刘仁恭在武艺上不是葛从周的对手，且战且避。幽州部将轮番挡在刘仁恭身前保护主帅，对葛从周展开了车轮战。可是令幽州军万万没有想到的是，葛从周的耐力竟然如此之好，葛从周带出来的部队竟然如此吃苦耐劳。幽州军累倒死掉一批，再围上来一批，再累倒，再退下，葛从周仍然像一头猛虎干劲儿十足。葛从周与贺德伦背靠背，形成一个龙卷风的漩涡，在庞大的幽州军团中扫荡。经过一个时辰的激战，葛从周擒获了幽州两员将领，踏平了八座营寨。刘仁恭实在坚持不下去了，这哪里是打仗？简直是遇到了不怕疼不怕死不怕累不怕天不怕地的变形金刚火力神兽金甲战士。刘仁恭动摇了，幽州军心动摇了，节节败退，边打边撤，三三两两的人开始退出战斗，整队整营的人陆续退出战场，最后燕军溃败而去。兵败如山倒，城内的魏州军及时抓住战机，倾巢出动冲出城来，乘胜追击燕军。一口气追到临清的永济渠，将燕军赶入河中，淹死的不可胜数。从魏州到沧州五百里的路上，燕军死伤的军兵到处都是，血流一路。

魏州一战，刘仁恭损失惨重，十万精锐损失殆尽，得力大将单可及战死。刘仁恭的争霸战受到极大挫折。另外，此时北部的游牧民族，契丹逐步统一了八部部落，走向联合，初步建立较为原始的国家制度。日益强盛的契丹，开始向南侵扰，这在很大程度上对刘仁恭的北部边防构成了

威胁。从此之后，刘仁恭放弃了向西、向西南的扩张。专意经营幽州、沧州、青州一带。

朱全忠帮助罗绍威击退刘仁恭，所以罗绍威对朱全忠感激涕零，愈发认识到魏博与宣武结盟的重要性，越发觉得这位"远房叔叔"比亲爹还重要。罗绍威此后死心塌地地跟随了朱全忠，事实上魏博纳入了宣武的版图。而朱全忠以强势态度，顺理成章地巩固了对魏博藩镇的宗主领导地位，将势力范围推进到了黄河以北两百多里，到达了河东藩镇李克用的眼皮底下。

河东和宣武中间的隔离与缓冲地带消失，朱全忠与李克用短兵相接，泽州与潞州成了宣武与河东的主战场，双方在此展开了数年的拉锯战。晋军与汴军互有胜负，时而河东占领了泽潞，时而宣武占领了泽潞，战乱不断，兵连祸结，民不聊生，这可苦了老百姓，没有一天安生日子。

10. 逐鹿中原

两座山不会遇到一起，两个人总有相逢的时候。朱全忠和李克用仇人见面，分外眼红。以前，总是李克用要找朱全忠算账，朱全忠总躲着。这次，是朱全忠找上了李克用。两虎相争，必有一伤。李克用没想到，这一战后从此威风不再。

李克用天天喊着要找朱全忠报仇。

李克用念念不忘朱全忠差点弄死他的旧仇。

十几年来李克用也目睹了朱全忠崛起的过程。

随着朱全忠的崛起，李克用找朱全忠报仇的劲头儿有所收敛。或者说，李克用意识到了此时的朱全忠已不是彼时的朱全忠。报仇的事情越来越不好办。

所以，李克用向朱全忠寻仇的事越来越像做样子、搞噱头。

到后来，李克用自己都不相信报仇的旗号到底能打多久。

其实，朱全忠也不愿与李克用为敌。

十年以前，朱全忠内心十分清楚，他和李克用之间力量悬殊。十年过去了，朱全忠感到与李克用对抗仍是力有未逮。

不到万不得已，朱全忠尽量避免与李克用决战。

刚刚被新崛起的杨行密狠狠修理一番，朱全忠极速膨胀的雄心野心好胜之心受到了不小的挫折，更不想与李克用发生正面争斗。

打不打，各有所怕。

两只老虎，龇牙咧嘴，张牙舞爪，可是肉搏战迟迟不发动。馋的天下好事者心痒痒、眼歪歪。

朱全忠想打杨行密，没有打成功。

朱全忠不想打李克用，偏偏七扯八扯地打了起来。没想到这一打改变了天下势力格局。特别是刘仁恭偷鸡不成蚀把米的魏州之战后，朱全忠顺道捡了便宜，占据魏博扩大了势力范围。朱全忠的势力直接推到了李克用的眼皮底下。不打也躲不开了。

公元899年冬天，河中所属的陕州都将朱简杀死主帅，宣布投降于朱全忠，并自改姓名为朱友谦，自降身段，列于朱全忠的子侄一辈。这使得朱全忠的势力范围向西推进了一大步，对泽潞形成了半包围的态势。

朱全忠不仅在北部战场上节节胜利，开疆拓土日益壮大，而且在朝廷中的势力也迅速膨胀起来，逐步掌握了朝野政治联动的主动权。

朱全忠在中央政府的势力主要表现为其代理人权势地位的上升。崔胤就是朱全忠多年来培植的朝中政治代言人和操控权柄的代理人。

唐末的政治是朋党政治，初期是两大集团对立，俗称南衙与北司，指的是朝中文官集团与宦官集团。文官集团内部和宦官集团内部又划分为不同的派系，两大集团之间成年累月地争斗，此消彼长，争权夺利，互相倾轧。各自集团内部的派系之间同样是斗争不断，拉帮结伙，不断地分化、重组、裂变、灭亡、再生。大集团、小集团直斗得昏天黑地、不亦乐乎。

到了末期，朋党政治的结构发生变异，地方军阀直接加入到朋党之中，并形成了朋党集团的主要构成力量。文官与宦官若想在朝中发号施令、甚至立足谋生，必须要依靠借助利用拉拢地方军阀，里应外合，上下

勾结。有藩镇支持的文官或者宦官，在朝廷里发言才有人听，发完言才有可能在地方州府见效，见到效果才有可能被重视，也才有可能获得地位的巩固与升迁。从另一方面来说，地方藩镇也需要在朝廷中需找代理人，才能够掌握风波诡谲、瞬息万变的朝政情报。在军阀有所行动和诉求时，也才会有人在朝廷里"配合"一下，显得合情合理、民意昭昭。

早年李克用与王子李戒丕、大宦官杨复恭之间的关系，就曾经极大地影响过朝政的走势。后来，朱全忠也发现了其中的诀窍，并加以大力利用。李克用家底殷实、政治人脉深厚，相比起来，朱全忠可以说是举目无亲，白手起家，靠山后台也不硬。与识文断字、舞文弄墨、讲经说法、门第传承的文官或宦官也搭不上关系。朱全忠常常叹息"没有关系，真不好办事啊！"

后来皇帝被困华州，崔胤失势遭排挤。这只政治落汤鸡，果然见识非凡，谋略高超。崔胤在流落失意的境况下，认识到"傍大款"的重要性。他决心要与军阀结成同盟，东山再起。认识到这一层并不可怕，可怕的是崔胤选中了朱全忠。在诸侯林立、强手如云的藩镇格局中，崔胤感受到了朱全忠的利用价值，嗅到了朱全忠气场的成长性。

崔胤之所以做出如此判断，一是朱全忠白手起家，靠着"自力更生"，逐步发展壮大，具有进一步走向强大的基本素质和强烈诉求。二是朱全忠位居河洛，占据洛阳、开封这两个历史上具有重要象征意义的政治名城。三是崔胤感到朱全忠也需要他。所以说，崔胤这个政治动物拥有高超的反省能力与敏感性，这也是崔胤在纵横捭阖、尔虞我诈的政治漩涡中得以立足、东山再起、飞黄腾达的生存秘笈。朱全忠原来与张浚曾经短暂合作过，但是张浚实在不是块料，刚愎自用，志大才疏，招致兵败身死。朱全忠与张浚合作昙花一现。张浚死后，朱全忠在朝堂之上又断了路子。

朱全忠之所以与崔胤一拍即合，痛快地接受了崔胤的建议，主要还是朱全忠敏锐地评估出崔胤所提建议的含金量。这也是朱全忠的高明之处。崔胤建议朱全忠经营洛阳宫殿，作为邀请皇帝的筹码。这可是一本万利的买卖，任何一个军阀都不具有这种得天独厚的便利。如此一来，朱全忠和崔胤唱起了双簧，朱全忠通过自身的影响力，将崔胤送回朝廷政治中心，崔胤则在朝中为朱全忠摇旗呐喊。两人互为表里，成了左右唐末最后朝政

运作的轴心，直到将衰微不堪的李唐王朝送向末路穷途。

回到中央朝廷的崔胤，焕发出了强烈的报复能量，展开了一连串的争权夺利的行动。饱受挫折的崔胤，心理素质更加果决，对于权力的追逐更加疯狂，出手足够狠辣，每次下手都是必杀屠手，每次行动几乎都充满腥风血雨。

因政见不合，崔胤与司空、门下侍郎、同平章事王抟有矛盾。崔胤对王抟怀恨在心，可是崔胤在飞黄腾达之前，只得多年隐忍不发，但他一直在寻找报复的机会。

公元900年，即昭宗光化三年春天，崔胤借助朱全忠的力量重新登上宰相宝座后，权势大增。崔胤认为报复的机会来了，他将王抟排挤出宰相行列，先是降级为工部侍郎，没多久又贬斥为溪州刺史。就在王抟外放赴任的路上，崔胤迫使昭宗下令赐王抟自尽。

崔胤与士大夫一样，对宦官干政深恶痛绝，在这一点上，崔胤赢得了昭宗的支持。崔胤利用昭宗对宦官的痛恨情绪，迅速打击了大宦官枢密使宋道弼和景务修。先是将两人的大权剥夺，外放到地方藩镇监军，很快又将两个宦官流放发配。宋道弼和景务修离开京师，刚刚走到灞桥驿站就被赐死了。

太保、门下侍郎、同平章事徐彦若官爵比崔胤大，且两人早就不和，崔胤对崔严若厌恨已久。崔胤回到朝廷后，徐彦若意识到自己的好日子不多了，况且看到王抟的悲惨结局，干脆避开崔胤的锋芒，离开朝廷，远避他乡。这位徐彦若心眼实在不少，在崔胤动手之前，主动请辞，而且谋求了一个相对安全的地方，跑到薛王李知柔的地盘上去，到几千里地之外的广州去做清海节度使。徐彦若算是保全了性命，可以面朝大海，迎接春暖花开，过小日子去了。

崔胤玩弄政治权术的手段的确比张浚诡诈，赶尽杀绝的狠劲儿也比一般人大得多。弄死一个首辅宰相和两个当国宦官，赶走一个一品宰相，朝中南北两司的权柄都落在崔胤手中。崔胤集大权于一身，实际已经超越了皇帝的权力，可谓权倾朝野，说一不二，吐口吐沫都可能淹死一群人。

朱全忠的日益做大，对河东构成了强大的威压，这令李克用很烦很紧

张。李克用抓紧发动军民备战，挖沟筑城，大修工事，俨然一副如临大敌的气象。这时候，河东军押牙刘延业出面阻止李克用的备战行为。

刘延业的理由是，如果河东全境上下一片紧张空气，反倒是助长了他人威风，有损于李克用声震华夏的威名。刘延业的话纯粹是一种外交政治的策略，并没有实际意义。在朱全忠强势逼迫的形势下，河东放弃备战，而流连于虚张声势，更无异于掩耳盗铃、自欺欺人。但是，刘延业的话符合李克用的心理。李克用向来是自命不凡、傲视天下，优势心理不能割舍。所以，李克用采纳了刘延业的建议，放缓了备战，放松了警惕。

在泽潞一带，晋汴双方都投入了重兵，一时呈胶着状态。朱全忠为了打开新局面，将战略部署进行了调整。固守泽潞的同时，朱全忠挥师北上，谋求外围突破，形成对河东的半包围态势。

时年四月，盛夏来临之际，朱全忠调派头号大将葛从周率领兖州、郓城、滑州、魏州四镇兵马十万讨伐刘仁恭。五月，汴军攻下德州，斩首德州刺史傅公和。继而，进军包围了沧州。镇守沧州的是刘仁恭的儿子刘守文。两年前，刘仁恭父子被葛从周打败，到现在还没缓过劲儿来。一听到葛从周的名字，刘守文就紧张。

这时候，刘仁恭又展示了他灵活的外交谋略。刘仁恭一面调兵遣将驰援沧州，一面向河东李克用低声下气地求援，并送上厚礼，请求李克用出兵支援幽州。李克用是不会直接派兵救援沧州的，即便打退了汴军，沧州依然是刘仁恭的，李克用捞不到什么好处。况且李克用与刘仁恭有大仇在前。李克用借着这个机会，采取了围魏救赵的策略。利用朱全忠将主力调往东北部战场的空档，河东派出大将周德威率领五千铁骑偷袭邢、洺二州。

先说刘仁恭亲自率领五万人马驰援沧州。葛从周得到消息说刘仁恭已经火速向沧州赶来。葛从周决定围点打援，留下张存敬和氏叔琮继续围住沧州不放，自己率领一万精骑兵向北迎击刘仁恭。

刘仁恭正在赶路，走到老鸦堤附近时，突然一声炮响，前面冲出来一支汴军队伍，大纛旗上绣着一个斗大的"葛"字。刘仁恭倒吸一口凉气，心想葛从周竟然这么快就杀到了自己面前。汴军与燕军遭遇，双方也不答

话，拉开阵势混战在一起。这一仗从早上打到下午。葛从周盛名威震黄河以北，具有强大的品牌威慑力。原本燕军经过长途奔波，在气势上就处于下风，被汴军精锐一顿冲杀，逐渐扛不住了，败下阵来。刘仁恭丢下三万死尸，败退瓦桥。

周德威攻打邢、洺二州没有进展。七月，李克用又换上了蕃汉马步都指挥使李嗣昭率领五万人继续攻打邢洺二州。在李嗣昭的强大攻势之下，汴军接连失利，丢掉了洺州。

朱全忠只好将葛从周从沧州前线调回来抗击李嗣昭。

九月，葛从周从邺县渡过漳河，于黄龙镇安营下寨。朱全忠亲自率领三万人马渡过洺水安营下寨，为葛从周的声援。李嗣昭感到孤城难守，决定放弃洺州城回晋阳。可是李嗣昭在回师途中，中了葛从周的埋伏。晋军在青山口被汴军大败。

朱全忠击退李嗣昭之后，仍然推行既定的外围战略。这次，朱全忠将目标指向了成德节度使王镕。干瘦的王镕在即位之初，曾经飞扬跋扈谁也不服，甚至主动挑衅过李克用，俨然有小霸王之风采。在幽州逐渐衰弱后，西北的赫连铎部落也被李克用消灭殆尽。王镕孤掌难鸣、孤立无援，气焰收敛了许多。在李克用的软硬兼施之下，不得不向河东低下了干瘦枯干的小脑袋。原本，成德与宣武一个天南一个地北，两家井水不犯河水。现在，朱全忠攻城略地争霸天下，将势力范围推到了成德边境，征服成德自然摆上了日程。

朱全忠发难说王镕与李克用穿一条裤子，要兴师问罪。朱全忠亲率大军一举打过滹沱河，兵临成德治府镇州城下。看着城外耀武扬威的汴军人马，趴在城头上的王镕感到了恐惧，急忙派出判官周式出城议和。

朱全忠千里迢迢劳师袭远，大费了一番周折，还没有收到任何好处，哪里肯轻易罢兵？见到周式后，朱全忠首先给他来了个下马威。

朱全忠坐在帅案后面，一手握住佩剑，一手摁在桌面上，浓密的眉毛底下，一双咄咄逼人的眼睛紧盯住周式的脸。鸦雀无声地过了十几秒钟之后，朱全忠突然一拍桌子，暴怒地呵斥道："我三番五次地写信规劝王镕，可是他不听，现在大军压境，你们却要做城下之盟，不觉得晚

了吗？"

周式十分清楚当下的形势，只要朱全忠下令攻城，镇州可能坚持不了十天就会陷落。双方力量悬殊是秃子头上的虱子，明摆着的事情。周式转念一想，自己既然来了，就要争取最大的利益和最小的损失。虽然周式感觉心里没有底，但他极力克制着自己的情绪，努力保持镇定。周式以相对比较平缓的语调说道："成德离河东太近，天天受李克用的欺负，周围各藩镇只顾自保，无人伸出援手。所以，我家主公与河东修好，也是无奈，实在是为了保全百姓的考虑。朱大帅您现在讨伐河东，是替天行道，为民除害，莫说我成德，天下各藩镇谁敢不支持？朱大帅您效仿齐桓公和晋文公，应当崇尚礼仪以成霸业。如果一味穷兵黩武，推行强权政策，我镇州虽然弱小，可是城池也足够坚固，粮草储备也足够丰足，况且我家主公世代沿袭，有恩于本地人民，受到无比的拥护和支持。即使您有十万大军，也未必能够轻易征服成德。"

凡是充当说客的必然身怀绝技，逻辑清楚，思维敏捷，心理素质好，且会临机应变，相当于现在社会的公关先生和外交家，在各种利益主体之间都能吃得开。这位周式来之前一定是做了一番精心准备，明知山有虎偏向虎山行，一番话说出来，头头是道，绵里藏针。先说与河东结盟是为了生存，迫不得已；再说朱全忠你既然能耐，那你去找李克用啊，不要拿小藩镇开刀；三是说成德上下齐心，不会轻易屈从了朱全忠。朱全忠何等狡猾，听周式这么一说，心里深为赞同。

朱全忠仰天哈哈大笑，站起身来，转过帅案，来到周式近前，拉起周式的手，说道："老周啊，别介意，我和你开玩笑呢。"周式后背的衣服已经湿透了，心里说"开玩笑？谁敢开这种玩笑，玩不好，命就丢了，到哪儿笑去？"

最后朱全忠和王镕两家缔结合约，条件是王镕派出儿子和大将子弟到汴军营中做人质，送上钱财布匹折价二十万两银子作为汴军的军费补偿。朱全忠将女儿嫁给王镕的儿子，两家联姻。朱全忠退兵。汴、镇联盟形成。

朱全忠虽然兵退。

王镕仍然不踏实。

因为，人是长腿儿的。今天退走的兵，明天还会再来。

不能让朱全忠闲着，否则，朱全忠还会盯上成德。

这时候，王镕的判官张泽出主意说："河东太强大，对我们仍然是头号威胁。即使我们与朱全忠结盟，毕竟远水救不了近火，指望不上宣武。不如说服朱全忠将幽州、沧州、易定等地征服，这样大家都成了盟友，联合起来对付河东会好得多。"对这种混蛋主意，王镕居然信以为真。岂不知，覆巢之下焉有完卵？卧榻之侧怎可养虎？朱全忠如果将河北全部搞定，镇州岂能独存？

不过，朱全忠是实实在在地乐意接受张泽的意见。只要王镕不捣蛋，保持中立或者支持朱全忠，朱全忠是有信心平定幽州和义武的。

朱全忠派出张存敬会同魏博军合击刘仁恭。张存敬势如破竹，先后攻下了瀛洲、景州、莫州等二十多座城池。然后又向西攻打义武藩镇治府易定。

易定的主帅是王处存的儿子王郜。这小子实在不争气，和他爹比起来差了十万八千里。

王郜与汴军一个照面下来，就吓破了胆子，弃城逃往晋阳。易定军中推举王处存的弟弟王处直代理藩镇节度使。王处直更是烂泥不上墙。就任易定主帅之后，王处直即刻向朱全忠写信悔过，并送上十万大钱慰劳汴军，俯首称臣。

易定岌岌可危，摇摇欲坠，这可急坏了幽州刘仁恭。刘仁恭眼看着周围的军阀一个接一个地被朱全忠收拾，他心里很清楚，接下来被收拾的就是他。刘仁恭不能坐视不管。就在王郜弃城的时候，刘仁恭派二儿子刘守光救援易定。没想到，刘守光在半路上被张存敬伏击，损失六万人。自此，幽州的家底儿几乎全部报销。

朱全忠通过军事和外交手段并用，征服了河北各藩镇，从北东、南三方形成了对河东的半包围的态势。

在宣武与河东的争霸竞赛中，朱全忠逐渐占据了上风。

朱全忠看着地图，陷入了沉思。

三、变局惊梦

1. 窝和局

长安繁华在梦里，山河锦绣是昨天。皇帝不仅失去了号令权，还失去了发言权，也面临着自由权的丧失。已占据半边天的朱全忠开始谋划一个局，局中局。惊心动魄的局变时刻即将来临。

昭宗皇帝虽然从华州回到了长安，虽然天下响应，有钱出钱，有力出力，似乎众星捧月一般荣归皇宫。可是，鞋子合不合适，只有自己的脚知道。昭宗很清楚自己的处境，九五至尊的皇帝如同一个菜团子一般，被这些地方和中央大员蹂躏一番，又放回了蒸笼。这皇帝的宝座一点儿都不舒服，简直就是火炉口上的针毡，外面还加了厚厚的蒸盖。昭宗皇帝就是被绑住钳爪的螃蟹，在里面痛苦地挣扎煎熬。

皇帝做到这个份儿上，也真够可怜的。

不过还是前赴后继地有人想当皇帝。

没办法。

有意思。

朱全忠对河东形成半包围态势。朱全忠积极备战，准备要大举与李克用开打，争霸天下的战争一触即发。就在朱全忠发兵征讨李克用的前夕，偏偏这个时候出了岔子。

一件朱全忠意料之外的事情发生了。

那个时代出人意外的事情天天发生，出乎朱全忠意外的事情也几乎月月发生，但这件事许多年才可能发生一次，而且其强度足以震惊朱全忠，震惊天下。

这个岔子干扰了朱全忠的战略布属，使他不得不放弃攻灭李克用的计划。

这个岔子却令朱全忠在政治上大捞了一把。

到底是什么样的插曲，干扰了朱全忠的战略棋局？

这件插曲为何如此有分量？

很难估量朱全忠这次军事上行动的夭折与政治上的收益哪个更大。政治上的收益极大地缩短了朱全忠问鼎之路。但河东幸免于此劫，获得喘息空间，二十二年后，李克用的儿子灭了朱全忠的儿子，终结了后梁，建立后唐。

这个岔子缘起于几个太监，昭宗身边的太监，皇帝原本倚重的太监，不过并不是权倾朝野的大太监。晚唐有的太监在皇帝身边，有的太监外放军中做官。这几个太监是禁军中的小头目，算是皇帝身边的人。也就是经常比皇帝还着急的那一撮儿人。

就是这些小太监干出了大事。

皇帝身边的太监将皇帝废了！

这可是震惊天下，大出朱全忠意料的事情。

太监废皇帝的事情在历史上并不少见。

可是废立之事会那么容易吗？

废立皇帝无论从哪个角度说都是一笔风险极大的买卖。

说这事是买卖，是因为这个过程中总是充斥着巨大的交易。

废立之事是否容易，要看发生在什么环境下。

昭宗即位之初曾雄心壮志，可真正干上这皇帝的角色之后，越来越觉得这位子不好坐。在波折磨难中，年轻的皇帝逐渐衰老，锐气也逐渐消失，无奈放浪的情绪天天笼罩身心。屡遭惊吓的皇帝经常是喜怒不定，脾气越加古怪，情绪很不稳定，动不动就拿身边的人撒气。撒完气，皇帝获得了一时痛快，宫女太监侍卫等人可就痛苦了，不仅是痛苦，而且性命朝夕不保，简直是度日如年。特别是在宋道弼和景务修两个大宦官被皇帝弄死之后，宦官的日子一天不如一天。伺候人的人本来就谨小慎微，又处于这种福祸难测的环境下，精神日夜高度紧张，几乎近于崩溃。

于是，太监急了。

这次皇帝即便真不急，太监也要急了。

昭宗光化四年（公元901年）十一月，风雪连日，天寒地冻，灰蒙蒙

的空气灰蒙蒙的天，看不到太阳看不到山。

昭宗李晔感到心情郁闷，心灵深处似有百爪儿抓挠，在寝宫不停地来回踱步，一会儿拿起本书翻翻，一会儿站到殿门口发呆，一会儿拨弄拨弄琴弦。大臣们现在也不遵守上班制度，劳动纪律几乎废弛。对于有利可图又好办的事情大臣们都抢着自己去办，只有遇到棘手烦恼事的时候，这些臣僚才会想起皇帝，将一个个烫手的山药往皇帝怀里一塞，哼着小曲扬长而去。可以说，平日里皇帝连个贴己聊天的人都没有。

昭宗实在憋不住了，大声喊道："来人！"马上从不知哪个角落里跑出来一个小太监，垂首来到皇帝跟前待命。昭宗命令道："朕要打猎，叫人准备一下。"小太监答应一声，一溜烟儿地跑去准备。

皇帝打猎可不是小事情，甚至可以说是十分复杂的事情，不仅准备工作多种多样，而且还应通知有关大臣，做好办公及应急方案。昭宗已是急不可耐，顾不了许多，扯着嗓子嚷嚷催促。

宫女太监们手忙脚乱地来给皇帝更衣，帮他换下轻衣便装，穿上窄袄，外面套上鱼鳞软甲，佩戴好金背弓雕翎箭。此时，寝宫殿门前，有人已经将皇帝的坐骑牵来。此马通体枣红，毛发油亮，摇头摆尾地踢踏着四蹄，在皑皑白雪中好似跳跃的火焰。昭宗不等侍从将甲仗器械准备齐备，就冲出殿门，飞身上马，抖丝缰催马向御林苑驰去。侍从们拖着旗子，扛着刀矛，拎着网索，边在后面追边戴帽子系衣带，一群人呼呼啦啦地消失在茫茫飞雪中。

昭宗纵马在密林中穿行，侍从们则叫嚣着制造气氛，以便将野兽飞禽惊出巢穴，赶往皇帝附近，一时间御林苑中像开了锅，到处是积雪飞扬、马嘶狗叫。昭宗弓马技艺还算不错，半天下来亲手射获稚鸡两个，野兔三只，麋鹿一头。

狩猎结束，昭宗命人摆上酒宴，与一干侍从在御林苑中饮酒作乐。皇帝喝酒现在也不讲究了，很难找到职级相称的文武大臣或者亲戚朋友陪酒，只得与身边侍从没大没小地喝酒。

昭宗酒喝得很多，也很快，但是昭宗并没有因一天的狩猎而高兴，反倒是酒入愁肠勾起伤感，想起了国事日衰，想起了身不由己，想起了基业

败落。皇帝李晔一杯一杯地喝酒，一声一声地叹息。眼睛直勾勾地盯着酒杯和眼前晃动模糊的人脸，一股剧烈的孤独与恐惧从心底升起。李晔索性丢掉酒杯，捧起酒壶仰头灌入口中，然后一头倒伏在桌案上昏昏睡去。皇帝闷闷不乐地喝酒，身边的侍从谁也不敢劝，只有默默地看着，直到皇帝烂醉如泥。侍从们见皇帝醉了，赶紧备来车马拉着昭宗回宫。

午夜时分，三个太监搀驾着昭宗进入宫门。值班太监和宫女被吓坏了，乱作一团，纷纷围过来帮助搀扶、更衣、准备醒酒饮料。

昭宗醉眼朦胧，恍惚中看到人影晃动，耳畔嘈杂，感到头疼欲裂，眼前似乎一群嗷嗷的猛兽围着自己要扑上来。昭宗立即感到全身肌肉高度紧张起来，他在恍惚中将眼前的人当成了妖魔鬼怪。昭宗奋力拔出腰间佩剑朝这些侍从们胡乱砍去。皇帝砍人，哪个敢反抗？顿时血光崩现，惨叫声一片，两个太监三个宫女无力地倒下，死在血泊中。昭宗发泄完之后，像泄了气的皮球，瘫软地倒在床榻上睡去。寝宫一下子陷入死寂。

第二天，雪停。

血开始流。

太阳已上三竿，宫门仍在紧闭。

来上朝的官员发现皇帝既不出来，宫门也不打开。急的这些大员们在门外交头接耳打转转，不知道发生了什么事。这时候，左神策军中尉太监刘季述发现情况不对头，立即赶往宰相府报信。见到宰相崔胤后，刘季述着急地说："崔大人，不好了，到现在宫门还没有打开，是不是宫里出事了？"

"再等等，或许一会儿就开门了。"崔胤也显得有些慌张，转念一想皇帝也时常喝酒沉睡懒床，说不定还没睡醒。崔胤稳了稳心神，劝慰刘季述再等一等。崔胤原本与宦官势不两立，经常劝皇帝削夺宦官的军权，因此崔胤总时时处处阻抑刘季述等人。在大宦官宋道弼与景务修被赐死后，刘季述这些人更加惴惴不安，为保全性命与利益已经在密谋夺权乃至废掉昭宗。

刘季述凭直觉感到机会来了，根本听不进崔胤的话，反驳道："我们做内大臣的，有权力自由处分紧急情况，我要进宫看个究竟。"也不等崔胤答话，刘季述与右神策军中尉王仲先率人撞破宫门进入内宫，找到值班太监

一问才知道，原来是皇帝又在发疯胡闹，且滥杀了很多太监宫人。刘季述感到脖子上凉飕飕的，似乎昨夜砍向小太监的刀剑也架在了他的颈项之上。

刘季述迅速转身出宫，来到议事大殿。这时候崔胤等一班大臣都站在殿内等候消息。刘季述面向朝臣大声说："皇帝无道，废政忘国，酒猎无度，喜怒无常，滥杀无辜，这样的昏君如何能够治理国家？为了大唐江山社稷，我们应该废掉这个昏庸皇帝，请太子殿下监国扶正。"

群臣听到这段爆炸性的话，立即唔呀呀乱做一团。不到片刻，嘈杂声却消失了。因为刘季述已命人取来早已写好的奏疏。奏疏内容要求昭宗退位，让国给太子，并且早已为百官留出了签名落款的地方。刘季述让人捧着奏疏挨个找大臣们签字。第一个需要签字的就是宰相崔胤。崔胤沉着脸，不愿意签字，但是看到环列四周的刘季述亲军及寒芒森森的刀锋，崔胤带头儿签下了自己的名字。既然崔胤带头签名了，其他人也不敢做声，乖乖地依次将名字签上。

刘季述拿着百官的联名奏状，带领千名禁军再次冲入内宫，将皇帝寝宫围了个水泄不通。这时候昭宗仍然醉卧未起，军兵们大呼小叫地要求昭宗退位。被殿外人声鼎沸的呼叫声惊醒后，皇帝侧耳细听，脚步嘈杂，已经有人冲上楼来，门口侍卫在哀号中一一被杀。昭宗吓坏了，面如土色，全身发抖，手没扶稳"扑通"一声跌落床下。

这时候，殿门被撞开，刘季述与王仲先跨步闯入寝室，抓起昭宗的胳膊，将其提起放在床上。昭宗胸前衣服上仍然满带酒污，散发着熏人的气味。刘季述对皇帝宣布："既然陛下厌倦了九五重任，现在朝中大臣们一致要求太子继位，您以后就做太上皇吧！"不管昭宗听没听明白，刘季述命人将皇帝皇后嫔妃关进了"小黑屋"，并将门窗封死。

三两个太监领着一干御林军就这么干脆利索地挟持了文武百官，架空了老皇帝，逼着小皇帝上了台。可见朝堂之上也不比地方安宁。地方军阀你来我往连年混战，朝廷大臣们也是如戏子一样变换着各种脸谱，你方唱罢我登场。

老谋深算的崔胤没有直接对抗刘季述等人。历经宦海沉浮与生死转折，他已经熟悉了生命与时间、机会的配比法则。崔胤对刘季述等人表面上曲与逶迤，暗中急忙派人向朱全忠送信，邀请朱全忠进京勤王，恢复昭

宗的地位与身份。崔胤这些年与朱全忠互为表里，一个在朝一个在镇，遥相呼应，彼此支援。因此，崔胤才能够在朝中呼风唤雨，朱全忠也才得以通过崔胤实现各种政治要求，借助朝廷的旨意将征战来的成果巩固下来，将扩大的底盘合法化，使跟随自己卖命的部署升官发财。

朱全忠此时正在河北定州行营。接到崔胤密信之后，朱全忠心里大惊，坐在帅案后发愣，一手拿着信札，另一手中指不住地叩敲桌面。这时候，刘季述也派人来向朱全忠密送诚款，邀请朱全忠支持他。作为回报，刘季述答应将皇家江山慢慢转移到朱全忠手里。

朱全忠原来的战略部署是先底定河北，再出兵河中，分东南西三面夹击李克用。如果打败李克用，则关东中原地带皆收入囊中，届时自己将成为天下实际的主宰。至于那个躯壳一样的皇帝，暂且让他在长安城中享几天福，现在还不能冒天下之大不韪的风险去惹他，毕竟诸侯都还在拿皇帝说事儿。所以朱全忠接到崔胤与刘季述的信，犯起了犹豫。朱全忠知道那个长安城内的皇帝迟早是自己案板上的肉，对崔胤和刘季述赤裸裸地表白，他并不感到意外。现在战局发展顺利，朱全忠认为自己应该一鼓作气消灭李克用，只有实力才能决定一切。另外，朝中局势混乱不清，不能盲目表态，以免陷于被动。

朱全忠一时拿不定主意，索性召集众将商议。有的将佐说："这是朝廷的大事，关乎皇帝废立，不是我们外藩臣子所应该讨论的，超越了我们的职权。"只有天平节度副使李振低头不语，朱全忠感到奇怪，问李振什么意见。李振整了整衣冠，严肃地说："现在皇室遭遇大难，这是成就霸业的良机啊。当今大王好比唐朝的齐桓公与晋文公，天下的安危全在于您，您身负众望。刘季述不过是一个阉人宦官，居然胆大包天囚禁天子，触犯天威，人神共愤。大王您如果不能讨伐这个逆贼，还怎么能够对各镇诸侯发号施令？"

朱全忠紧铍双眉，眼睛盯着李振。

李振继续说道："况且小皇帝一旦继承大统，那天下至高权柄将都操纵在宦官手里，这无疑是您将大权拱手白白送于别人啊！"

朱全忠闻言，倒吸口凉气，用手一拍额头，恍然大悟的样子，沉声说

道: "嗯，李振所言极是，就这么办。来人!把刘季述派来的人先关起来。李振你秘密潜入京师打听一下情况。"朱全忠布置完毕这些事，站起身走出大帐，到外面信步走走，边走又陷入了沉思。朱全忠还是不愿在进攻李克用与进京勤王之间取舍，他想两者兼得。

在这场宫廷政变中，被拉拢的藩镇可不只朱全忠一个。身兼凤翔、彰义两镇节度使的李茂贞、河阳节度使张全义、同华节度使韩建都在第一时间得到了消息，并有大臣邀请他们赶赴京师勤王。这里面，最积极的要数李茂贞。李茂贞在这件事上丝毫不糊涂，他很清楚近水楼台先得月的道理，也很清楚勤王如果成功将是一本万利，要比打几年仗划算的多。所以李茂贞的动作比朱全忠迅速。

行动往往也意味着破绽，所以高手不轻易出招。

朱全忠无疑是高手。

朱全忠还在等，等待别人出招。

崔胤也是高手。

崔胤没有坐等，崔胤在积极寻求自救之策。

太子李裕被刘季述、王仲先等人胁迫继位之后，终日无所事事。这个新皇帝又是一个糊里糊涂走上岗位的，根本没有任何行权履职的意识和动力。此时各藩镇都在观望，谁也不肯先表态发言，因此没有表奏文牒入朝。所以上班时间，小皇帝和文武群臣都没什么事情坐，无非是瞎扯淡，因为谁也不敢轻易说政治敏感话题。

刘季述将昭宗平日里亲近的玩球的、奏乐的、算卦的、侍从、和尚、道士杀戮殆尽，每天一车一车地往城外运尸体。王仲先性情严苛，深知神策军积弊甚多，执政之后开始严查彻办舞弊贪污者。要说起来，王仲先做得是对的，属于正面人物的做派，但他的方法实在不高明。如此一来，军兵人人自危，情势怏怏不稳，开始有人对王仲先表示不满。崔胤以一个官场老手的敏锐眼光很快就捕捉到了这个信息，于是安排心腹之人暗地里与这些军卒联络。

转眼到了第二年即天复元年正月。一天上朝时，崔胤命归附自己的神策军小校孙德昭等人提前埋伏在宫门之后，待王仲先来到时，众人突然冲

群雄逐鹿

出，毫不答话将王仲先擒斩，王仲先连怎么回事都没搞清楚就稀里糊涂地丧命。一个血腥官场中的政治小动物命丧黄泉。

孙德昭等人迅速赶往"小黑屋"，将昭宗皇帝与何皇后等人释放。剩下的事就好办了，报复与杀人。

毫无防备的刘季述、王彦范等人被崔胤指使人擒拿，不等审问直接杀掉。然后是又一次血流成河，诛戮一番，又是一车一车地往外拉尸体。

昭宗复位，崔胤居首功，自然是加官进爵深受皇帝倚重。崔胤的脚步并没有停止，他想借此机会，一举夺得兵权。但是昭宗经此一乱也学聪明了，支支吾吾地不肯将禁军兵权授予崔胤。崔胤就从李茂贞那里调来三千人，名义上是协助保卫皇上，维持秩序，实则是供自己掌握使用，必要时威迫京城上下。李茂贞原本想进京勤王，还没等腿脚出门，就听说崔胤将事情搞定了。这倒是弄得李茂贞进退维谷了。正在李茂贞犹豫之际，崔胤说向他借兵，以维持京城秩序。崔胤的这个请求正中李茂贞下怀，为李茂贞名正言顺地往京城里派兵提供了机会。

朱全忠听说崔胤擒斩了刘季述等人，马上将刘季述先前派来的两名信使在闹市杀掉，以表明心迹，同时将刘季述的心腹程岩关进囚车木笼送往京师，请皇帝发落。

不仅朱全忠没有赶上匡复之功，连动手较早的李茂贞赶到京城时也迟到了，如此奇功竟然皆崔胤一人之力。李茂贞碰了一鼻子灰，来到京城没捞到什么好处，心里像吃了个苍蝇，只能对崔胤大呼小叫，阻挡他进一步独揽大权。昭宗担心李茂贞在京城闹出事端，赶紧给他加官至尚书令、岐王。尚书令是李世民龙御之前的官职，此后不再授人，也无人敢领受，即便居功至伟的郭子仪也没敢接受。现在李茂贞当此爵位，虽然获得了精神上的极大荣誉，但仍愤愤不平，由于失去口实，发作不出来，只好悻悻地辞京归镇。临走，李茂贞对留下的凤翔三千兵马交代了一项秘密任务。

等别人把招数亮完之后，朱全忠出手了。

朱全忠出的是翻云覆雨手，是千面千手。

朱全忠大举发兵赴河中。

朱全忠看出了朝廷及京师的虚实，几个宦官和朝臣轻轻松松地就玩了

两次政变，把九五之尊的皇帝反反复复地烙了烧饼，看来这貌似风险很大的事情并不太难做。这个岔子的出现，使朱全忠敏锐地意识到机会来了，他要"一石三鸟"，一举三得：取河中，进逼李克用；下凤翔，摧毁李茂贞；迁都城，挟天子令诸侯。

朱全忠没有和盘托出自己的全部底牌，发兵河中的目的似乎仍专意于取河中。

此时，王重荣已死多年，河中节度使是王重荣的儿子、李克用的女婿王珂。汴军以大将张存敬为先锋，首先攻取晋州与绛州，并切断河东救援河中的交通要道。绛州向来是易守难攻，地势险要。两万汴军牢牢把控，阻挡了强大的河东军。李克用只有隔空叹息，无法突破汴军的阻隔。临危之际，河中王珂又向李茂贞求援。李茂贞根本不屑一顾，他没有看透朱全忠此次西来的真正目的，认为战火与己无关。河中孤立无援，只有挨打的份儿。

张存敬率主力长驱直入，包围了晋州。王珂几次想弃城逃亡都没有成功，走投无路之下，只好向汴军投降。朱全忠没有对王珂的投降举行受降仪式，而是以家人兄弟之礼相称，朱全忠挽着王珂的手，两人并辔入城。朱全忠说："当年令尊对我有知遇之恩，我深受令尊教诲与赞助，才得以有今日，我们兄弟怎么会刀兵相见呢？"

"鬼才信你的话，你大老远跑来只是为了和我握手吗？"王珂心里想，但嘴上还是要客客气气："三哥宅心仁厚，我河中黎庶得以保全，感激不尽。三哥此次来陕，不知是否有意于迎驾？"

"我发兵完全是由于李克用贼人，屡屡骚扰我河北边境，我实在忍无可忍，决定假道于贤弟，决意伐灭之。至于朝廷之事，非我等藩镇臣子所应该议论的。"朱全忠神色凝重地说。

攻占河中后，朱全忠到王重荣墓前恸哭祭奠一番。见朱全忠如此重感情，河中人心稍安。朱全忠将王珂一家老小先安置到开封，后来又假意将其招往长安，半路上朱全忠派人将王珂全家暗杀。这或许是朱全忠第一次偷偷摸摸地杀人，但是，有了第一次就会有第二次第三次。这种故意暗杀行为暴露了朱全忠缺乏安全感的心理疾病，同时也暴露了朱全忠的政治短板，他想不出更高明的政治策略巩固已获得的胜利成果。只有一杀了之。

群雄逐鹿

果真了的了吗？我们下文会看到杀人的后遗症。

河中遭受汴军攻击时，曾有人劝说李茂贞出兵袭击朱全忠，否则，朱全忠吞并河中后，李茂贞的地盘及京畿将暴露在朱全忠刀枪之下，危在旦夕。可是李茂贞不想直接和朱全忠发生冲突，一心只想把天子劫持到自己那里，占据政治主动后，再号令诸侯。况且李茂贞还盘算着促使朱全忠与李克用两虎相争，待他们两败俱伤之后，再收取渔人之利。所以，李茂贞错失了一次攻击朱全忠的良机。

河北河中尽归朱全忠，如此一来李克用裸露在了朱全忠的三面夹击之下。

天复元年三月，朱全忠派出六路人马会战李克用。氏叔琮统帅五万兵马，从太行山进入河东境；魏博都将张文恭从磁州新口发兵；葛从周率领兖、郓兵马会同成德兵从土门发兵攻打河东；洺州刺史张归厚兵发马岭，张归霸张归厚兄弟都是朱全忠的儿女亲家，关系十分亲密；义武节度使王处直兵发飞狐岭；驻扎在晋州的汴将侯言帅慈、隰、晋、绛兵马从阴地关发兵。六路兵马势如破竹，如六把尖刀从不同方向插入河东腹地。氏叔琮最先到达晋阳城下。汴军将晋阳团团包围，夜以继日地轮番攻打，烽火相应，绵延数百里。氏叔琮是个攻城高手，面对李克用的老巢，他并不怯阵也不手软，直打得李克用昏天黑地夜夜失眠。

当年雄姿勃发、不可一世、君临天下、驰骋黄河两岸的李克用大为窘迫，只有招架之功没有还手之力，据晋阳孤城苦撑以自守。好在老天爷帮忙，今年的春雨比油便宜，淅淅沥沥没完没了地下，日子长，战线长，汴军资粮接济不上。另外，汴军营中又开始传染痢疾，几千人上万人拉肚子。无奈之下，朱全忠命令各路人马撤回。

从此之后，李克用元气大伤，偏居一隅不敢再和朱全忠争较高下。

朱全忠通过政治手腕，威逼恫吓，攫取了宣武、宣义、天平、护国四镇节度使于一身。

没多久，氏叔琮再度领兵包围晋阳，逼迫得李克用寝食不安，举棋不定。

在汴军侵扰之下，李克用曾一度想放弃晋阳北入胡地。刘夫人说：

"大王，北地乃游牧民住的地方，物资供应、蓄兵备战都不方便，怎么可以作为霸业的基地，你别听信那些鼠目寸光的人瞎说。我们在河东已经历经几十年，根基深厚，不可轻易放弃。一旦放弃老家，将会导致人心涣散，覆水难收啊。"小儿子李存勖也极力劝说李克用留下来继续战斗。经刘夫人一提醒，李克用恍然大悟，这才坚定了坚守晋阳的决心。十一岁已担负进京面圣送信重任的李存勖，现在长成了英发干练的青年王子。他对晋阳固守的态度，不仅极大地影响了李克用，更重要的是，李存勖后来成了河东的接班人，坚守晋阳绝地大反攻变成了与朱梁长期争斗的根本立场，直到二十年后李存勖取朱梁而代之。

朱全忠搞定了李克用，所有的后顾之忧都已解除，终于腾出手来专心对付皇帝。

2. 夺帝

人人都号称要保卫皇帝，可皇帝看着谁都像黄鼠狼。李茂贞护驾失败，朱全忠护驾成功。皇帝十分无奈，已经无力自保。

谁把皇帝抢到手，谁就是天下第一。

对付皇帝首先需要对付李茂贞。

因为李茂贞与朱全忠的想法是一样的，都要挟持天子到自己地盘上去。

这时候朱全忠打出了第二张牌，旗号是"迎接皇帝迁都洛阳"，理由是长安久经破败，凶险之地不宜久留。李茂贞的旗号是"迎接天子去凤翔行宫"，理由相同，各得一百分。朱全忠和李茂贞的竞赛进入下一个环节，实力大比拼。

抢皇帝，考验速度。

这次李茂贞动作比上次更快。

不仅朱全忠在朝中有崔胤做内应，李茂贞在朝中也培植了自己的力量。

听闻朱全忠在崔胤怂恿下亲率大军七万人赶来河中迎驾，京城里顿时乱了套，士绅富户商贾平民纷纷逃出长安城，文武百官都在在家紧闭大门拒绝上朝，皇帝马上又变成了光杆司令。

大家是否还记得李茂贞留在京城的三千兵马？领头的就是李茂贞的干儿子李继筠。李继筠受到李茂贞秘密指示，伙同朝臣韩全诲将皇宫府库洗劫一空，连同王子宫人装了几大车，送往凤翔。昭宗皇帝拒绝离开长安，李继筠与韩全诲就放火把宫殿烧了，逼着皇帝迁往李茂贞的藩镇。就在朱全忠伐河中时，李茂贞抢先得手，由干儿子做内应，挟持了皇帝到凤翔。李茂贞又得一百分，朱全忠零分。

长安城里无天子，天子身边无宰臣。其直接后果是政出多门，互不统属，互不统属就意味着谁都想说了算。

李茂贞出手比朱全忠预料的快，朱全忠一时不知道该怎么办才好。

见朱全忠犹豫，崔胤顿时着急起来，三番五次催促朱全忠继续前往凤翔接皇帝。朱全忠说："我如果进兵凤翔，则会落得胁迫威逼主上的骂名；如果就此撤退，则内心深为不能报效国家而不安。"朱全忠大义凛然又满腹委屈，对崔胤的建议遮遮掩掩，不置可否。崔胤见孤掌难鸣，索性联合两百六十三名官员恳请朱全忠清君侧，进兵迎接皇帝。朱全忠这才找到合适台阶，大军直指凤翔，讨伐李茂贞。

李茂贞也不是吃素的，经营陇右多年，少经战乱，储备丰足，兵强马壮，非一般小镇可比。

过过招，考验武力。

朱全忠要来讨伐李茂贞，李茂贞肯定不会坐以待毙。李茂贞积极备战。可是皇帝这次却和李茂贞站到了同一边。有人会问，反正皇帝离京了，迁往哪里还不是一样？其实不然，唐朝的皇帝往西蜀跑习惯了，腿脚也跑顺了路，凤翔虽不是西蜀，但毕竟是在西边。现在朱全忠要让皇帝去东边的洛阳，皇帝心里十分不爽，很不情愿，心情很乱很郁闷。

在这个毫厘之差的节点上，昭宗与李茂贞的立场达到了空前的一致。于是李茂贞借皇帝旨意，要求晋阳李克用、蜀川王建和扬州杨行密出兵抄朱全忠之后。李克用派人屡屡出兵袭击朱全忠潞泽磁等州。无奈朱全忠手

下大将实在勇猛，李克用屡屡受挫，越打地盘越小。杨行密想趁朱全忠不在家捞个便宜，可是出兵不远，连宿州都久攻不下，只好回师。四川的王建更是狡猾，表面与朱全忠和李茂贞都修好，暗地里派人进袭李茂贞南部州县，乘机扩大地盘。

一场皇帝争夺战即将爆发。

昭宗天复元年（公元901年）十月，朱全忠从汴梁大举发兵，屯扎河中，威逼长安与凤翔。

这一仗旷日持久，直打到天复三年正月才结束。

朱全忠大军到达华州。同华节度使韩建这些年一直依附于李茂贞。韩建见朱全忠来势汹汹，胖嘟嘟的脸抽搐了几下，扛不住恐惧之情，韩建举城投降汴军。曾在京畿之地呼风唤雨、兴风作浪的韩建，在朱全忠面前不过是一个小虾米而已，乖乖地俯首臣服。韩建没别的能耐，但很善于理财，治理经济。华州曾经商贾云集，繁华繁盛。韩建重税赋敛，积蓄了巨额财富。这次汴军占据华州，韩建的三万两白银、九万缗铜钱全部落入朱全忠口袋。打仗打的就是钱粮，朱全忠发了一笔意外之财，顿时精神百倍。

没费多大气力拔掉韩建后，朱全忠进入了长安城。

这是朱全忠阔别长安十几年后，第一次重返长安。

朱全忠感慨良多。

当年离别长安时，朱全忠只有八百亲兵，可谓只身赴宣武收拾残局。

现在再来长安，朱全忠已经是威震天下的第一强藩。

朱全忠与文武百官计议一番，获得了百官支持，这才放心进军凤翔。朱全忠稳扎稳打，步步为营。李茂贞派出大将符道昭屯兵武功迎战。符道昭哪里是朱全忠的对手。朱全忠一路冲杀，打到了凤翔城下。李茂贞趴在城头上对朱全忠喊道："东平王，皇上到我这里来躲避灾祸，并非我要对皇上无理，更不是要劫持皇上，你一定是被奸邪之徒欺骗，他们怂恿你发兵来此，这是一场误会啊。"

"韩全诲奸贼劫持了天子，我替天下苍生来讨伐乱臣贼子，清理君王之侧。如果岐王你没有参与韩全诲的阴谋，又何必劳费口舌，做这些无谓

的解释呢？"朱全忠手扶马鞍桥，朗声答道。

"东平王，不是我袒护什么人，皇上在我这里的确是心甘情愿，也很安全，不劳您费心！"李茂贞不软不硬地回敬朱全忠。

这时候，一个太监从城头上探出头来，大声喊道："朱全忠接旨！"朱全忠一愣，在马上没动。城上太监大声读道："朱爱卿公忠体国，朕了然于胸。朕暂居凤翔，不日还京，请朱爱卿罢兵归镇，各自相安勿争。"朱全忠见城上太监手里晃动着黄绫圣旨，虽然看不清真假，但也不得不下马叩拜接旨。如果再在凤翔城下驻军相持，无异于抗旨不遵。朱全忠只好采取缓兵之计，暂时撤离凤翔。

朱全忠撤离凤翔并不意味着朱全忠要放弃这次行动，他转向对李茂贞的外围州府用兵。经过几番苦战，相继攻陷汾州、三原、莫谷、凤州、陇州、咸阳等地，并击败前来救援李茂贞的李克用部和李茂勋等部。这下李茂贞才明白，把皇帝弄到自己地盘上来是引火烧身。这时候想这些有什么用，为时已晚，只有力战以求幸免。

天复二年五月，李茂贞派大将符道昭出兵与朱全忠大战于虢县。朱全忠手下部将康怀英率骑兵击破符道昭。六月，李茂贞见符道昭兵败，索性亲自出战，与朱全忠一场恶仗，从早上杀到中午。最后，李茂贞也大败，损失兵卒万人战将百员，符道昭被朱全忠擒获，投降了朱全忠。自此李茂贞坚壁自守，不敢出战。

李茂贞打算与朱全忠相持消耗，迫使朱全忠粮草乏继而退兵。双方一直僵持到九月。朱全忠感到这样不是个办法，短时间内打不垮李茂贞，不如班师回河中休息。崔胤见朱全忠要打退堂鼓，赶紧从华州跑来前敌，继续给朱全忠动员打气。朱全忠设宴款待崔胤，崔胤慷慨激昂，劝说朱全忠："天子有难，为奸邪所误，以至于播越离京经年，今令公奉勤王之师，须一鼓作气惩灭奸凶，此乃再造回天之功，不世伟业，黎庶属望，内外咸盼。否则，我等皆千古罪人，死无葬身之所矣。"朱全忠也受感染，大声说："来人，添酒。"崔胤抓起侍从手里的木板，亲自啪啪啪地击打节奏，为酒宴助兴，同时手舞足蹈，边歌边舞。朱全忠心里清楚，崔胤之所以这么卖力气地劝自己迎王奉驾，主要还是想攫取更大的权力，同时打

击政敌李茂贞。如果朱全忠班师回汴，则李茂贞韩全诲很有可能将崔胤一党连锅端消灭掉。

朱全忠略有沉吟："尊王迎驾，义不容辞，可是李茂贞坚壁不出，实在没有好办法。"

这时，亲兵指挥使高季昌与左开道指挥使刘知俊走出班列，说道："李茂贞已经穷途末路，我们可以引诱他出战，万不可舍此机会。"

"嗯，兵贵正理，以奇取胜，如此甚好。不过此行必是凶多吉少，还是另图他策吧。"朱全忠迟疑道。

高季昌手下骑兵马景愤慨说道："大王不必忧虑，我等饱受优遇，今正当为大王效死之时。"

朱全忠站起身，说道："壮士！为你等弟兄加官一级。你们去吧，你们的妻子儿女我一定保全奉养！"

第二天，朱全忠命令各营兵马做好准备，人饱饭食，马添草料，偃旗息鼓，躲在营寨壁垒后待命。马景带领百十名骑兵伪装逃跑，来到李茂贞凤翔城下诈降。马景告诉李茂贞："现在朱全忠粮草供应不上，人马乏食，大军难以为继，中军主力已经撤往河中，只留下伤病老残之兵万人守营。我等不想以卵击石，自投死路，特来投诚。"

李茂贞信以为真，命令集合全部兵力，打开城门杀奔朱全忠大营。待凤翔军冲入汴军营寨后，朱全忠一声令下，伏军四起，立即将凤翔军切割包围，喊杀声响彻云霄。另外，朱全忠还派遣刚刚到达的侄子朱友伦骑兵直接扑向凤翔城门，截断凤翔军归路。在汴军夹击下，凤翔军顿时大乱，指挥失灵，盲目乱窜，甚至自相践踏，几万人被朱全忠杀了个落花流水，全军覆灭。这一仗李茂贞精锐尽失，困坐愁城，整日唉声叹气。

就在朱全忠与李茂贞大战之际，蜀川王建打着救援李茂贞的旗号，派人偷袭了李茂贞南部秦陇州县。凤翔城内也发生了内讧。李茂贞部署对韩全诲等人恨得咬牙切齿，怨恨韩全诲奸贼将朱全忠引来，才导致生灵涂炭，战火不断，父子伤亡。李茂贞部属要修理韩全诲。

朱全忠连胜三场，得三百分，李茂贞零分。

皇帝眼见李茂贞败亡在即，自己也没有其他可以依仗的力量，经过反

复权衡利弊，李晔决定与朱全忠和解。昭宗将李茂贞等人找来商议对策。李茂贞此时早已心灰意冷，知道大势已去。提出两个要求，一是请皇上将平原公主嫁给自己的儿子；二是请皇上诛杀韩全诲等人以谢罪天下。昭宗这会儿心眼活络起来，很痛快地答应了李茂贞的要求，他明白，先过了这一难关再说，女儿既然可以嫁出去，他日也可以再接回来，比丢了性命强。至于韩全诲嘛，扮演个替罪羊再合适不过了，这种人随时都可以找出一大把。

昭宗下令，其实不用昭宗下令，已经有人将韩全诲等三十几人抓捕问斩，罪名是"离间君臣，制造冤案，胁迫主上"。韩全诲这次可毁了，悔断了肠子悔通了胃，可脑袋掉了，怎么悔都没用了。

皇帝卑辞厚礼派人带着韩全诲等人的头和亲笔书信到朱全忠大营，向朱全忠表示屈服和解之意。

在获得朱全忠保全的承诺后，皇帝出城，来到朱全忠大营。接下来自然是复杂而热闹的虚假程式剧。这种戏尽管虚假，但的确必不可少，在几千年的历史上翻来覆去的演，没听说哪个主角嫌麻烦。

昭宗皇帝即位已经多年，可是朱全忠这是第一次见到他。朱全忠素服待罪等在辕门口。为何素服待罪？这是封建社会很虚伪很重要的程序仪式之一。见到皇帝要自降自卑一些，发动战争是令天下苍生涂炭，属于罪过。因此要做一做姿态。朱全忠远远地看着皇帝在众人搀扶下走来。皇帝中等身材，身形有些单薄，神情很憔悴，但眉骨间仍有与生俱来的一股英气。

朱全忠跪倒在地，高声喊道："罪臣朱全忠，救驾来迟，令圣上受惊，罪该万死。"

皇帝摆摆手示意朱全忠平身站起来，口中平静地说："朱爱卿心系社稷，情在朕身。兵者凶器，有德者不得已而用之。赦免你兴兵之罪。"

朱全忠跪在地上不肯起来，一而再再而三地磕头请罪，痛哭流涕，赶问皇帝平安冷暖。

皇帝也掩面流泪，不住地说："安宗庙，定社稷，全赖爱卿了。"

昭宗一边说一边解下腰间玉带赐予朱全忠，并敕封朱全忠为梁王。虽

然都是王，但从东平王变成梁王意义可大不同，梁地要远远大于东平，朱全忠再次加官进爵。朱全忠重新跪倒磕头谢恩。朱全忠申请为皇帝带路十里。朱全忠策马在前，皇帝乘车在后，队伍徐徐行进十里路程。

到达长安后，晚上，皇帝设宴款待文武大臣。又喝酒，谁还有心思喝酒！各怀心腹事地胡乱吃喝一顿之后，酒宴散去。

见众人陆续散去，昭宗单独留下了朱全忠要和朱全忠谈谈心。皇帝抬腿要迈步的时候，突然绊了一脚，原来是皇帝的鞋带开了，被另一只脚踩住。昭宗示意朱全忠帮他系好鞋带。朱全忠用眼睛余光看了看皇帝，见皇帝面无表情、目光威仪。朱全忠不敢违命。只得俯下身去，小心翼翼地为皇帝系鞋带。身处皇帝膝下，朱全忠感受到了从来没有过的威压，似乎这个瘦弱的皇帝身上凝结了几百年的大唐皇权，一下全部笼罩了朱全忠，令朱全忠有些透不过气来。朱全忠边系鞋带，边想"皇帝留下我到底要干什么？会不会借此暗算我？"朱全忠狡诈，对谁都不轻易信任，在复杂环境下尤其疑神疑鬼。想到这些，朱全忠已经紧张的汗流浃背了，似乎有把刀已经架在了他的脖子上。

朱全忠帮皇帝系好鞋带后，站起身，故意摇摇晃晃地说："陛下，臣今天酒喝得太多了，不能陪您聊天了，臣先告辞。"不等皇帝答话，朱全忠迅速转身离开，几乎是逃回自己下榻的帅府。朱全忠回到住处后，很久不能平静，默默念叨："皇帝，果然是皇帝，不同于凡人。"

朱全忠命侄子朱友伦带兵驻扎长安，负责护卫皇帝的安全，等到来日再东迁洛阳。朱全忠之所以将软禁皇帝的重任交给朱友伦，是因为朱友伦在朱全忠的子侄辈中才华出众，不仅武艺高超，而且处理事情练达。尽管皇帝一百二十个不情愿，可是在保全皇家体面的情形下，也只好委曲求全了。朱全忠"一石三鸟"的战略目的全部实现：皇帝置于自己监控之下，凤翔诸镇收入辖区，李克用被打得龟缩不敢南向。

朱全忠之盛威震天下。

天下的政局开始由朱全忠操控设计。

3. 局变

变局，局变。有人想变，有人不想变。看来无论怎么变，结果似乎都只有一个：三百年的李唐王朝轰然倒掉了。

在朱全忠西征的过程中，发生了两个重要的插曲，我们有必要在此交代一下，因为，这两个插曲关系到下文书中的大事件。

朱全忠攻打河中时，部署已定，突然传来八百里加急消息，朱全忠的张夫人病重。朱全忠立即放下前敌的指挥重任，一路狂奔赶回开封。

张夫人染了风寒，已经卧床多日，她知道朱全忠正忙于前敌战事，不忍心打搅他。张夫人一直强忍着病痛的折磨，现在感到十分难受了才让人告诉朱全忠。

朱全忠回来后，守在张夫人床边，终日陪伴，亲自端水递药。朱全忠对张夫人的依恋与关切之情溢于言表。又过了几天，张夫人病情好转，朱全忠这才放心，重新回到前敌军中。

从这件事中，我们至少可以解读出几个意思。张夫人在朱全忠心目中地位崇高，她的安危令朱全忠牵肠挂肚。对于朱全忠这样一个杀伐决断、几近于冷血的军事强人和政治动物来说，还惦念一个女子，可见其对张夫人感情寄托之深、之重。朱全忠是个性欲极强的人，但他却只有张夫人一个老婆，至少在张夫人在世期间，朱全忠没有娶妾。只是后来朱全忠做了皇帝，才纳了两个嫔妃。

再有一层意思是，征伐河中是朱全忠全盘棋局中关键的一步，其重要程度不言而喻。可是朱全忠毅然舍下大军离去，说明朱全忠对于形势判断的自信，和对御将用兵有把握。手下众将令朱全忠放心，朱全忠既放心将领不会背叛，也放心将领的能力。哪像当今社会，芝麻大的官或者老板无论走到哪里，手机电话响不停，忙得不可开交，大事小情全靠他下指令拿主意，单位的事情离了他似乎就玩不转了。这既是领导的悲哀也是下属的悲哀。

另一件事是有人在背后向朱全忠捅刀子。

朱全忠调集了主力部队西征，战线拉得很长，牵扯了大量的兵力，后方不免空虚。在东面的平卢，现在的山东一带，有位节度使名为王师范。王师范也算是个能人，不仅学问大，而且深受忠义主义教育，理政治吏方面也很有一套。平卢的官吏系统被王师范调理的井井有条，工作效率比较高。接到皇帝受困凤翔的消息后，王师范热泪洒下两行，宣誓要替天行道，勤王救驾。不过山东距离陕西太远，眼巴巴看着长安，双手有劲使不上。既然不能赶赴皇帝身边，不能与皇帝同甘共苦，王师范说那就打敌人的屁股，袭击朱全忠的大后方。

王师范将手下将官僚佐分成小股部队，装扮成小商小贩，推着小车，拉着刀枪棍棒混入汴、徐、兖、郓、齐、沂、河南、孟、滑、河中、陕、虢、华等州县，并约好日期，同时举兵，讨伐朱全忠。王师范搞起了游击战争。王师范的这个策略很高明、很大胆，但是不够严谨，操作性差。如此大量分散地送信作乱，太容易暴露。多数潜伏的平卢军或间谍都被当地治安发现了，事情败露，失败自然是难免的了。

到此处，大家不免会产生疑问，朱全忠连年征战，忙于军务，大多时间在外统兵打仗，后方治理是如何确保稳定和持续供给的呢？其实，不仅朱全忠面临这样的问题，天下成大事者，无不面临这样的问题，在创建大事业的过程中，一定需要几个得力的拍档。有些所谓的"短命"英雄，输就输在了缺少与之合作无间的伙伴。朱全忠几十年来在外征战，后方必须要有得力之人掌舵，这一点毫无疑问。那这个人是谁呢？谁有如此能力，又如此适合朱全忠，与朱全忠合作默契呢？此人就是裴迪。

裴迪，字升之，河东闻喜人。裴迪一生的忙碌都贡献给了朱全忠的争霸事业，两人合作达三十年。这种合作关系可以说是罕见的。裴迪不仅能力过人，而且善于与朱全忠处理好关系，这是十分难以做到的。裴迪性格聪明敏捷，善于理财，税赋制度在他手下被梳理得井井有条，便于实施。据章太炎研究，晚唐五代时期，苛捐杂税甚多，老百姓苦不堪言，唯有朱梁的赋税负担较轻。这里，少不了有裴迪的贡献。裴迪还擅长会计核算，仓廪府库账目在他管理之下清清楚楚。前前后后，裴迪和朱全忠合作的三十年里，朱全忠将主要精力投入在军事方面，后方粮草供赋全部委托给

裴迪负责。由此可见朱全忠对裴迪的信任，也由此可见裴迪调集资源的能力，可以支撑朱全忠连年不断的军事行动。

王师范派出的间谍来到开封大梁，被在大梁主政的裴迪擒获。裴迪察言观色，看出破绽，进一步审问得到实情。事不宜迟，火烧眉毛，裴迪来不及请示朱全忠，自行做主调遣马步都指挥使朱友宁率领一万人马赶往东部边境防守，以备不测。朱友宁又从邢州前线调来葛从周，合兵一处讨伐王师范。过了好几天，朱全忠才得到裴迪的报告。朱全忠肯定了裴迪的决断，同时分出一部分兵力，归侄子朱友宁调遣，投入对王师范的战争。由于裴迪的果断决策，防止了一起重大的危机，为朱全忠一鼓作气完成一石三鸟的局起到了保障作用。朱全忠不仅没有降罪处罚裴迪擅自调兵，而且还额外褒奖了他。由此可见裴迪与朱全忠关系之亲密，两人互信程度之深。

朱全忠从陕西回到开封后，部下文武官员都得到了"迎銮叶赞功臣"的荣誉称号。在大会文武时，朱全忠看着裴迪说："叶赞之功，只有裴公堪当，其他人没有资格受此殊荣。"

战争从来都是立体的，前方硝烟弥漫、刀光剑影，后方同样很重要，甚至更重要，外部政治环境也不能忽视。没有内外联动、前后一体的协调运作机制，发动战争只不过是盲目的行动而已。

战争结束了，杀戮没有终止。

长安城变成了屠宰场。

人头滚滚，血流成河。

李茂贞性格宽简，对待部下也比较厚道，加之凤岐一带战乱较少，所以凤翔军多为太平军，很少遭受如此惨烈艰苦的战役。把皇帝打发走之后，李茂贞及部署将破败的窝囊气全部撒到了宦官头上。要不是这帮断子绝孙的家伙，怎么会惹来这么多麻烦？怎么会将凤翔地盘损失、兵马伤亡？凤翔军展开了对宦官的杀戮，一口气杀死七十二名宦官。

以前皇帝逃离长安，都是暂时的，无论时间长短，总还有个盼头，希望有朝一日回到长安回到家。这次可大不同，朱全忠要皇帝搬家，要迁都。这就意味着皇朝帝国的核心将连根拔起。很多大臣不愿意跟随皇帝动

迁洛阳，如果寄居朱全忠篱下，难免一失足一失口或者一失手而惹祸。所以，很多官员磨磨蹭蹭不愿意离开长安。可万万没想到躲在家里杀身之祸来得更快。朱全忠看透了这些人的心思，对这些官员无声的消极抵抗，朱全忠勃然大怒。朱全忠认为这些人不跟着走，也别想留下，只要留下这些政客，他们就不可能闲着，总有一天他们会折腾出乱子。索性一不做二不休，朱全忠将借口退休的九十名老官儿的脑袋逐一砍掉。

"勤王"成功，既是朱全忠的胜利，也是崔胤的胜利。崔胤这次咸鱼又翻一次身，不仅官复原职，而且直接执掌了内外六军十二卫府，集大权于一身。崔胤掌权后对宦官展开了疯狂报复。崔胤之所以恨宦官不仅是由于私怨，出于执政理念的成分也不小，可以说是主要原因。自天宝以来，宦官势力大长，逐步掌握了禁军及外镇兵权，而且还侵夺宰相内阁职权，倾危社稷，废立君主，坏事干尽。因此，崔胤动员朱全忠将皇城内的几百宦官全部杀死，又派人将在外做官的宦官捕杀，最后只留下幼小的几十名宦官做些清扫环卫工作。宦官都被宰杀的几乎绝迹绝种了，崔胤弄了一大堆侍女充任宦官原来的工作，为皇帝日常起居服务。崔胤还将政敌三十多人贬逐流放。真也奇怪了，这朝廷都破败不堪了，怎么还有这么多官，一批一批地杀都杀不完。宦官也历经灾祸，被大规模屠杀不知道多少次，仍然有人源源不断地愿意进宫被阉割。

朱全忠和崔胤的权势越来越大，两人之间由合作开始产生嫌隙猜疑。朱全忠有意让皇帝东迁洛阳，以便于将皇权置于自己掌控之下。而崔胤欲专权自固，故意拖延，滞留皇帝在长安。如此一来，朱全忠与崔胤之间的矛盾逐步激化。最终导致朱全忠对崔胤动了杀机的事情是崔胤要加强手中的兵权。崔胤诓骗朱全忠说："长安京畿重地，距离凤翔太近，现在六军十二卫虽有名号，但实为空壳，没有防卫能力，一旦李茂贞再来捣乱，还是要麻烦朱大帅劳师动众，不如我在长安招募兵勇，充实到禁卫军中，加强卫戍力量。"

朱全忠猜到了崔胤的真实目的，但并未直接揭穿，而是派出宣武军队的强壮兵勇，假装百姓到长安应聘，加入到崔胤的军队中做卧底。如此一来，崔胤的一举一动都落在了朱全忠视线内。

群雄逐鹿

另一件十分不巧的事发生了，进一步破坏了朱全忠与崔胤的合作关系。朱友伦在长安担任"护卫"工作期间，在一次踢球比赛中，不慎坠马身亡。朱友伦很优秀，朱全忠十分疼爱这个侄子，悲痛之余，朱全忠更加怀疑崔胤在有意识地将朱全忠的力量排挤出长安。

重大利益分歧面前，昔日的政治盟友开始决裂。一旦朱全忠对一个人产生了敌意，他总是不择手段地赶尽杀绝。这一点是朱全忠果决残忍的一面。

朱全忠先是迫使皇帝降了崔胤的官职，然后暗地里派人到崔胤家将其暗杀，捎带将崔胤同党京兆尹郑元规等人全部杀死。一个翻江倒海的政治奸雄崔胤就此终结。

天佑元年正月（公元904年），朱全忠担心长安再出变故，于是加紧了让皇帝东迁的进程。朱全忠通过朝中安插的心腹官员逼迫皇帝迁出长安东向洛阳。

沿路迁移的官员平民嚎啕痛哭，迤逦不绝。为绝后望，朱全忠派人将皇宫、衙门、富豪之家统统拆毁，将可用梁木顺渭河漂运洛阳，长安城顿时化为一片废墟。

自刘邦修筑长安宫阙开始，这座古城繁华历经千余年，盛极时汇通天下万邦，荟萃中外人物，激荡夷夏文明。但从今之后，长安彻底失去了作为都城的资质，繁华不再，锦绣成烟，一切都将化作飞尘往事。长安城的废弃，不仅宣告了一个王朝的终结，更标志着一段文明的衰落。这段文明注定不会再被重复，因为它暴露了不可挽救的缺陷，其辉煌的优势也无法弥补这种缺陷，因为这种缺陷是致命的。

大唐帝国的衰弱、无奈、悲愤、不甘、凄凉、惶惧在昭宗身上得到了集中体现。这位末路皇帝，曾经想光复中兴的皇帝，现在天天处于时而清醒时而迷糊的状态中，从早到晚借酒浇愁。

昭宗知道，此次东迁必然是一条绝路，前途莫测，比寄居韩建华州不知要凶险多少倍。朱全忠乱臣贼子之心昭然若揭，吞并天下之志早已尽人皆知。皇子一旦沦落到朱全忠掌中，将永无翻身之日。昭宗李晔越想越觉得可怕，他决心要除掉朱全忠。除掉天下第一强藩朱全忠谈何容易，昭宗

三　变局惊梦

169

想出了一个办法，暗算！

暗算，就是先算计好，再暗中实施。

由于洛阳宫殿还未完工，皇帝不得不暂时在陕西小驻。朱全忠安排亲信将佐将皇帝及众官员看守好，自己借口监督修建洛阳宫打算离开。昭宗降旨："梁王为社稷操心，不暇歇息又要东去，朕特与百官设宴与梁王送行。"朱全忠感到很高兴，很有面子，欣然赴宴。酒席宴上，君臣推杯换盏，百官则神态各异，有的高兴有的惆怅。

宴会结束，昭宗宣布："酒宴暂且到此，我与梁王和韩爱卿还有话说，诸位爱卿都退下吧。"大臣们如释重负，捏着满是冷汗的手心匆匆离席告退。又要聊天？朱全忠忽然想起了在长安给皇帝系鞋带的一幕，感到一阵莫名的紧张。朱全忠此时多了一个心眼，没有单独和皇帝喝酒，而是让韩建作陪。昭宗命人撤换菜肴，重新布置一番。皇帝坐在北面，朱全忠与忠武节度使韩建坐在南面。韩建就是那位曾给朱全忠提供巨额钱财的同华节度使，现在经朱全忠保举，官职略升。

朱全忠满腹狐疑地问道："不知陛下有何吩咐？"

"梁王，朕频遭离乱，内心苦闷，想与两位卿家聊聊天。"昭宗慢悠悠地说，同时对一旁的何皇后使了个眼色，何皇后敛襟退出。

"陛下，臣也是做此想法，为使陛下远离此处伤心地，免遭祸乱，臣才请陛下东迁，以便臣旦夕护卫侍奉。"朱全忠面无表情地说道。

何皇后退出来后，命人拿来一壶酒，四下张望确信没人，悄悄地从袖里掏出了个小纸包，将纸包里的粉末倒入酒壶中，粉末入壶之后发出嘶嘶的几声响。显然何皇后放到酒里的是毒药。然后，何皇后手端酒壶重新回到屋内。何皇后身材姿色姣好，深受昭宗喜欢与信任，曾多次陪昭宗颠沛流离，不曾离开半步。

何皇后笑吟吟地首先走到朱全忠身边，说道："梁王，我和陛下今后都要托付于你了。"说着，何皇后伸出葱芯一般的手给朱全忠斟上一杯酒，朱全忠忍不住多看了两眼这双手。何皇后给朱全忠斟上酒之后，又给韩建斟上一杯。朱全忠微微一笑说道："皇后放心，只要有臣在，绝不容许奸佞当道。"朱全忠一边说，一边端起酒杯往嘴里送。

何皇后目不转睛地盯着朱全忠端在手中的酒杯，心中紧张地默默祈祷，希望朱全忠尽快喝下这杯酒。

就在朱全忠仰脖将酒杯送到嘴唇边的时候，昭宗的一个妃子凑到昭宗耳畔，低声对昭宗说："陛下，我已拟好诏书，只要朱全忠喝下这杯毒酒，您就宣布他造反。"昭宗不动声色地微微颔首。

朱全忠没有注意到这个细节，可是这个瞬间却被朱全忠身边的韩胖子看在眼里。韩建和昭宗打交道很多年了，很熟悉李晔的言行举止习惯。韩建自坐在席间，眼睛一直在昭宗身上没有离开过。朱全忠还有闲心情看看皇后的手，韩建可是出于高度警戒状态无此杂念。因为韩建曾亲手弄死了十几个皇帝的兄弟子侄，他知道皇帝恨他恨得牙根儿疼。

韩建看到宫女与皇帝耳语，感觉有些异常，就用脚碰了碰朱全忠的脚。这时候凉丝丝的琺琅质酒杯已经沾到了朱全忠唇边。被韩建一碰，朱全忠面部肌肉抽搐了一下，眼睛做迷离状，结结巴巴地说道："陛下，抱歉，臣喝醉了，再喝酒臣恐失态，臣请告退，告退……"

昭宗尴尬地张张嘴，还没说出什么来，朱全忠已经起身迅速离席而去，韩建紧随其后也离去。

毒死朱全忠的计划差之毫厘就成功了。见朱全忠再次溜掉，昭宗恨恨地咬了一下牙齿，手"啪"地拍在几案上。何皇后则站在当场泪如泉涌，由于过度紧张而差点虚脱。

此时的昭宗已经十分清楚，普天之下没有一个藩镇诸侯是忠臣，哪个都不可靠。不仅不可靠，还有几个如韩建朱全忠李茂贞之流随时都有加害皇室的可能。现在的诸侯早已撕掉假惺惺羞答答的面纱，露出了狰狞面目，野心极大的军阀早已经把皇帝的权威撇在脑后。一旦皇帝挡了这些人的路，他们会毫不掩饰地与皇权对抗，甚至不惧势不两立。皇帝与诸侯的危机无时无刻不在发生，你死我活的争斗天天上演。

到了天佑元年四月，洛阳宫殿修好。对修洛阳宫殿的事情朱全忠早在两年前就着人动工了，因此，建造工程才会如此之快。负责修建洛阳宫的人是张全义。此人我们在前面表述过，自从朱全忠在李罕之手下救了张全义之后，张全义对朱全忠忠心不二，甘愿做牛做马，对朱全忠交办的事情

十分卖力气。

洛阳宫就是朱全忠为皇帝建造的监狱。为了管制皇帝，这个监狱建造得越牢固越好，竣工越快越好。现在宫殿已修好，可皇帝仍迟疑不愿去洛阳。

皇帝当然不想去洛阳宫，其中的道理昭宗太清楚不过了。他有过撕心裂肺的经验，在韩建那里的一段日子无异于置身火炉和案板之上。现在朱全忠又要他去洛阳，其居心叵测昭然若揭。昭宗知道他一旦去了洛阳宫，后果不堪设想。所谓金窝银窝不如自己的破窝，长安虽破败，但仍然是感觉最安全最踏实的地方。因此，昭宗皇帝磨磨蹭蹭不肯去洛阳。

朱全忠挟天子以令诸侯的诡计并不复杂，不需要太多的时日，就会被诸侯看穿。朱全忠现在是趁乱打劫、趁火打劫，别人还没反应过来。到那时，从损人不利己的角度，看明白情况的诸侯藩镇也会插上一脚，将水搅得更混。届时形势将会变得十分复杂，搞不好朱全忠的计划会化为泡影。

朱全忠担心夜长梦多，为迫使皇帝上路，朱全忠借故将太医、司天监、内都知及昭宗爱妃悉数谋害，另将陪皇帝玩球、种花的侍童两百人一举杀掉。昭宗身边充斥着阴森恐怖的死亡气息。在死亡威迫下，昭宗不得不移驾到达洛阳。朱全忠将自己的亲信安插到皇帝御前行政、禁军、戍守等职，将皇帝实行24小时全天候监控。

转眼到了五月。昭宗的日子实在难熬，天天提心吊胆，度日如年。昭宗左思右想，认为朱全忠无论如何也靠不住，没有一丝一毫值得信任的表现。昭宗再一次想亲手除掉朱全忠，方法与上次大同小异。此时的昭宗也实在没有力量可以借助，只有亲自动手了。

昭宗的办法依然是请吃饭。

一天晚上，昭宗设宴与百官同饮。席间朱全忠很警惕，饮酒之前一定仔细看清楚酒的来历，待别人喝掉之后，他才浅尝辄止。

酒席结束，昭宗又邀请朱全忠到内殿接着喝。李晔有连续作战、喝二场酒的习惯。朱全忠原本就心里有鬼，对皇帝提防有加。现在皇帝又要单独请他接着喝酒，他立即紧张且警觉起来，于是假装喝醉就是不肯进内殿。

群雄逐鹿

昭宗说："既然全忠醉了，那就让敬翔来吧。"朱全忠拍拍敬翔示意他去。可是敬翔多谋心细，担心皇帝背着朱全忠向自己提出意外之事，以离间自己与朱全忠的关系。敬翔干脆也装醉，踉踉跄跄站不稳的样子，犹犹豫豫不肯去。

昭宗无奈只得回到寝宫，与何皇后抱头痛哭，嘴里念叨起另一件事："李裕年幼无知，被刘季述逼迫犯错，已经贬谪悔过，朱全忠奈何非要置我儿于死地？"说着，昭宗痛苦地使劲咬自己手指头，手指被咬破，血流满嘴满手。皇帝恨朱全忠的言行被朱全忠安插的亲信看得一清二楚。朱全忠的密探很快将这些消息报告给了朱全忠。朱全忠感到昭宗不容易降伏，而且时刻都有干掉自己的心思。一想到此处，朱全忠就觉得后背冒凉风。朱全忠越想越觉得心惊肉跳，最后决意先下手为强，干掉老皇上，然后换个听话的小皇上。到那时，事情就会好办得多。

谋杀皇帝！

历史上犯上作乱的不少，干掉皇帝的并不多。

犯上作乱与杀皇帝是性质不同的两件事。犯上作乱或许还有保留生命或者声誉的可能，杀皇帝则是彻底走上绝路，这是顶天级的罪孽，永世不得翻身。

朱全忠的法则就是"你死我活"，谁挡我，我就灭谁！

朱全忠的工具箱里最好使的办法是——杀人！

谋杀皇帝毕竟人事，在皇权神圣的封建社会，任何人都会对此事存在畏惧心理，不得不全面计划好之后再行动。

八月，朱全忠经过周密策划，自己坐镇开封，派出得力干将李振赴洛阳与亲信枢密使蒋玄晖、左龙武统军朱友恭、右龙武统军氏叔琮实施废立计划。李振就是那位曾劝说朱全忠接受崔胤邀请，参加匡复昭宗争斗的人，此人足智多谋，善断果决。朱友恭是朱全忠的干儿子，也是朱全忠初期的班底悍将。氏叔琮则在与李克用的征战中屡立战功，是深受朱全忠信任且军中威望很高的人。

李振亲自作为洛阳行动的总指挥，调度城内外宫内外一切行动。李振安排朱友恭和氏叔琮等人做好宫内外的警戒，分街道和城门控制住洛阳城

的戍守军队，让蒋玄晖带领一股汴军部队的龙武军牙将趁夜色直接冲进洛阳宫。

全副武装的汴军手持刀枪破除午门关卡、子城关卡，冲到寝宫门外，值班宫人询问何事，蒋玄晖谎称："有军前急奏要面呈皇上。"

昭宗妃子裴贞一打开宫门，见到持明晃晃利刃的军兵，大惊失色，质问道："奏报为何带兵刃？"话音还没落就被牙将史太一刀劈杀。

蒋玄晖大声问道："皇上在哪呢？"

昭仪李渐荣这时见势头不对，知道来者不善，用身体挡在门口大声喊："你们杀了我吧，不要伤害皇上！"

昭宗尽管颠沛流离，身边的妃子居然还有这么多。昭宗照例晚上又喝醉了，听到惊呼声，慌忙起身。这时候汴军呼啦啦冲进来一群，直接奔昭宗逼来。昭宗神色大惊，手足无措，慌乱中扶着大殿柱子躲避。

史太跨步上前手起刀落，一代帝王的心脏停止了跳动。昭宗李晔倒在血泊中。昭宗在倒下的一刹那，脑海中浮现出了一系列的图像，僖宗皇帝驾崩的景象，自己颠沛流离的景象，李茂贞韩建飞扬跋扈的景象，杨复恭诡异朝奏的景象，长安城断壁残垣的景象，王子们被韩建屠杀的景象，新编官军出征和溃败的景象等等画面迅速闪现，不甘悔恨悲凉无奈愤怒不解痛苦哀伤等等滋味一起涌上被刀刺穿的心头。昭宗李晔脑海中最后一个意识和问题是"我是大唐的亡国之君吗？"没有人可以回答他，他也没有机会求证答案了。

看到皇帝捂着胸口表情痛苦地倒下，李渐荣扑上来挡在昭宗身上，涕泪满面，哭喊着："不要啊、不要。"史太毫不犹豫又是一刀，李渐荣哀呼一声身亡。可怜昭宗孤苦伶仃，最危难的时刻，只有几名弱女子护卫在身边。

这时候何皇后闻讯赶来。史太等人杀红了眼，逢人便杀，见人就砍。史太举刀要劈何皇后。何皇后跪在地上苦苦哀求蒋玄晖，蒋玄晖眼睛转了转，似乎想到了什么，这才摆摆手制止住史太。

干净利索地杀死皇帝之后，蒋玄晖连夜通知百官大臣上朝开会。李振派出几百名汴军刀斧手迅速将议事大殿包围，任何人不得随便出入。

蒋玄晖将早已写好的假诏书拿出来，当众宣布："贱女人李渐荣和裴贞一蓄谋已久，不满皇帝的反复无常，产生邪恶的念头，图谋政变，共同杀害了皇上。由于事发突然，我们赶到时，贱女人已经行凶得逞。为惩处奸凶，已将李渐荣和裴贞一就地正法。"

这个消息无异于一颗原子弹，文武百官顿时炸了锅，哭的喊的问的声讨的人声鼎沸乱成一片。

蒋玄晖冷冷地看着众人的表情及表现，等了一会儿，他高声喊道："肃静！肃静！"

这时候，百官无助狐疑的眼神齐刷刷地投在了蒋玄晖身上，等待下一步事情的发生。

蒋玄晖又掏出一份以何皇后名义发布的假圣旨宣布："先帝蒙害，遭遇不测，噩耗传来，本宫五内俱焚，为忧国是，强撑心神，念及国不可一日无君，由太子李柷继位，梁王朱全忠办理先帝殡天事务。"

蒋玄晖宣布完圣旨，众官员叩头领命，尽管大家都知道是怎么回事，但在表面合法的程序面前，也不得不暂时屈服。原来，蒋玄晖留下何皇后是作为遮人耳目的幌子，目的是进一步获得政变的合法外衣。

在一片阴森恐怖和匪夷所思的气氛中，朝会结束。没有一个人再敢说话，纷纷头也不回地匆匆离去。

继位的李柷这一年才十三岁。

发动如此规模的宫廷政变，而且是谋杀皇帝，这可不是小事情，更不是儿戏。一旦走漏了风声，后果一定很复杂很严重。黄巢赶跑了皇帝，都招致了天下诸侯蜂拥群讨，最后落得兵败身死的下场。现在朱全忠要谋杀皇帝，不亚于天崩地裂的震动。因此，朱全忠十分小心，严阵以待。

朱全忠派李振前往洛阳指挥这次行动的同时，安排自己的亲信蒋玄晖、氏叔琮、朱友恭在宫内具体实施谋杀与政变行动。为防备其他变故，朱全忠还亲自率军屯扎永寿与骆谷，占据战略要地，以防御诸侯藩镇的突然袭击。

在朱全忠的强大军事威慑及秘密操作之下，谋杀昭宗的消息没有在第一时间走漏，后来诸侯陆陆续续听到些似是而非的消息，在辨不清真假

的情况下，没有人敢冒然发动针对朱全忠的军事行动，这些人更是投鼠忌器。如果有人发动战争，被朱全忠趁乱说成逼死了老皇帝，那是非常愚蠢非常不划算的事情。所以，此时的天下，已经没有效忠于皇帝的军事藩镇了，各军阀都在打着自己的小算盘。

十月，待事情都搞定之后，朱全忠假装刚刚接到皇帝被杀的噩耗，悲痛万分，一屁股跌坐在地上，大哭道："朱友恭你们这些混账王八蛋害苦我了，谁让你们做出这等伤天害理大逆不道之事？我也要跟着你们背负千秋万世的骂名啊！"

朱全忠赶紧赶到东都洛阳，跌跌撞撞地趴倒在昭宗棺椁上，痛哭流涕一番。继而，朱全忠又向小皇帝表白："陛下，这种丧尽天良的事情，绝不是臣指使的，请陛下降旨严查逆贼！"

正巧此时，有禁军士兵在街上抢粮食，朱全忠向小皇上启奏朱友恭与氏叔琮军纪不严，滋扰百姓，于是削夺了两人官职，并流放发配。在流放的路上，朱全忠秘密派人逼迫朱友恭与氏叔琮自杀。

朱友恭在临死前大骂道："朱三，你出卖我以堵塞天下人的嘴，你以为你很聪明？你要知道天上地下还有神明，难道也可以欺骗吗？把事情做得如此之绝，你要断子绝孙！"

朱友恭原名李彦威，在早年一次征江淮时兵败，诬陷朱全忠长子朱友裕，导致朱全忠差点错杀掉自己的亲儿子。即便没有这次弑逆事件，朱全忠对朱友恭也一直衔恨在心，还会找个别的茬将其做掉。可怜了氏叔琮，屡立战功，曾几次挥兵逼迫李克用陷入困境，是一员良将，不想竟然充当了如此不堪的角色，落得悲惨下场。

朱全忠这次弑君政变的行动实在不甚高明，无论朱全忠初衷是不是要置老皇帝昭宗于死地，事实与结果是谋杀了皇帝。从动机与行动的部署来分析，朱全忠谋杀皇帝是有可能的。至少在多个正史的记载中，留下了太明显的破绽与线索。足以证明这是一起谋杀大案。由此可见朱全忠的性格是十分强悍、无所顾忌以及赤裸裸地攫取政治权力，不仅无视生命的意义，而且不在乎生前身后的名声。他策划的这起案件比李世民的玄武门之变差得远了。李世民做得干净利索不留马脚，一副正人君子逼上梁山的模

样，还落得千古明君的雅名。相形之下，朱全忠永远都是窃国大盗。

朱友恭对朱全忠的诅咒似乎很快就灵验了。

朱全忠最爱的张夫人患了重病，卧床不起已经一个月。朱全忠命人想尽一切办法，请来当世最好的大夫，变换了会诊的几种药方，使用了当时最好的药材。连日来，朱全忠一直亲口为张夫人尝药，亲手为张夫人喂药，推开军政要务守在张夫人床边。

张夫人形容憔悴，面如枯蒿，双唇紫红干裂，眼窝深陷，斜靠在垒起的枕垫上，眼睑半合，无力地看着朱全忠。朱全忠双手紧紧握住张夫人干瘦的手，眼睛中充满关切的神情。

这时候，侍女端来一碗人参汤，捧到张夫人近前。朱全忠扭头将汤碗接过来，轻轻地用汤匙盛了一点，凑到胡须浓密的嘴边试了试温度，然后将一匙参汤送到张夫人干涩的唇上。张夫人费力地张了张嘴，她已经没有力气吃东西。朱全忠只好顺势将参汤滴进张夫人嘴里。喂了两汤匙之后，参汤最终还是没能被张夫人咽下去，顺着嘴角溢了出来，洒在衣襟上。朱全忠赶紧有些慌张地拿起毛巾擦拭张夫人的脸庞。

此时，张夫人的眼角流出两行清泪。这两行眼泪包含了二十多年来多少感情和信任，包含了多少颠沛流离，包含了多少惊心险境，包含了多少襄帷赞划，包含了多少离合悲欢，只有朱全忠读得懂。

站在一边的侍女们谁也不敢言语，大气也不敢出，默默地看着朱全忠和张夫人。朱全忠粗糙黝黑的面部筋肉不住地抽搐，喉结一上一下地颤抖，嘴中低沉哽咽地念道："夫人，夫人，你会好起来的，你一定要好起来。"

张夫人似乎用尽了最后的一点力气，抬起眼帘聚拢了所有的心神注视着朱全忠。这种眼神让朱全忠感到既温暖又恐怖。他似乎意识到了什么，可又不愿意承认。张夫人的眼神一共持续了不到两三秒钟的时间，然后突然暗淡下去，眼帘慢慢地合上，停止了呼吸。

朱全忠终于面临了他一生中最恐怖的一刻。他一生金戈铁马，生死无数，从来没有害怕过。现在，张夫人的离世，让他感到无比的恐怖，似乎他一下子掉入了万丈冰窟，四周漆黑寒冷。他感到了从来没有过的无助与

脆弱。盛参汤的汤碗从朱全忠手中滑落到地上摔了粉碎，洒了一地。

朱全忠泪如雨下，扑到张夫人身边，紧紧地将张夫人搂在怀里，用力地摇晃，撕心裂肺地呼唤，希望张夫人可以醒来，哪怕只再看他一眼。张夫人全身松软，头颈无力地靠在朱全忠胸前，修长的手臂垂在床边，任凭朱全忠摇晃，她毫无反应。朱全忠转过头，拼命地喊："来人，快来人，传御医!"。其实，四五个大夫就在跟前，他们已经尽了全力，个个垂手侍立，毫无办法。

朱全忠见没有人上前施救，他发了疯一般站起身，抽出腰间佩带的短剑，哭着、喊着、骂着，冲着众人挥砍过去。大夫、侍女、侍从吓得纷纷往外仓皇逃避，乱作一团，将孤零零的朱全忠撇在空荡荡的房子里。只听得朱全忠在乒乒乓乓地砸东西，砸一阵子，又抱着张夫人哭一阵子，然后又摔一阵子东西，再哭一阵子。

夕阳渐渐地落山了，天色暗下来。朱全忠坐在张夫人床前的地上，衣衫凌乱，须发之上布满涕泪，双眼失神落魄地看着昏暗的前方。没有人敢进去劝说朱全忠，任由他一人守着张夫人，默默地进入黑夜。

张夫人的死对朱全忠是个巨大的打击。

朱全忠脾气变得易怒而烦躁。

一不做二不休，朱全忠要对皇室赶尽杀绝。

朱全忠密令蒋玄晖将昭宗其他儿子共九人邀请来开封宴饮，由头是朱全忠十分想念这些王子们。九个小王子心神不宁风尘仆仆地赶来开封赴宴，谁也不知道朱全忠葫芦里卖得什么药，个个如坐针毡，酒菜难以下咽。朱全忠亲自主持酒宴，神色自若，忙着招呼大家吃吃喝喝。酒过三巡，朱全忠起身去厕所。此时，屋外冲进来几十个汴军壮汉，将小王子逐个勒死，然后投尸波光粼粼的九曲池中。

杀掉王子再杀大臣。朱全忠伪造皇帝敕命，令宰相一级不太听话的裴枢、独孤损、崔远、王溥、王瓒等七人在家自尽，所谓自尽其实与谋杀无异，这些朝廷大员稀里糊涂地就上了黄泉路。干掉重量级人物之后，朱全忠在白马驿召集朝野官员三十多人吃饭。朱全忠杀人之前喜欢请人吃饭，而且把气氛搞得很热烈，似乎娶媳妇嫁闺女一般。这些官员酒足饭饱之

群雄逐鹿

后，肚子鼓了起来，脑袋却搬了家。朱全忠一晚上将这几十名朝廷命官全部杀掉，投尸滚滚黄河中。一夜之间，朝廷少了几十名主要工作人员，几十户官宦之家少了主人。人人惶恐，莫名的惶恐。

杀掉老皇上，小皇上就好对付多了。

朱全忠加紧了两线作战。

一条线在朝堂，布置亲信策划禅让传位活动。一条线在战场，继续剿灭诸侯的战争。

4. 传禅

传禅不是新鲜事，可每次都风波诡谲、险象环生。传禅似乎是最体面的方式，至于是否如此，只有谁用谁知道。

有一件事是出乎朱全忠意料的，那就是攫到手的权力并不太好用，至少没有原来想象得那么好用。朱全忠很烦躁。逼宫在先、迁都在后，谋杀老皇帝，替换上小皇帝，大费了一番周折之后，劫持了天子的朱全忠这才发现还是难以号令诸侯。因为那些小诸侯本来就对他敬畏宾服，无需节天子之命即可号令，王建、杨行密、李克用、李茂贞这些大诸侯，反倒就此脱离朝廷，根本不管是朱全忠的话还是天子的话，一概不听。

天佑二年九月，朱全忠以大将杨师厚为先锋，自己率大军为中军，击败湖北赵匡凝与赵匡明。赵匡凝逃奔淮扬，投靠杨行密。赵匡明逃奔四川，投靠王建。在回军开封途中，朱全忠听说杨行密病重，于是临时决定再次兴师征讨淮南。敬翔劝阻朱全忠说："刚刚在这么短时间内收附了襄阳与江陵，取得两次大捷，很不容易。现在群雄都在盯着我们，我们要珍惜得来不易的威名，以免仓促行事出现差错。"朱全忠不听，认为这次天赐良机，要乘胜扩大战果，执意要征伐淮南的光州与寿州。没想到镇守光州、寿州的淮南将官十分坚强，死死守住防线不肯退后一寸。更糟糕的是遇到了连日大雨，劳师袭远的汴军天天泡在泥水里，战斗力被老天折磨掉大半。朱全忠损失惨重，无功而返。这次原本指望锦

179

上添花的战役不仅没有成功，反而碰了一鼻子灰。朱全忠三次大举征伐淮南，都在压倒性军力优势的时候惨痛失败，这令朱全忠这个军事强人十分苦恼，他无论如何也不能接受失败的现实。军事挫败令朱全忠更加烦躁，情绪更加暴戾。

朱全忠虽然乘人之危攻打淮南再次失败，但是淮南枭雄杨行密却走到了人生的尽头。在那个年代，疾病是比战争更可怕更无奈更具有杀伤力的东西，任何叱咤风云的英雄或者狗熊，如果患上疾病，即使在当今看来很普通的疾病，都会被折磨的半死。杨行密因病医治无效，于公元905年十一月病故。东南半壁失掉了一个闻名天下的枭雄，淮南暂时陷入了内忧与内乱。

北方的魏博军士素来强悍，父子兄弟世袭为兵是十分普遍的现象，人际关系错综复杂。老军阀罗弘信死后，为了稳定魏博军心，朱全忠调原魏博节度使罗弘信的儿子天雄节度使罗绍威改任魏博节度使，即使这样，魏博军还是发生了兵变。部分低阶士卒叛乱，继而天雄军也发生骚乱。朱全忠亲自率军征讨，历时半年才将这两个动乱地区平定。

稳定了魏博与天雄之后，朱全忠盯上了最后一个软柿子刘仁恭。刘仁恭据有幽州沧州之地，直接威胁到魏博安全。现在的刘仁恭已经不是前几年的刘仁恭了，他威风不再，虽然还有不少地盘，但对外扩张的劲头明显下降。刘仁恭的地盘中，沧州距离宣武最近，于是朱全忠决定先征伐沧州。可没想到刘仁恭向李克用求援，李克用派兵袭击潞州以"围魏救赵"。如此一来战局复杂，三方势力胶着近一年也没结果，这次蓄谋的北伐没有取得进展，朱全忠被迫再次无功而返。

南伐淮扬和被征幽沧连续受挫，在唯恐发生连锁反应、诸镇离散的压抑下，朱全忠对传禅称帝更加急迫了，打算以此使各怀异心的藩镇对恢复唐室彻底死心。

禅让传位岂是容易的事？

可是朱全忠没读过什么书，不明白其中必要而虚假的繁文缛节。

程序也很重要。

形式，形式，没有形就没有势。

朱全忠很着急，也很上火。

亲手替朱全忠撺掇传禅的是蒋玄晖与宰相柳璨。这俩人商量来商量去，夜以继日地写稿子、整方案。二人都清楚，尽管节奏可以加快，可是进程不能逾越，否则朝廷内外、天下黎庶都难以接受。

蒋玄晖搞的传禅的程序无非是王莽和曹操旧戏的翻版，先对朱全忠加官进爵，一路升官直到无以复加的地步，直接逼近皇帝的宝座。这些篡位的操盘手迫使小皇帝颁布诏书，先进爵朱全忠为相国，位在百官之上；又将二十一个藩镇纳入一个版图称为魏国，进封朱全忠为魏王；然后再给朱全忠加冕九锡。

朱全忠一听这个方案就烦了，怎么这么啰唆，还要先当魏王？魏王不就是曹操吗？我这梁王不挺好的吗？干吗要学曹操？曹操篡汉，费尽周折，终于没敢操之过急，没敢亲自以身试法。毕竟几百年沉甸甸的汉朝历史在那里放着，可不是单单扳倒最后一个弱小的皇帝那么一点事儿。文韬武略的曹操深谙其中道理，可草莽出身的朱全忠偏偏就不明白这历史沉浮的曲折原委了。

朱全忠不愿学曹操。

朱全忠觉得学曹操太麻烦。

朱全忠有自己的方式。

朱全忠通过杀人这种方式完成了王朝的更替。

朱全忠将蒋玄晖痛骂一顿，催促他们加快操作。蒋玄晖是追随朱全忠起兵的重要谋士之一，资历比敬翔还早，帮助朱全忠调停汴军大将矛盾，策划朱全忠对待中央朝廷的策略，居中操办挟天子东迁等大事。蒋玄晖是个有头脑的人，从他过去的办事经历可以看出，他熟知封建政治的游戏规则。因此他对朱全忠急于做皇帝并不赞同。

史书记载："全忠曰：'汝曹巧述闲事以沮我，借使我不受九锡，岂不能作天子邪！'玄晖曰：'唐祚已尽，天命归王，愚智皆知之。玄晖与柳璨等非敢有背德，但以今兹晋、燕、岐、蜀皆吾劲敌，王遽受禅，彼心未服，不可不曲尽义理，然后取之，欲为王创万代之业耳。'"应该说，蒋玄晖是综合权衡了天下局势及政治环境之后，极力劝说朱全忠不要操之

过急，做皇帝需要掌握火候。可是朱全忠根本听不进、听不懂蒋玄晖那一套说辞，不仅如此，还对蒋玄晖产生了怀疑，认为他要背叛自己。

在朱全忠的压力下，蒋玄晖与柳璨、太常卿张廷范天天商量，可就是想不出更快更直接的办法。

就在蒋玄晖紧锣密鼓策划传禅的时候，柳璨的政敌向朱全忠诬告蒋玄晖与何太后私通，故意阻挠传禅，有图谋恢复唐朝之意。

朱全忠已经将开封的宫殿都修好，摩拳擦掌准备进驻做皇帝，其急切之情暴露无遗。朱全忠早已不满蒋玄晖等人低效的策划工作，经柳璨政敌一告，朱全忠当即下令处斩蒋玄晖，死尸拉到都门外当众化骨扬灰。蒋玄晖临死之前充满讥讽地骂道："朱全忠，你即便坐上龙椅，也仍然是个军阀。"可怜蒋玄晖多年来一直是朱全忠心腹官僚，为朱全忠操劳了大半生，没想到落得名裂身死的下场。篡位班子的其他成员也没逃过朱全忠的血手。朱全忠将柳璨与张廷范先贬官再处死。朱全忠把卖力气干活儿的人一一杀掉，如此一来，人心大骇，没人敢出来替朱全忠干这件挨骂挨刀的差事了。

朱全忠先后杀掉皇帝、大臣、皇子、亲信，刀刀血腥，步步紧逼，不过这些行动实在令人费解。如果是以篡位为中心，那他应该建立最广泛的联盟，至少应巩固自己这一边的力量，为何要杀掉这么多为他办事的亲信？难道仅仅是为了杀人灭口吗？看来没这么简单。朱全忠很狡猾，但朱全忠的政治谋略并不高深。杀掉蒋玄晖等亲信实在是不高明，不仅没有促进篡位进程，反倒使朱汴集团内产生了矛盾，谁还会冒着这么大的风险替朱全忠办事呢？这就是朱全忠的格局，一个靠刀头舔血崛起的军阀的格局，他对政治的理解就是"顺我者昌逆我者亡"。朱全忠不仅相信杀人可以威胁不从的人，通过制造恐怖环境可以逼迫上至皇帝下至臣僚屈从，而且朱全忠还相信富贵险中求，自从他出道以来，他就一直抱定这个信念，在他看来任何高官显位都是鲜血换来的，所以，他不担心无人替他办事，只要升官发财的诱惑足够大，就一定还会有其他人站出来办事。

话虽这么说，朱全忠虽然很急迫，但的确是欲速则不达，传禅之事就此搁置了一年多。

到了哀宗天佑四年（公元907年）正月，在敬翔多方策划下，御史大夫薛贻矩才出面在小皇帝与朱全忠之间周旋。薛贻矩吸取蒋玄晖的教训，没有搬出七弯八拐的章程，而是单刀直入，直接要求皇帝向朱全忠禅让帝位。对这个方案朱全忠比较满意。朱全忠终于等到了摘桃子的时刻。

虽然朱全忠心里急不可耐，但表面上仍然推辞拒绝，故意扭捏作态一番。中国历史上这种扭捏作态的戏经常上演，主角在追逐目标的过程中从来不掩饰，但往往到了成功在望的最后一刻，这些大人物主角却突然不好意思、谦虚、扭捏起来，羞答答地不肯伸手去接胜利的果实。

朱全忠越拒绝，劝进的人越多，满朝文武大臣劝进，宰相率百官到朱全忠府中劝进，朱全忠再次拒绝。于是内臣、藩镇乃至岭南湖南都络绎不绝写奏章、写信劝进。当然这都是敬翔一手导演的结果。推辞拒绝的人话到嘴边总是留下半句，劝进推举的人早已经是满头大汗。上上下下各色人等在这场假戏中演出很投入很成功，忙得不亦乐乎。小皇帝被折腾也被吓得实在没有办法了，劝进的大臣也实在筋疲力尽了，再折腾下去恐怕又要有人头落地。

三月份，桃花盛开的季节。小皇帝派中书令张文蔚为正使，以礼部尚书苏循为副使，负责送传位金册；派侍中杨涉为正使，以翰林学士张策为副使，负责送传国玉玺；派御史大夫薛贻矩为正使，以尚书左丞赵光逢为副使，负责押解金宝；这些人率领文武百官，打着黄罗伞盖、旗幡仪仗，从洛阳浩浩荡荡到开封直接给朱全忠送去。达到开封后，看着花花绿绿的各种证件，朱全忠按捺不住兴奋的心情，但黑沉沉的脸上极力掩饰，故作谦让说："我哪里有什么功德，全靠你们拥戴啊。"张文蔚、杨涉脸涨得通红，答不上话。只有薛贻矩勉强还能说出几句话："陛下，您德比三皇，功比禹汤，这是众望所归。"朱全忠这才心花怒放出来，不再推辞，一屁股坐上金銮殿的龙椅。

朱全忠虽然不清楚那个什么三皇与禹汤做过哪些惊天动地的丰功伟业，甚至不知道他们到底是几百年还是几千年前的人物，可是总听文武大员们开口闭口给以前的皇帝以此拍马屁，心里明白这是极大的奉承话，听后感觉很爽。张文蔚与薛贻矩问朱全忠："陛下，要不要重新做

一把龙椅？"

朱全忠说："不必了。再做一把又要花费很长时间，长安带过来的那把就行，将饰物更换成新的即可。"

坐在从长安城里搬来的龙椅上，朱全忠接受百官朝拜，在一片歌颂之声中，朱全忠成了梁国皇帝。

这一年朱全忠五十五岁。

有大喜事，总要免不了吃吃喝喝搓一顿儿。当天，朱全忠设盛大宴会招待文武百官。

与百官宴饮结束，朱全忠又与宗族亲戚宴饮。

朱全忠今天特高兴，好日子，心情格外爽，酒喝得也多也痛快。酒至半酣，又召集亲朋好友赌博嬉戏。

正在大家兴高采烈的时候，突然朱全忠的大哥朱全昱抓起一块玉砸到盆子里，伴随着尖锐的破碎声，玉石碎屑横飞。朱全昱憨傻鲁直，平庸无能，头些年朱全忠给他谋了个山南节度使的职位，前年刚刚退休。老头儿朱全昱嘴里喷着酒气，斜眼瞪着朱全忠骂道："朱三，你不过是砀山一介草民，小时候就玩世不恭，干不了什么正经活，先跟着黄巢做盗贼，后来皇上重用你，身兼四镇节度使，已经是富贵之极了，为什么突然之间毁灭大唐三百年的社稷？篡立称帝？这是要灭九族的大祸，你还有心思赌博游戏！"

朱全忠杀伐决断令行禁止，从不含糊，但对母亲和兄长十分恭谨，不敢造次。被朱全昱这么一搅和，朱全忠腮帮子鼓着，心中愤怒嘴上不敢顶撞，况且朱全昱人虽醉话有理。一下子，热热闹闹的场面犹如被泼了一瓢冷水，大家兴致全无，朱全忠阴沉着脸结束了酒宴。

天无二日，国无二君。

朱全忠做了皇帝，原来的小皇帝怎么办呢？

朱全忠把小皇帝打发到曹州，命人严加看管，实则软禁，将皇帝住处四周布置成荆棘林立的围墙，就像现在的监狱一般。即便如此，朱全忠也没有忘了小皇帝，登基之后没多久，朱全忠派人将小皇帝毒死。这是亡国之君的通常归宿。

小皇帝称不上昏君，可以说他对于唐亡基本是个可有可无的人，没有多少可供人们指责与讥讽之处。那懿宗、僖宗、昭宗总该算是昏君吧？昏不昏不太确定，因为至少智商还算健全，但他们一定是无意或无力于国事，这的确是事实。

帝国末期的昏君并非亡国败政的根源，也未必是帝国覆灭的掘墓人。因为昏君也是体制缺陷下的产物，这种体制的缺陷其实早已种下。

晚唐的体制缺陷基本可以归结到玄宗，他才是始作俑者。有缺陷的体制一旦设计出来，后期的"昏君"基本无力修复这些体制的弊端，反倒在强化体制弊端上表现出非凡的积极性与创造力，或许这就是昏君之"昏"。除了汉武帝这种英明神武之人，基本没有哪个继承者可以在既定框架下，建设一种良性的自我调适机制，扭转乾坤，力挽狂澜。

把挽救晚唐破败残局的希望寄托在明君身上是不现实的，即使皇帝足够英明，也还要有足够强壮的身体和心理素质，才能够与各种顽强而狡猾的势力进行不屈不挠的争斗，即便这样胜负成败也很难逆转。

晚唐的政治架构基本上是建立在皇权势力、宰臣势力、宦官势力、藩镇势力四方博弈的基础之上，勉强维系政局的力量不是治国理政的理想、纲领和具体措施，而是四大势力集团之间互不信任、瓜分私利、勾连制衡的错综复杂关系，剪不断理还乱，一旦某项因素异化强化到超出均衡状态，这团乱麻就会扯断，扯碎，等待新的连接与构建。皇帝不过是这些错综复杂关系中的一方代表而已，他早已不能代表天下。

把挽救晚唐破败残局的希望寄托在圣贤大臣身上更是不现实的，郭子仪也只不过是被夸大了武力的英雄，并非治乱能臣。李光弼也只能在党争面前叹息回避。其他大臣无不从属于某一政治势力派别，狭隘党争总会代替执政理念，党同伐异的现实更会歪曲尚未得到验证的正确纲领。崔胤嫉恶宦官，似乎切中时弊，但时弊远非此一项，他连宦官都斗不过，还奢谈什么匡扶之策，更何况他在打击宦官的同时并没有提出兴利除弊的治国良策。

除此之外还有什么能够帮助一个王朝自觉改良、进行自我修复的力量呢？

所以唐的覆灭是必然的了。

李唐皇室终结了，李唐皇室覆灭了。奇怪的是，普天之下，居然没有一个人站出来要为李唐皇帝报仇，没有一个人要兴复大唐，都在冷冷地眼睁睁地看着几百年基业的大唐就此倒塌。

其实也并不奇怪，老百姓是饱受了朝廷的欺压盘剥，早已对朝廷和皇室失去了感情与服从的耐心。

诸侯藩镇只顾埋头抢地盘，扩势力，没有人搭理朝廷的安危祸福，朝廷也没有给过诸侯藩镇任何真实的恩惠与好处。

朝中的文武大臣只知道争权夺利，得过且过，将皇帝当作翘板或者玩偶，忠诚与操守荡然无存。

中低层的官宦富户子弟即便学得些文武艺，晋身无门，很多也纷纷投入了藩镇幕僚帐下效力，寻找新的升官发财机会，朝廷失去了新鲜血液的补充。

所以说，昭宗的存在不过是一块障眼的破布，早已分崩离析、众叛亲离的李唐朝廷和李唐天下在其掩盖下，苟延残喘。朱全忠顺手将这块破布扯了下来，就此终结了李唐王朝。

这一年还发生了一件事情，在李唐王朝被朱梁取代的同时，北部的契丹八部统合为一，其中最强大的耶律阿保机做了契丹的皇帝。契丹从此以统一强大的面目登上了历史舞台，与中原汉族帝国展开了长达近三百年的相持争斗历程，成为汉族帝国几代王朝的噩梦。

契丹，是个历史悠久的民族，原本是东胡种姓的后支。契丹先祖被匈奴击败，亡散到鲜卑山。北魏期间，又逃到潢水之南，黄龙之北，大约在现在辽阳一带，后来这些部族自己弄了个名号，叫做契丹。契丹占据的地盘多处于寒冷之地，东面与高丽接壤，西面与奚族部落相邻，南面是营州临海，北面是靺鞨和室韦。契丹一直靠游牧为生，在几千里的土地上逐水草而居，居无定所。契丹内部分为八个部落，其中大贺氏最强，居于领导地位。几百年里契丹处于奴隶制及半原始社会阶段。由于突厥在北部的强大，南北朝及初唐几百年里一度称霸北部和西部的大漠。契丹由于生存环境与突厥关系密切，力量上比突厥弱小的多，特别是在剽掠唐境的战役

中屡次失利，因此契丹在统一之前的历史上大部分时间称臣于突厥。有一段时间，契丹也曾附庸于李唐。在开元二年，契丹部分部落投靠了唐朝，唐玄宗李隆基赐予契丹丹书铁券，表示互相信任永世修好。其实永世修好是不可能，契丹后来与李唐的关系时好时坏，主要原因还是争夺幽州一带的边境物质资源。安禄山征讨契丹失利之后，李唐王朝日渐衰弱，几乎没有力量再打击和管理契丹，任其发展，契丹此时也开始逐步走向强盛。到了末唐时期，耶律阿保机所属的部落强大起来，逐步代替了大贺氏，并在907年一举统一了八个部落，契丹社会开始进入王国体制，迈入封建社会的发展阶段。

李克用的争霸路线是勤王，大事情站在皇帝一边，这是他的经验教训。

朱全忠的争霸路线是占地盘，朱全忠相信有了自己的地盘才有一切。自己的路宽了，别人自然出局。所以开始的时候，朱全忠对皇帝不感兴趣。

李茂贞的争霸路线是挟天子以令诸侯，他近水楼台先得月，总想对皇帝下手。

王建的争霸路线是瓜分天下，占据四川这方天地。

杨行密严格说起来几乎没有争霸思想与霸业，只是想拥有一片自己说了算的地盘。

钱镠的策略是与大家搞好关系，偏居一隅，活下去最重要。

刘仁恭的策略是过把瘾就死。

几十年间风云沉浮，只有朱全忠的策略是有效的，不仅打下了地盘而且挟持了天子，最后改了朝换了代。

朱全忠自编自导的禅让只不过是最后一根稻草，它压垮了唐朝这匹衰弱的大骆驼。

朱全忠弹指间，帝国轰然倒塌。

弹了也就弹了。

不弹白不弹。

弹了是否白弹呢？

5. 举目无亲

昭宗比僖宗逃跑的频次更多，逃跑的路线与花样的确多有创新。即便如此，昭宗为何不往皇帝先辈们喜欢去的四川跑呢？明知此去洛阳凶多吉少，昭宗为何不做别的选择呢？因为昭宗已经举目无亲。

昭宗皇帝明明知道朱全忠已经穷凶极恶，迟早会对他下毒手，那么李晔为什么不采取防范措施？

皇帝有难，原本想去太原，被韩建半路拦截，受了半年的窝囊气。后来又被李茂贞挟持到凤翔，连惊带吓得差点被废掉。朱全忠盛情邀请皇帝去洛阳，皇帝更不敢去，想赖在长安不挪窝，最终还是迫于强大的威胁与压力不得不东迁。

那么皇帝为什么不走老路去成都呢？

还有杨行密等人邀请皇帝去住一住，皇帝为何也不去呢？

因为这些地方都很危险。

因为这些人都已不可信任。

现在的四川已不是往日的四川，现在的王建已不是往日的王建。王建早有异志，不仅称霸四川，而且有心闹独立，只是碍于天下舆论压力没敢轻举妄动。

王建原本是杨复光手下一个小都头，当时与韩建、鹿宴宏为同事，一班小哥们。在黄巢进长安后，僖宗逃亡四川，一路之上由于王建表现出色，被皇帝看中，进而被当权派大佬田令孜笼络过去做了干儿子，后来一路行情看涨，做了壁州刺史。再后来，王建在军阀夹缝中艰难地成长，杨守亮等人摁都摁不住。王建早已看透了天下的纷争、李唐的残喘、中原战乱，他虽然嘴上不说其实心里很清楚，谁手里有军队脚下有地盘谁就是老大。因此，王建全部心思投入到了在四川的创业中。四川道路险阻，不与中原各路诸侯发生利益瓜葛，物产丰富，足可以称霸一方。在王建的创业道路上一个风险投资人都没有，全部依靠流血流汗一点一滴进行原始积累。王建在政治策略上

用的是典型的"远交近攻"策略，与朝廷、朱全忠、李茂贞等保持表面和气的情况下，击败陈敬瑄及田令孜之后，又通过不断的征伐，击败了北边的杨守亮、东川的顾彦晖、南边的南诏部落，历经十多年的争霸战，终于完全占据了四川。凡是成就大事的人必然有不一般的品质与能耐，王建也不例外。王建不仅有见识，而且善于网罗才干之士，尤其在征战岁月中对于勇猛的战将，千方百计要招至麾下，通过"事业留人、待遇留人、感情留人"，很快充实了兵将资源。不仅如此，王建还将这些网罗来的将领收为干儿子，全部更名改姓，列入王家"宗"字一辈，前前后后不下十几个。王建占据四川之后，十分勤政，励精图治，决心要把辖区治理好，他还有一个过人的本事，善于听取直言建议，不怕丢面子。不爱惜钱财，对于有功绩的文臣武将时常重赏，因此人人乐意为王建效力。而王建自己十分简朴，这一点很像杨行密，不事奢华，不讲排场。

　　李茂贞被朱全忠挫伤元气之后，放弃了争霸的念头，蜷缩在陕甘一带过日子。王建逐步强大，朝廷将其从西平王加封为蜀王。此时的王建风头正健，雄视西南，霸气十足。四川的大将为了争功，怂恿王建出兵攻打李茂贞。王建就此事征求节度判官冯涓的意见。冯涓表达了不同的看法："战争是凶灾啊，劳民伤财，是个无底洞。现在朱全忠和李克用打得不可开交，胜负难解难分，如果他们中的一个将另一个吞并，变得更强大，然后再来进犯四川，到那时即使我们有诸葛亮重生也束手无策。留着凤翔对我们是有利的，他们是我蜀国与中原之间的天然屏障。我们应该好好利用这一点，不仅不应该和凤翔为敌，还要与他们和亲，结成儿女亲家。天下太平的时候，咱们一门心思种地练兵，做好国防建设。如果战乱来临，那我们见机行事，是打是和，可以进退自如。"王建拍手说："说得好！李茂贞虽然笨，但是素来强悍，打仗也有一套本事，不是省油的灯。虽然他打不过朱全忠，但自保还是有能力的。让他作我的门神屏障，好处多多啊。"这位冯涓不仅见识非凡，还善于进谏，深得王建信任。王建治理的四川，税赋很重，可是没有人敢提意见。有一次，冯涓借着王建大寿的时候，趁着王建高兴，先说了一些吉祥话，然后又提到了老百姓的日子艰难。王建何等聪明，听出了冯涓的真实意图，面带惭愧地说道："如果事

事都能得到像你这样的忠言建议，我的霸业何愁不成啊。"

王建有招贤纳士的美名，那是因为这些贤士或者闲人对王建没有威胁。说不说是他们的事，听不听是全在王建掌握，再说了，王建对好话赖话还是有鉴别力的。但是，王建也有枭雄的通病，疑心大，好猜忌，对于功名巨大的将佐防范非常，甚至有些人因此被王建找个借口除掉了。王建有他心理阴暗的一面，只有他自己知道容纳人的尺度，王建的这个度很奇怪，在一定程度上说属于心理疾病。可以说他有双重性格，一半是天使一半是魔鬼。王建笼络人心不仅停留在嘴上，还有行动，尤其善于招抚低级军校的感情，而对于功名渐大、地位较高的所谓"人才"，王建的态度会由爱惜转变成"羡慕嫉妒恨"，进而百般打击。

王宗播原本是荆南节度使成汭的部将，本名许存，在成汭手下不得志，后来受到成汭怀疑，被迫出走投降了王建。许存一向作战勇猛，有一定名声，王建心里对他嫉妒。虽然招降了许存，但王建总是不放心，总想找个理由将许存除掉，后来王建的一个手下劝说王建不要这么做，如果杀掉许存不仅使西川失掉一员良将，而且还影响王建的声誉。王建这才作罢，就势为许存更名为王宗播，与诸多干儿子同列，以表示器重笼络之意。而许存对于自己的生存危机毫无察觉，不仅没有觉察到危险，而且一直不知道是谁救了他一命，可见他严重缺乏政治敏锐性，估计成汭也是因此不喜欢他。后来有一位高明人士点播了王宗播，使他再次成为幸运星。这位高人是王宗播手下一个记账员，他对王宗播说："将军，您没看出来吗？你受到王大帅的怀疑了。"王宗播愣愣地没明白缘由，这位记账员继续说："将军您要想躲避灾祸，唯一的办法就是要谨慎谦退。"别看王宗播缺乏政治敏锐性，但他听人劝吃饱饭。此后，王宗播一方面卖力工作，另一方面遇到功劳时就装病谦让。这样才逐步打消了王建的疑心和嫉妒。在一次与凤翔军作战中，王宗播遇到李继密，可谓"棋逢对手，将遇良才"，两军相持不下。这时候，王宗播表现出了一些退意。这个细微的态度变化被他的记账员看出来了，记账员提醒王宗播说："将军您一家老小都降了王建，现在大敌当前，您不拼命进攻，如何能落得清白？"王宗播总是头脑慢半拍，这时候才恍然大悟，表态说："弟兄们，我们豁出去

了，一定要拼着性命博取功名，否则的话，那就全战死在这里！"大将一声吼，三军猛如虎。蜀军一鼓作气，攻下了四座凤翔军的营寨。在继续进军，攻打西县的时候，一名小校被敌军飞箭射中，箭杆从左眼射入，直达右眼，但金属箭尖无法取出来，几天之后创口化脓。此时，王建赶到军前，见到此情此景，毫不犹豫地亲自用嘴吸舔这名小校的脓疮，直到将脓疮吸干之后，箭尖露出来才取下。王建这种爱惜基层官兵的做法，极大地感动了部署，鼓舞了士气。春秋战国时代的伍子胥也曾为部下吸舔脓疮，这一点的确很难做到。

凤翔大将李继密战败后被迫投降王建。按说李继密也是李茂贞手下的一员虎将，但王建对待李继密则是完全不同的态度，王建说："你作恶多端，既然已经投降了，算了，那就不杀你啦。"尽管留下了李继密的一条性命，但王建嫉恨李继密才干，时常在大庭广众之下羞辱李继密，即使王建手下唱歌的弹曲儿的优伶也敢嘲弄李继密几句，这令驰骋沙场的李继密十分难过与不堪。终于在强大的精神压力之下，李继密投河自尽。可怜李继密没有被枪林弹雨伤害，却被一口一口的唾沫淹死了。

对于部将中功名显赫的大将，王建嫉妒之心尤其严重。大将王宗涤因战功被封为山南西道节度使，其势力逐越来越强大，群众口碑也不错，官兵将校和老百姓很拥护王宗涤。其实，此时的王宗涤已经到了功高震主的境地。这是很危险的一个处境，无论当事人是主动的还是被动的，无论愿意还是不愿意，只要沾了功高震主的嫌疑，其结果都是悲剧。王建此时已经嫉恨王宗涤，只是还没有表达出来。后来遇到一件事，诱发了一场血案。王建装修改造了王府衙门，雕梁画栋、流光溢彩，当地人方言称之为"画红楼"，据说与王宗涤的名字谐音，大概是川普吧。此事传到王建耳朵里，王建感到很厌恶。这时候，小人出现了，借题发挥，造谣中伤王宗涤，这进一步引起了王建的怀疑。于是王建将王宗涤召见到成都，当面质问王宗涤有何不良居心？这个王宗涤是个直筒子硬脾气，心高气傲，平时一点都不低调，这次见到王建仍然是不卑不亢的模样，直截了当地对王建说："现在三川已平，大王霸业完成，你既然听信谗言，那么完全有理由杀我这个功臣了。"王建原本就不爽，一听王宗涤这话更怒了，命令手下

人将王宗涤暗杀。

王建在远交近攻的外交策略中，一直和朝廷及朱全忠保持友好关系。朱全忠曾派出押牙王殷出使成都，既是回报王建的好意，也是刺探王建的虚实。王建设宴款待王殷。酒席宴上，王殷为了获得更多的情报，有意刺激王建说："蜀中甲兵虽然很多，但是缺少战马啊！"王建听出了王殷话里有话，顺势故作生气的样子，回答道："四川江山险阻，骑兵没啥子用处。不过我这里并不缺马。王押牙你多住两天，我和你一起检阅一下我的骑兵。"两天之后，王建调集四川各州战马，在星宿山下列队检阅。一时之间，战马嘶鸣之声响彻山谷，战鼓激越的节奏震撼大地。在星宿山下空阔的阅马场上，万马奔腾，气势恢宏壮观。阅兵台上，王建得意地扭头对王殷说道："押牙你看，我这里有官马八千，私马四千，足可以武装几只骑兵部队喽。"王殷双手击掌，表示叹服。为什么王建要这么大张旗鼓地炫耀自己的实力呢？因为他有他的目的，他既有炫耀的心思，更重要的是表示自己军事实力强大不可侵犯的威严。他明白，王殷来川并非简单的送一送往来书信，其使者身份掩护下，还要探查蜀川的虚实。王建做出这个表态，言下之意就是朱全忠不要轻易打我的主意，我王建可不是好惹的。各位要问了，既然四川不适合骑兵，那么王建是怎么在两日之间聚集了如此众多的战马？因为王建原本是一名骑将，对于骑兵情有独钟。在占据四川之后，王建开辟了文、黎、维、茂四州的集市，与西域人交易马匹。经过十来年的积累，以至于达到了万匹之多。有万匹战马相当于现在有庞大的尖端空军部队。这个数字恐怕李克用知道后都会惊讶的，更别说朱全忠了。

就在朱全忠一再催促昭宗迁往洛阳的时候，昭宗李晔派人向王建告急求救。王建倒是很有政治觉悟，接到书信立即发兵，派出邛州刺史王宗祐为北路行营指挥使去接皇帝。蜀军到达兴平时，遇到了汴军，据史书记载"不得进而还"。这里大有蹊跷，蜀军与汴军开战没有？王建迎驾的决心到底有多大？蜀军遇到的是什么样的汴军？我们完全可以怀疑王建不过是做做样子而已，并非真要与朱全忠为敌，并非真要迎接皇帝入川。如果王建把皇帝接到成都，那么他这个蜀王就不会自由自在了，因为他打出的是"勤王"的旗号，而不是"挟天子以令诸侯"的旗号。如果王建惹毛了朱

全忠这个当世大佬，那他的日子也一定不好过。王建随便找了一个借口说没能接到皇帝，搪塞了事。后来王建以奏报音信不通为理由，开始用墨制封官，也就是相当于自己开办了一个小朝廷，行使大唐皇帝的职权。朱全忠废掉李唐称帝后，王建急不可耐，也在成都建号称帝，做起了真皇帝。由此可见王建心思蓄谋已久，早已不是李唐朝廷的人了。王建作了十二年的蜀国皇帝，死时七十二岁，算是高龄享国。由于蜀国远离中原战火，况且王建治理有方，十几年间，社会渐趋太平，经济繁荣，文化灿烂，算是唐末五代乱世的一处偏僻的亮点。

王建不愿意介入中原纷争，那么杨行密是怎么想的呢？

就在朱全忠挟天子入东都，废李唐谋禅让的时候，杨行密还在与左邻右舍断断续续的争斗，南边与钱镠互有胜负，北边与朱全忠相持不下。杨行密的身体状况屡屡报警，时常生病，虽然还有争霸的干劲儿，但终于走到了生命的尽头。在朱全忠受禅让称帝之前撒手人寰，将淮南传位给傻儿子杨渥。普天之下的藩镇中，估计杨行密是最郁闷的了，眼睁睁看着朱全忠一步步走向皇权顶端，而自己却还在为开疆保境艰难奋斗。淮南作为一个小藩镇，能够与朱全忠强敌为邻十多年实属不易，湖北一带被朱全忠吞并，安徽北部屡遭侵扰，淮南处于朱全忠的半包围状态。杨行密窥视天下的野心伴随其生命的终结走到了尽头。

除了李茂贞、王建、杨行密这些诸侯之外，其他在湖南、浙江、岭南一带的小诸侯不足道，根本没有心思和实力参与天下事务，也不敢乱发言。所以，昭宗皇帝被朱全忠谋杀也只有在静悄悄中发生了。

三 变局惊梦